S. A. S.

LE BAL DE LA COMTESSE ADLER

DU MÊME AUTEUR
CHEZ LE MÊME ÉDITEUR

N° 1 S.A.S. A ISTANBUL
N° 2 S.A.S. CONTRE C.I.A.
N° 3 S.A.S. OPÉRATION APOCALYPSE
N° 4 SAMBA POUR S.A.S.
N° 5 S.A.S. RENDEZ-VOUS A SAN FRANCISCO
N° 6 S.A.S. DOSSIER KENNEDY
N° 7 S.A.S. BROIE DU NOIR
N° 8 S.A.S. AUX CARAÏBES
N° 9 S.A.S. A L'OUEST DE JÉRUSALEM
N° 10 S.A.S. L'OR DE LA RIVIÈRE KWAÏ
N° 11 S.A.S. MAGIE NOIRE A NEW YORK
N° 12 S.A.S. LES TROIS VEUVES DE HONG KONG
N° 13 S.A.S. L'ABOMINABLE SIRÈNE
N° 14 S.A.S. LES PENDUS DE BAGDAD
N° 15 S.A.S. LA PANTHÈRE D'HOLLYWOOD
N° 16 S.A.S. ESCALE A PAGO-PAGO
N° 17 S.A.S. AMOK A BALI
N° 18 S.A.S. QUE VIVA GUEVARA
N° 19 S.A.S. CYCLONE A L'ONU
N° 20 S.A.S. MISSION A SAÏGON
N° 21 S.A.S. LE BAL DE LA COMTESSE ADLER
N° 22 S.A.S. LES PARIAS DE CEYLAN
N° 23 S.A.S. MASSACRE A AMMAN
N° 24 S.A.S. REQUIEM POUR TONTONS MACOUTES
N° 25 S.A.S. L'HOMME DE KABUL
N° 26 S.A.S. MORT A BEYROUTH
N° 27 S.A.S. SAFARI A LA PAZ
N° 28 S.A.S. L'HÉROÏNE DE VIENTIANE
N° 29 S.A.S. BERLIN CHECK POINT CHARLIE
N° 30 S.A.S. MOURIR POUR ZANZIBAR
N° 31 S.A.S. L'ANGE DE MONTEVIDEO
N° 32 S.A.S. MURDER INC. LAS VEGAS
N° 33 S.A.S. RENDEZ-VOUS A BORIS GLEB
N° 34 S.A.S. KILL HENRY KISSINGER!
N° 35 S.A.S. ROULETTE CAMBODGIENNE

Nº 36 S.A.S. FURIE A BELFAST
Nº 37 S.A.S. GUÊPIER EN ANGOLA
Nº 38 S.A.S. LES OTAGES DE TOKYO
Nº 39 S.A.S. L'ORDRE RÈGNE A SANTIAGO
Nº 40 S.A.S. LES SORCIERS DU TAGE
Nº 41 S.A.S. EMBARGO
Nº 42 S.A.S. LE DISPARU DE SINGAPOUR
Nº 43 S.A.S. COMPTE A REBOURS EN RHODÉSIE
Nº 44 S.A.S. MEURTRE A ATHÈNES
Nº 45 S.A.S. LE TRÉSOR DU NÉGUS
Nº 46 S.A.S. PROTECTION POUR TEDDY BEAR
Nº 47 S.A.S. MISSION IMPOSSIBLE EN SOMALIE
Nº 48 S.A.S. MARATHON A SPANISH HARLEM
Nº 49 S.A.S. NAUFRAGE AUX SEYCHELLES
Nº 50 S.A.S. LE PRINTEMPS DE VARSOVIE
Nº 51 S.A.S. LE GARDIEN D'ISRAËL
Nº 52 S.A.S. PANIQUE AU ZAÏRE
Nº 53 S.A.S. CROISADE A MANAGUA
Nº 54 S.A.S. VOIR MALTE ET MOURIR
Nº 55 S.A.S. SHANGHAÏ EXPRESS
Nº 56 S.A.S. OPÉRATION MATADOR
Nº 57 S.A.S. DUEL A BARRANQUILLA
Nº 58 S.A.S. PIÈGE A BUDAPEST
Nº 59 S.A.S. CARNAGE A ABU DHABI
Nº 60 S.A.S. TERREUR AU SAN SALVADOR
Nº 61 S.A.S. LE COMPLOT DU CAIRE
Nº 62 S.A.S. VENGEANCE ROMAINE
Nº 63 S.A.S. DES ARMES POUR KHARTOUM
Nº 64 S.A.S. TORNADE SUR MANILLE
Nº 65 S.A.S. LE FUGITIF DE HAMBOURG
Nº 66 S.A.S. OBJECTIF REAGAN
Nº 67 S.A.S. ROUGE GRENADE
Nº 68 S.A.S. COMMANDO SUR TUNIS
Nº 69 S.A.S. LE TUEUR DE MIAMI
Nº 70 S.A.S. LA FILIÈRE BULGARE
Nº 71 S.A.S. AVENTURE AU SURINAM
Nº 72 S.A.S. EMBUSCADE A LA KHYBER PASS
Nº 73 S.A.S. LE VOL 007 NE RÉPOND PLUS
Nº 74 S.A.S. LES FOUS DE BAALBEK
Nº 75 S.A.S. LES ENRAGÉS D'AMSTERDAM
Nº 76 S.A.S. PUTSCH À OUAGADOUGOU
Nº 77 S.A.S. LA BLONDE DE PRÉTORIA
Nº 78 S.A.S. LA VEUVE DE L'AYATOLLAH

L'IRRÉSISTIBLE ASCENSION DE MOHAMMAD REZA, SHAH D'IRAN
LA CHINE S'ÉVEILLE
LA CUISINE APHRODISIAQUE DE S.A.S.

AUX PRESSES DE LA CITÉ

PAPILLON ÉPINGLÉ
LES DOSSIERS SECRETS DE LA BRIGADE MONDAINE
LES DOSSIERS ROSES DE LA BRIGADE MONDAINE

AUX ÉDITIONS DU ROCHER

LA MORT AUX CHATS
LES SOUCIS DE SI-SIOU

GÉRARD DE VILLIERS

S. A. S.

LE BAL DE LA COMTESSE ADLER

PLON

ISBN : 2 - 259 - 00108 - 4

CHAPITRE PREMIER

Le docteur Virgil Nagel courait à perdre haleine à travers l'épaisse forêt de sapins. Le sol gelé résonnait douloureusement à travers les légères semelles de ses chaussures de ville, raides comme du carton. Fabrication russe. Son manteau trop léger ne le protégeait pas assez contre la température sibérienne. Il devait faire au moins 15° au-dessous de zéro. Par moments, ses dents claquaient convulsivement malgré lui.

Essoufflé, le médecin s'arrêta contre un arbre et écouta. La buée sortant de sa bouche formait de gros ballons dans l'air glacé. Il ne devait pas se trouver à plus de deux kilomètres de la Timiçul. De l'autre côté de la rivière c'était la Yougoslavie. Presque le salut. Il franchirait la Timiçul de nuit en marchant sur la glace. De toute façon, c'était impossible de jour. Des gardes-frontière tireurs d'élite étaient embusqués partout, surveillant les points de passage. Plus au sud, le Danube constituait une frontière naturelle infranchissable. Virgil Nagel avait choisi pour sa tentative une région très peu peuplée, à l'ouest de Timisoara. Bien sûr, s'il avait eu le temps, il aurait organisé son passage, peut-être même serait-il parti en avion. Mais il n'avait pas le temps. La vie d'un homme dépendait de son succès.

Au loin, il lui sembla entendre un coup de sifflet et il repartit en courant. Son cœur cognait à grands coups dans sa poitrine et sa gorge le brûlait, mais il devait continuer, trouver un abri jusqu'à la nuit, dépister ses poursuivants éventuels.

Les branches fouettaient son visage insensibilisé par le froid, faisant jaillir des gouttelettes de sang qui gelaient immédiatement. Déjà, ses mains étaient bleuâtres et le bout des doigts douloureux. Il fallait à tout prix qu'il se réchauffe, sinon il n'aurait jamais la force de franchir la Timiçul. Il revit les visages méfiants des deux miliciens engoncés dans leurs lourds manteaux verts qui, à la sortie du village de Ciacova, l'avaient croisé au moment où il engageait sa Volkswagen dans un chemin de terre sans issue, menant à travers les bois jusqu'à la frontière. Il avait une plaque de Bucarest et cela avait dû leur sembler bizarre. S'ils avaient donné l'alerte, on retrouverait facilement la voiture. Et il n'avait pu s'en éloigner que de deux kilomètres environ...

Si seulement il avait eu plus de temps! Il existait des filières sûres pour sortir de Roumanie.

Un coup de feu claqua au loin. Peut-être un fou qui tentait le passage de jour...

Soudain, une maison apparut parmi les arbres. Virgil, à travers les larmes de froid qui obscurcissaient ses yeux, distingua une fumée sortant de la cheminée. Il s'accroupit derrière une souche pour observer la bâtisse. Cela ressemblait à une petite ferme. De l'autre côté, les sapins s'éclaircissaient et il apercevait un champ couvert de neige.

Peu à peu, Virgil Nagel reprit son souffle. Il devait

se décider rapidement. Pas question de revenir en arrière et il allait geler vivant s'il attendait dans la forêt que la nuit tombe. Il fallait prendre le risque.

— La dracu! [1] grommela-t-il pour lui-même.

Il se releva, brossa la neige de son pantalon, se passa une main dans les cheveux et avança sans se cacher dans le sentier. En se rapprochant de la porte de bois, il vit une lumière à travers la fenêtre. D'une main ferme, il cogna au battant.

Virgil Nagel était tellement tendu qu'il sursauta lorsque la porte s'ouvrit en grinçant. Une grande fille se tenait dans l'embrasure. Son front disparaissait sous une masse épaisse de cheveux noirs frisés. Elle avait le menton pointu, la bouche large et charnue, de grands yeux noirs brillants surmontant un nez maigre. Elle demanda brutalement:

— Qu'est-ce que vous voulez?

Elle dévisageait le visage griffé, plein de sang, avec suspicion. Il plaqua un sourire mécanique sur ses traits.

— Doamna [2], je suis médecin, ma voiture est tombée en panne. Je me suis perdu. Pourrais-je entrer un moment me réchauffer?

Il lui sembla qu'il avait parlé trop haut et trop fort. Le visage de la femme était couvert d'un très léger duvet brillant. Son pull de laine grossière dessinait une forte poitrine.

— Vous vous êtes perdu? répéta-t-elle lentement.

Sa voix était pleine d'incrédulité. Virgil Nagel força ses lèvres douloureuses à accentuer son sourire.

— J'allais voir un malade dans la forêt et j'ai perdu mon chemin. Il fait un froid terrible.

[1] Au diable.
[2] Madame.

Elle regardait son manteau de ville et ses chaussures basses, sans répondre. Soudain, elle ouvrit le battant en grand.

— Entrez, Domnul Doctore [1].

— Multimesc, Doamna [2], murmura-t-il.

C'était vraiment une belle fille. Elle ouvrit si peu la porte qu'il dut frôler sa poitrine en passant et en éprouva un plaisir diffus. La chaleur l'enveloppa comme une couverture et, instinctivement, il se précipita vers la cheminée où brillait un grand feu de bois.

Il s'accroupit devant les flammes, claquant des dents. Jamais il ne s'était senti aussi bien, même sur la plage de Mamaia en plein été. Cela sentait la ciorba de Puiu [3], le brinza, le fromage salé. Ça lui donna faim.

Un claquement sec le fit sursauter. Il se retourna à temps pour voir la jeune femme faire disparaître une énorme clef dans la poche de sa jupe. Elle venait de fermer à double tour l'unique porte de la ferme. Une seconde, comme elle marchait sur lui, les seins en avant, il se méprit sur ses intentions.

En dépit de ses vêtements grossiers, elle était désirable. D'ailleurs, n'importe quoi valait mieux que le froid de la forêt.

Mais il vit l'expression des yeux noirs et comprit.

— Ne cherchez pas à vous enfuir, Domnul, fit-elle d'une voix dure. Mon mari n'est pas loin et il entendra si je crie...

Le docteur Virgil Nagel sentit le froid le submerger de nouveau.

— Qu'est-ce que vous voulez dire, Doamna, balbutia-t-il. Je ne suis pas un voleur... Je suis médecin.

[1] Monsieur le Docteur.
[2] Merci, madame.
[3] Soupe de poulet paysanne très grasse.

— Vous ne vous êtes pas perdu, coupa la fille, il n'y a aucune autre maison d'ici Ciacova et je connais le docteur. Vous cherchez à passer la frontière.

Elle le toisait, les mains sur les hanches, méprisante. Virgil Nagel voulut se défendre...

— Je suis spécialiste, protesta-t-il, je viens de Bucarest voir un malade.

Elle ricana.

— Mon mari est garde-frontière, il m'a souvent parlé des gens comme vous. Mais, si vous avez la conscience tranquille, attendez-le donc.

Elle parlait comme un tract du Parti. Virgil Nagel se maudissait intérieurement. Il aurait dû attendre la nuit dans la forêt. La fenêtre était sa seule chance. Il fit un pas en avant vers la porte mais la jeune femme le repoussa si durement qu'il faillit tomber dans la cheminée.

— Restez où vous êtes! Domnul Doctore.

D'un geste vif, elle ramassa une grosse bûche et lui tint tête. Elle était aussi grande que lui. Virgil Nagel sentit la panique l'envahir. Si le garde-frontière arrivait, il était perdu. Sans arme, il ne pourrait pas résister. Et il fallait qu'il passe. La vie d'un homme irremplaçable en dépendait...

— Ecoutez, dit-il d'un ton suppliant, c'est vrai, je veux passer la frontière. Mais je ne fais de mal à personne. Laissez-moi partir.

— Non.

Une seconde, ils se toisèrent en silence. La jeune femme avait affermi la bûche dans sa main droite et guettait le moindre mouvement de Virgil Nagel.

Brutalement, celui-ci attrapa son poignet et le tordit de toutes ses forces. En même temps il lui envoya un violent coup de hanche dans l'estomac, pour lui couper le souffle. Virgil avait projeté de la désarmer et de la fouiller pour récupérer la clef. Mais la femme du garde-frontière fit preuve d'une résistance étonnante. Sa bouche s'ouvrit toute grande pour chercher de l'air mais elle ne lâcha pas la bûche. Celle-ci s'abattit sur son épaule, et il poussa un cri de douleur. Les yeux brillants de haine, la bûche brandie, elle recula et hurla:

— Gregori!

Une rage aveugle submergea Virgil Nagel. Ses deux mains entourèrent instinctivement le cou de son adversaire.

— Salope! cria-t-il à son tour, imbécile!

De toutes ses forces, il se mit à serrer sans se soucier des coups de bûche qui pleuvaient sur ses épaules. La peau sombre et duveteuse de la femme était à quelques centimètres de son visage. Ils oscillèrent quelques instants à travers la pièce, puis il parvint à la coincer contre une lourde table de bois et la courba en arrière, appuyé de tout son corps contre elle. L'os dur de son pubis et la masse ferme de ses seins s'incrustaient contre lui et, fugitivement, il pensa à un viol. Soudain, un coup violent sur la nuque lui fit lâcher prise.

Elle l'avait encore frappé avec la bûche.

Ivre de rage, il revint sur elle. Essoufflée, elle n'eut plus la force de cogner, mais quand il revint sur elle, son genou le frappa violemment à l'aine! La douleur fut si aiguë qu'il crut avoir le péritoine déchiré. Courbé en deux, il poussa un grognement rauque et vomit sans pouvoir se retenir.

Echevelée, les yeux hors de la tête, la femme du milicien hurla de nouveau:

— Gregori!

Sa voix avait la puissance d'une sirène de brume! Abandonnant son adversaire écroulé, elle fonça vers la porte. Virgil Nagel vit rouge.

Dans un sursaut désespéré, il la rattrapa et la saisit par les cheveux. Elle fit face mais le poing du docteur Nagel la frappa au menton et elle s'écroula de côté. Sa jupe se retroussa sur deux jambes velues. A quatre pattes, elle saisit une jambe de Virgil Nagel, puis parvint à se relever. Du sang coulait de sa bouche. Maintenant le docteur avait l'impression de lutter avec une chèvre, tant elle était poilue. De nouveau, ils oscillèrent à travers la pièce. Puis il parvint à la frapper violemment à la tempe. Elle recula et tomba en arrière, avec un grognement de douleur. Juste dans la grande cheminée.

Il y eut un « vlouf » sinistre et ses vêtements s'embrasèrent d'un coup ainsi que ses lourds cheveux noirs. Avec un hurlement inhumain, elle s'arracha aux flammes, se roulant sur le dallage. Déjà, ses cheveux n'existaient plus. Virgil Nagel se précipita. Il ne réfléchissait plus. Sa main partit vers la poche où se trouvait la clef. Dans un sursaut désespéré la femme lui mordit le bras.

Alors, quelque chose claqua dans la tête du docteur Nagel. Il prit la femme par les épaules et lui poussa le visage dans les flammes. En dépit d'un sursaut terrifiant, il la maintint, assis à califourchon sur son dos. Très vite les flammes avalèrent ses cris et elle ne bougea plus.

Virgil Nagel se releva, tremblant de tous ses muscles. Il essuya la sueur qui coulait de son front. Une veine battait sur sa tempe comme si elle allait éclater. Il osa baisser les yeux sur le corps inerte et eut un haut-le-cœur. L'abominable odeur de chair brûlée envahissait la pièce. Il éprouva une brusque bouffée de haine pour tous ceux qui étaient responsables de ce meurtre. Dans leurs bureaux confortables à des milliers de kilomètres de là, ils se contentaient de jouer avec des abstractions. Tandis que lui, le docteur Virgil Nagel, honorable médecin de Bucarest, venait de tuer une femme d'une façon horrible.

Il retourna le corps et détourna la tête pour ne pas voir le visage noir et brûlé. Les lèvres racornies laissaient apercevoir les dents dans un rictus sinistre.

Rapidement, Virgil Nagel enfonça la main dans la poche et récupéra la clef. Maintenant, chaque seconde passée dans la maison représentait un danger mortel. Il courut à la porte et l'ouvrit. Le sentier était désert. Au moment de partir, il aperçut une bouteille de « Zuica »[1] sur une étagère et la rafla au passage. La nuit tombait. Il partit en courant vers l'Ouest.

***

Virgil Nagel attendait depuis plus d'une heure sans bouger, debout derrière son arbre. Le froid l'envahissait peu à peu et il se demandait s'il pourrait courir. Quand l'insensibilité de la mort montait vers sa poitrine, il buvait à la bouteille une lampée de Zuica. L'alcool lui brûlait le gosier mais le réchauffait. La bouteille était déjà aux trois quarts vide. Elle lui sauvait la vie.

A travers les sapins, il apercevait les capotes verdâtres des gardes-frontière qui piétinaient sur place pour se réchauffer. Une heure plus tôt, il y avait eu un remue-ménage de cris et d'appels et plusieurs gardes étaient passés en courant à dix mètres de lui, armés de mitraillettes. L'un d'eux avait même un Mauser à lunette. On le cherchait. Parmi les hommes en uniforme devait se trouver le mari de la femme qu'il avait sauvagement tuée... Lui, dont les patients vantaient la douceur. La guerre secrète déchaînait des cruautés insoupçonnables...

[1] Sorte d'eau-de-vie roumaine.

Il se força à penser à l'importance vitale de sa mission pour ne plus voir le visage brûlé de la morte. Après tout, les bombardements tuaient aussi des enfants, se dit-il cyniquement. Il ne pouvait pas refaire le monde. Il pouvait seulement lutter de toutes ses forces pour que le communisme disparaisse de la surface de la terre. Et, pour une fois, il était le maillon le plus important d'une longue chaîne.

Là-bas, il y eut des bruits de voix. La relève. Les autres discutaient à haute voix.

— Noujte buna![1] s'exclama un des nouveaux venus...

Les autres rirent bruyamment. Virgil Nagel avança tout doucement. Les quatre gardes avaient posé leurs fusils et allumé des cigarettes. Virgil, sans les quitter des yeux, se glissa entre les arbres. Il y avait vingt mètres délicats...

Aucun des quatre gardes-frontière ne se retourna. Virgil Nagel s'accroupit derrière un buisson gelé. Il n'avait pas lâché sa bouteille de Zuica. Tout son corps lui faisait mal. Il essaya de mettre ses mains dans sa chemise pour les réchauffer, mais dut y renoncer, tant le contact de ses doigts glacés sur sa peau était pénible. A travers les sapins clairsemés, il apercevait la Timiçul gelée. De l'autre côté, c'était la Yougoslavie. Il connaissait des gens qui le recueilleraient et l'aideraient à aller plus loin. Si la glace de la petite rivière ne cédait pas sous son poids.

*
**

La rivière gelée luisait doucement sous la clarté de la lune. Des étoiles brillaient dans le ciel sans nuages. Virgil Nagel tendit l'oreille mais n'entendit

[1] Bonne nuit.

que des aboiements très éloignés. A plat ventre, rampant sur le sol gelé, il entreprit de se rapprocher de la Timiçul.

Les gardes se trouvaient à une bonne centaine de mètres sur la gauche. Arrivé au bord de la surface dégagée, il respira profondément. Puis, d'un coup, il se lança. Il y eut quelques craquements mais la glace tint bon. Avec les coudes et les genoux, Virgil Nagel se traînait le plus vite possible, crevant de peur. Si la glace cédait, il était perdu. Ce n'est pas les gardes-frontière qui viendraient le chercher...

Il se trouvait au milieu de la rivière quand un cri éclata, sur sa gauche.

— Lumina![1]

Presque aussitôt, un projecteur s'alluma sur la berge roumaine. Le faisceau balaya la glace, venant lentement vers lui.

Le premier réflexe de Virgil Nagel fut de se relever et de courir. Il avait largement le temps d'atteindre l'abri protecteur des arbres de la rive yougoslave avant que la lueur ne l'atteigne.

Mais quand il se dressa à genoux, il y eut un craquement sinistre. Avec un claquement sec, son genou gauche s'enfonça dans la glace. Il dut lutter frénétiquement pour se dégager de l'eau glacée. Aussitôt, il recommença à ramper à toute vitesse, les muscles du dos contractés, comme pour arrêter les balles...

Le projecteur balaya ses jambes au moment où il atteignait la rive yougoslave. Il entendit le hurlement du milicien:

— Stai, Stai[2].

Virgil Nagel plongea en avant, assourdi par le claquement sec d'une mitraillette tchécoslovaque.

[1] Lumière.
[2] Arrêtez, arrêtez.

Mais les balles frappèrent la glace loin devant lui. D'un ultime effort, il atteignit les sapins et se jeta à plat ventre derrière l'un d'eux, le temps de reprendre son souffle.

Puis, à quatre pattes, il continua. D'autres rafales claquèrent, mais les balles passèrent au-dessus de sa tête. Les gardes-frontière ne franchiraient pas la rivière. C'était sa seule chance.

Epuisé, il s'arrêta quelques secondes, puis repartit en courant. Il avait encore un long et difficile chemin à parcourir.

CHAPITRE II

Son Altesse Sérénissime le Prince Malko, Margrave de Basse Lusace, Voyvode héréditaire de la Voyvodie de Serbie, chevalier de droit de l'Aigle Noir, également Chevalier de l'Ordre des Séraphins — pour ne pas citer d'autres titres tout aussi authentiques, mais tombés dans le commun — également barbouze hors cadre à la Central Intelligence Agency, laissa glisser sur sa langue une gorgée de vodka bien glacée, les yeux mi-clos. La vieille Ilse, cuisinière du château, n'avait pas son pareil pour enrober de petits carafons de cristal d'un bloc de glace, afin que l'alcool conserve tout son arôme. La chaleur du feu de bois dans la cheminée de la bibliothèque lui chauffait agréablement le visage. Contraste épicurien. Ce n'était pas encore le plein hiver, mais déjà il faisait froid à Liezen, à l'est de Vienne. Certaines parties du château de Malko n'étaient que des glacières car les honoraires de la CIA augmentaient moins vite que le coût du chauffage central. Par moments, Malko songeait sérieusement à faire indexer ses émoluments sur ceux des plombiers viennois.

— Si nous allions faire un tour?

La voix d'Alexandra était aussi tiède que la chaleur du feu de bois. Malko ouvrit complètement les yeux, admirant la jeune femme. La mode « midi » ne l'enlaidissait pas, au contraire. Avec sa longue jupe de daim noir fendue devant très haut, ses bottes souples et sa large ceinture, elle ressemblait à une Princesse russe. Le chemisier jaune porté sans soutien-gorge ajoutait une note érotique à l'ensemble.

La Comtesse Alexandra vivait à quelques kilomètres de Liezen. Son orgueil himalayen et sa jalousie frisant l'hystérie agrémentaient sa romance avec Malko d'un piquant dont il se serait parfois passé. D'une beauté classique, elle entretenait soigneusement d'interminables et somptueux cheveux blond vénitien qui faisaient la joie de Malko entre deux bouderies. Son anniversaire approchait et il lui avait promis d'inviter quelques amis viennois pour un petit bal intime, au caviar et au Dom Pérignon.

Malko prit le journal posé sur ses genoux et le déplia, il sourit à Alexandra:

— Pas tout de suite. Je finis de lire quelque chose...

Le beau visage d'Alexandra se hérissa instantanément de fureur. Lui préférer un article du Kurier! Et vieux, en plus!

— C'est intéressant, se hâta d'ajouter Malko, sentant venir l'orage. Viens le lire avec moi.

Après une imperceptible hésitation, Alexandra obéit et vint s'installer sur ses genoux. Malko lisait attentivement la page 3 du Kurier. Un article intitulé: UN SOVIÉTIQUE TRAVAILLANT POUR L'OUEST EXÉCUTÉ À MOSCOU.

L'Agence Tass annonçait qu'un certain Colonel Poresky venait d'être condamné à mort pour espionnage à l'issue d'un procès à huis clos et passé par les armes au polygone de Khodymka, près de Moscou. D'autres arrestations étaient imminentes, d'après Tass, et Poresky n'était que le maillon le plus élevé d'une chaîne qui aboutissait à un agent de l'ouest que Poresky connaissait sous le nom de Gedeon. Bien entendu, toujours d'après Tass, le Colonel Poresky, avant de mourir, s'était sincèrement repenti de son abominable conduite envers la généreuse Union Soviétique et empressé de dénoncer tous ses complices non encore touchés par la grâce...

Malko reposa le Kurier. C'était assez rare qu'un soviétique de haut rang trahisse. D'habitude, les défections se produisaient plutôt dans l'autre sens. L'Union Soviétique pouvait certainement s'enorgueillir de posséder la plus belle collection au monde de savants et fonctionnaires anglais pédérastes. Il faudrait un jour écrire une thèse sur les rapports entre l'homosexualité et le Socialisme. A moins que le KGB ne possède une brigade « rose » spécialisée dans la débauche des homophiles...

— A quoi penses-tu? demanda Alexandra.

Malko posa le bout de ses doigts sur la cuisse de la jeune femme et suivit la ligne ferme jusqu'au genou. Pour tenter d'effacer la vision de l'homme seul devant son peloton d'exécution. Sans connaître le Colonel Poresky, il se sentait un peu solidaire de l'officier russe. Après tout, ils appartenaient au même monde impitoyable...

Alexandra frémit imperceptiblement sous la caresse de Malko. Ses cheveux blonds giflèrent son nez:

— Ce n'est peut-être pas la peine d'aller dans le Parc, fit-elle à mi-voix. Nous irons au printemps.

Le Parc, c'était la fierté de Malko. Jusqu'à un passé très proche, le château de Liezen ne comportait guère plus de terre qu'un pavillon de banlieue. Situé à la limite de la Hongrie, il avait été victime, en 1945, d'une fâcheuse rectification de frontières. Il avait fallu, quelques mois plus tôt, le décès inespéré d'un voisin et une rentrée inopinée de dollars [1] pour que Malko devienne enfin un châtelain à part entière.

Alexandra dégageait un parfum léger, discret et pourtant terriblement entêtant. Malko se demandait comment elle parvenait à construire des chignons aussi parfaits et compliqués. Elle devait y passer des heures! Brusquement, une bouche chaude se posa sur son cou, derrière son oreille. Une onde de désir violent le parcourut comme une décharge électrique. Sa main se crispa involontairement sur la cuisse d'Alexandra.

— Tu n'as plus envie de tes putains jaunes, demanda suavement la jeune femme.

Allusion perfide au voyage de Malko au Vietnam... Alexandra ne lui avait posé aucune question, mais n'en pensait pas moins. Grâce à cette excursion passablement mouvementée, le château de Liezen était désormais entouré de dix hectares de bois.

La main de Malko remonta, jouant avec la boucle de la ceinture d'Alexandra — un énorme cercle de métal agrémenté d'un ardillon gigantesque. Ce ne serait pas la première fois qu'ils feraient l'amour dans la bibliothèque. Comme chaque fois qu'il avait envie de s'isoler avec Alexandra, il avait débranché le téléphone de la pièce. La couverture de vigogne, disposée devant la cheminée avait été achetée strictement dans cette éventualité.

Dans cette bibliothèque cossue et douillette, avec cette comtesse ravissante dans les bras et son château autour de lui, Malko se sentait plus Altesse Sérénissime que jamais. C'était vraiment une vie de Prince.

[1] Voir: *Mission à Saigon.*

Et au diable la C.I.A. et ses complots. Bien sûr il restait une aile à refaire entièrement et le toit s'était pratiquement effondré un an plus tôt mais au moins c'était son château. Il se réacclimatait de moins en moins facilement à sa villa de Poughkeepsie, près de New York.

Alexandra se fit plus lourde dans ses bras. Dans un mouvement peut-être involontaire, elle fit sauter une des pressions de sa jupe, découvrant le haut de ses collants.

Les trois premiers boutons du chemisier d'organdi étaient déjà défaits quand un coup léger fut frappé à la porte. On ne dérangeait jamais Malko quand il se retirait dans la bibliothèque avec Alexandra. Ce ne pouvait être qu'une chose grave.

— Entrez, cria Malko.

La longue silhouette un peu voûtée d'Elko Krisantem[1] s'encadra dans le battant. Le Turc détourna pudiquement les yeux de la couverture de vigogne. Bien que descendant théoriquement à mi-mollet, la jupe de daim noire dont toutes les pressions avaient sauté découvrait les longues jambes d'Alexandra jusqu'au ventre. Celle-ci ne broncha pas. Elle se conduisait envers les domestiques avec la charmante impudeur d'une jeune guenon. Sa pudeur ne se déclenchait qu'avec ses égaux.

— On demande Son Altesse au téléphone, dit Krisantem. Une certaine Comtesse Adler qui insiste terriblement pour lui parler.

Malko eut l'impression que le lustre du grand salon s'écrasait sur sa tête. Avec la rapidité d'un mille-pattes, Alexandra faisait claquer ses pressions. Son visage était de glace. Devant l'expression de Malko, elle ricana:

[1] Voir: *S. A. S. à Istambul.*

— Eh bien, vas-y. Ne te gêne pas... C'est sûrement pour te vendre des armes qu'elle te relance ici.

Krisantem baissa les yeux. Il avait horreur de voir son maître faiblir devant la belle Alexandra. Dans ces moments-là, il lui aurait volontiers passé son lacet autour du cou, en serrant un peu...

— J'y vais, dit Malko.

L'appareil du hall était décroché. Malko s'assit sur un coffre en vieux Venise, intrigué. Il n'avait plus entendu parler de la belle Comtesse Samantha Adler depuis Bali [1]. Que lui voulait-elle? Il pensa à ses yeux gris et à son corps en amphore grecque avec un soupçon de nostalgie.

— Allô, Malko?

La voix était toujours aussi veloutée, un peu rauque et si bien posée. On aurait jamais dit que Samantha était plus dangereuse qu'une portée de crotales.

— C'est moi, dit Malko, un peu froidement. Par la porte entrouverte de la bibliothèque, Alexandra entendait tout.

— Je suis si contente de te trouver là. J'ai si souvent pensé à toi.

Malko refréna sa vanité de mâle. Samantha avait déjà concouru victorieusement plusieurs fois pour l'Oscar du mensonge...

— C'est aussi une bonne surprise de vous entendre, fit-il prudemment.

Samantha eut un rire de gorge.

— Tu n'es pas seul?

— Si, mentit Malko. Furieux. Krisantem glissa comme une ombre à côté de lui. Plein de réprobation. En Turquie, Alexandra s'en serait tirée avec vingt coups de ceinture.

[1] Voir: *Amok à Bali.*

Tout se perdait.

— Tu ne me poses pas de questions? roucoula la Comtesse Adler. Tu n'es vraiment pas curieux...

— Des questions?

Malko était sincèrement étonné. A l'autre bout du fil, il y eut un silence, puis Samantha demanda d'une voix incrédule:

— Tu ne vas pas me dire que tu n'es pas au courant?

— Au courant de quoi?

— Tu ne lis pas les journaux?

— Si, mais avec un jour ou deux de retard... Je suis à la campagne ici...

— Et la radio, la télévision?

— Je ne les regarde jamais...

Samantha eut un rire cristallin.

— C'est trop drôle! Toi, le plus beau fleuron de la CIA, tu ignores ce qui m'arrive.

— Mais enfin, qu'est-ce qui se passe? demanda Malko agacé.

La Comtesse Adler rit de nouveau.

— Je t'expliquerai cela de vive voix... Quand nous nous verrons. J'ai besoin de toi. De ton hospitalité, pour être précise. Verrais-tu un inconvénient à ce que je vienne passer un jour ou deux chez toi, à partir de demain soir...

Malko crut avoir mal entendu. Le lendemain, c'était l'anniversaire d'Alexandra... Les invitations étaient déjà lancées... S'il décommandait le bal, elle lui arracherait les yeux après avoir brûlé le château.

— Je ne pense pas que demain ce soit possible...

Il essayait de comprendre. La spécialité de la Comtesse Adler, c'était le trafic d'armes en tout genre. Son insistance était étrange. Ce n'était certes pas le genre de fille à parcourir cent kilomètres de route enneigée pour venir l'embrasser. Il y avait autre chose...

— Ecoute, fit Samantha d'une voix plus dure. Je crois que tes amis seraient ravis que tu m'héberges. Je leur en ai déjà parlé, ajouta-t-elle onctueusement.

— Mes amis?

— Tes amis de l'Ambassade américaine...

Malko était de plus en plus exaspéré. Il avait horreur de mêler sa vie de prince autrichien à ses activités vulgaires et rétribuées.

— J'ai déjà des plans pour demain soir, dit-il fermement.

Samantha souffla avec impatience à l'autre bout du fil.

— Quel prince têtu! Nous allons nous voir avant et je suis sûre que tu vas changer d'avis... Que dirais-tu du...

Brusquement, la ligne fut morte. Machinalement, Malko secoua le récepteur, puis raccrocha.

Alexandra apparut à la porte de la cuisine, tenant délicatement entre ses doigts un petit objet. Il fallut quelques secondes à Malko pour reconnaître les plombs du téléphone... Ceux qui commandaient toute l'installation. Le visage sévère, la poitrine rentrée, la jupe boutonnée jusqu'à mi-mollet. Incarnation vivante de la dignité de bon aloi.

— Tu aurais dû accepter, remarqua-t-elle d'un ton acerbe. Ta belle pute te proposait une partouze... Depuis le temps que je m'ennuie dans ce trou. Et Krisantem aurait été ravi de s'en occuper..

Elle le défiait, les yeux dans les yeux. Malko la prit par la main et récupéra les plombs. Krisantem surgit comme par miracle et les enleva des mains de Malko.

— Si tu tiens absolument à une partouze, dit-il à

voix basse, nous pouvons commencer tous les deux.

Alexandra ne résista pas quand il l'entraîna dans la bibliothèque, fermant la porte derrière lui.

*
* *

La sonnerie du téléphone traversa la porte et atteignit les tympans de Malko. Involontairement, il sursauta. A la troisième sonnerie, il entendit Krisantem décrocher.

Alexandra se dressa sur les coudes, nue comme Eve, ses longs cheveux blonds dans la figure. Son chignon n'était plus qu'un souvenir, mais, hasard ou préméditation, ses longues bottes souples moulaient toujours ses jambes fuselées.

— Elle a fait vite, remarqua-t-elle ironiquement. Il faut qu'elle ait rudement envie de se faire baiser...

Sans relever, Malko se dressa au moment où Krisantem frappait à la porte. Cette fois, Alexandra se contenta de s'étirer voluptueusement au moment où le Turc passait la tête dans l'entrebâillement. Il en perdit le boire et le manger pour deux jours. Furieux, Malko s'enveloppa dans une robe de chambre et fonça dans l'entrée. Prêt à dire son fait à Samantha. Il n'en eut pas le temps.

— Je t'attends demain au Sacher, à quatre heures, annonça Samantha. Sois exact.

Elle raccrocha avant qu'il ait pu placer un mot. Le Sacher était un des plus vieux hôtels de Vienne, célèbre pour son salon de thé. Dépité, Malko regagna la bibliothèque. Alexandra était toujours aussi impudique.

— Ah, c'est toi, fit-elle. Je croyais que c'était Krisantem...

Il y avait des fessées qui se perdaient.

— Je l'ai envoyée au diable, fit Malko.

Passant pudiquement sur le rendez-vous. Inutile de rouvrir de vieilles blessures. Et il n'avait *vraiment* pas l'intention de s'y rendre.

Il se versa une coupe de Dom Pérignon pour chasser l'ombre de Samantha et se rallongea près d'Alexandra. Allongée à plat ventre, elle boudait.

La main de Malko allait atteindre le creux de ses reins lorsque la sonnerie du téléphone résonna dans le hall. Alexandra sauta de la couverture comme si une araignée l'avait piquée et traversa la pièce comme une furie, intégralement nue. De quoi donner un infarctus à Krisantem.

— Je vais lui répondre moi-même, gronda la jeune femme. Et je te jure qu'elle ne te rappellera plus...

Moralement, Malko se voila la face. Si Samantha parlait du rendez-vous au Sacher, il serait obligé de couvrir Alexandra de roses pour se faire pardonner cette félonie.

Digne et dépitée, Alexandra revint dans la bibliothèque, laissant la porte ouverte.

— C'est pour toi, fit-elle.

Donc, ce n'était pas l'AUTRE.

D'abord, Malko n'entendit que des grésillements au bout de la ligne, puis la voix de l'opératrice de Vienne annonça:

— Ne quittez pas, on vous parle de Washington...

Il n'eut pas le temps de se poser de questions. Après quelques crachouillis supplémentaires, la voix de David Wise, Directeur de la Divison des Plans à la Central Intelligence Agency éclata dans ses oreilles. L'Américain avait l'air très énervé. Il attaqua sans préambule:

— La Comtesse Adler vous a téléphoné?

— Oui, dit froidement Malko. Mais je ne vois pas en quoi cela vous concerne...

Jamais Malko n'aurait pensé que David Wise

puisse être si grossier... Quand ses jurons eurent fini de faire trembler la ligne il dit d'une voix glaciale:

— Mon cher, je vous rappelle que je suis ici chez moi. Si vous continuez, je raccroche...

A son silence, il comprit que David Wise était au bord de l'infarctus, ou peut-être même de l'attaque.

— Vous vous moquez de moi? fit le directeur de la CIA d'une voix presque suppliante.

— Mais pas du tout! protesta Malko.

— Vous ne savez pas pourquoi vous *devez* recevoir la Comtesse Adler? Vous ne lisez pas les journaux?

Ça recommençait...

— Non, je ne lis pas les journaux, et je n'écoute pas la radio, fit Malko excédé. Qu'est-ce qui se passe?

— Doux Jésus, fit David Wise. (Il y avait longtemps qu'il n'avait pas invoqué le nom de Dieu avec autant de ferveur.) Il se passe que la Comtesse Adler vient de faire passer à l'Ouest le Colonel du KGB Boris Okolov, que les Autrichiens l'ont priée de quitter Vienne avec lui et qu'elle est prête à se réfugier chez vous pour discuter des conditions auxquelles le Colonel Okolov demanderait l'asile politique aux USA... Est-ce que cela vous suffit pour jouer les maîtres de maison?

Cette fois, ce fut au tour de Malko de rester silencieux. Comme tous ceux qui appartenaient aux Services de Renseignements il avait entendu parler du Colonel Boris Okolov. Le personnage le plus étrange du KGB. On ne le voyait guère en uniforme et il s'était spécialisé depuis des années dans les missions particulièrement délicates. Comme la remise au pas de la Tchécoslovaquie après le Printemps de Prague. Ou la fabrication des faux Mémoires de la fille de Staline...

Lorsqu'il vivait à Moscou, il résidait dans une

somptueuse Datcha avec un court de tennis privé, conduisait une Porsche dernier modèle et se rendait à son bureau dans une Mercédès climatisée, *nec plus ultra* du snobisme soviétique, l'air climatisé étant totalement inutile à Moscou, même au mois d'août... Les Kremlinologistes juraient tous que le Colonel Okolov jouissait de la protection d'un des plus hauts personnages du Parti et qu'il était en réalité un des vrais patrons du KGB. En dépit de son grade, somme toute modeste, de Colonel.

Si cet homme avait vraiment choisi la liberté, il n'avait pas de prix pour les Services de Renseignements occidentaux.

— Je pense que je vais m'arranger, dit Malko, un peu penaud.

— Je n'en attendais pas moins de vous, conclut David Wise avec une certaine ironie. Contactez immédiatement notre Ambassade de Vienne pour les modalités d'action. Ils sont au courant.

Malko raccrocha. Il hésita dans le hall, avec une furieuse envie de filer sur Vienne sans rien dire à Alexandra. Celle-ci l'attendait dans la bibliothèque, rhabillée et intriguée.

— Qu'est-ce qu'on te voulait?

Malko se versa un plein verre de vodka qu'il vida d'un trait avant d'avouer:

— C'est à toi aussi qu'on voulait quelque chose...

CHAPITRE III

— Quelle belle vie...

Le Colonel Boris Okolov vida son verre de J. and B. sans eau et fit miroiter le cristal avant de le reposer. Avec ravissement, le Russe admirait la fine broderie de la nappe, la porcelaine délicate, l'argenterie rutilante. Deux gros chandeliers à quatre branches étaient posés sur la table, éclairant discrètement la suite luxueuse. D'épais rideaux arrêtaient tous les bruits du Stubenring. Une moquette moelleuse dans laquelle on avait envie de se rouler.

— Quelle belle vie! répéta Boris Okolov. Et jolie femme, ajouta-t-il aussitôt, en souriant à sa compagne.

La joie du Russe semblait absolument sans mélange, mais Samantha Adler ne se laissa pas impressionner: l'homme en face d'elle était l'un des plus dangereux du monde. Et cet appartement de l'Impérial à Vienne avait beau être luxueux, elle était en danger de mort. Comme lui. Sur une chaise à côté d'elle, elle avait posé un High-Standard 38 avec une balle dans le canon et la porte était fermée à clef.

Si les rideaux étaient tirés en plein jour, ce n'était pas seulement par besoin d'intimité... Avec un bon fusil à lunette, on peut accomplir de mortels petits miracles. Même à travers une avenue de la largeur du Ring. En dépit de ces précautions, elle ne se sentait pas tranquille.

Boris Okolov se pencha par-dessus la table et lui prit la main:

— A quoi penses-tu, mon chéri? demanda-t-il en allemand avec son inimitable accent.

Il ignorait totalement le vouvoiement. Il avait un mépris sans limite pour les articles, les pronoms et le passé composé. Avec en plus, un accent russe à couper au couteau. Etonnant chez un homme aussi intelligent... Samantha se força à sourire:

— Je suis heureuse d'être ici avec vous.

Et d'être sur le point d'encaisser un million de dollars... Mais ce sont des choses que l'on ne souligne pas entre gens bien élevés.

Boris montra des dents éclatantes, incroyablement blanches. Il était bourré de charme. Difficile de lui donner un âge précis: entre quarante-cinq et soixante. Il se tenait étonnamment droit, n'avait pas un pouce de graisse et seuls ses traits marqués accusaient son âge.

Il avait un visage plat très slave; avec un nez écrasé de boxeur marqué par les coups, deux grandes rides encadrant la large bouche et un menton un peu en galoche. Mais ses yeux noirs enfoncés, pétillants d'intelligence, faisaient vite oublier les imperfections de ses traits. Lorsqu'il était en colère, les muscles de ses mâchoires saillaient sous sa peau, comme des cordes d'acier. Un peu méchamment, Samantha s'était dit que lorsqu'il serait plus vieux, son nez rejoindrait son menton et qu'il ressemblerait à un polichinelle...

Depuis qu'elle le connaissait, elle s'était souvent demandé comment le rigide système soviétique ne l'avait pas plié à son moule.

Avec ses costumes merveilleusement coupés, le moulant étroitement, Boris Okolov ressemblait plus à feu Porfirio Rubirosa qu'à un officier supérieur du KGB... Il ne s'habillait sûrement pas au Goum... Quand on pensait à l'allure pataude et endimanchée des membres du Politburo! De plus, le Colonel Okolov prenait un soin presque maniaque de son corps. Tous les matins, il s'enfermait une demi-heure dans la salle de bains, lavant et brossant ses cheveux noirs, s'arrosant de Mennen avec l'acharnement d'une cocotte 1900. Le choix de ses chemises de couleur, coupées elles aussi sur mesure, lui prenait ensuite un bon quart d'heure.

Un vrai play-boy.

Mais un play-boy pas comme les autres.

Certaines personnes, si elles avaient rencontré Boris Okolov, lui auraient vidé un chargeur dans la tête sans même lui laisser le temps de dire bonjour. Et auraient sincèrement regretté de ne pas pouvoir faire plus. Comme, par exemple, lui arracher la peau avec des tenailles.

Il était en tête de liste des gens considérés les plus dangereux pour le monde occidental depuis de nombreuses années. Après une carrière sans histoire de commissaire politique, on l'avait retrouvé filtrant les SS capturés durant la campagne de Russie et les réexpédiant vers l'Ouest avec des missions bien précises. Comme de tuer les Ukrainiens en exil.

Les Ukrainiens prétendaient qu'Okolov avait été responsable d'une centaine de meurtres et en avait commis lui-même autant. Mais c'étaient des slaves et les Américains divisaient ces chiffres par deux.

De son vivant, le Général Gehlen, patron des Services de Renseignements de la Bundeswehr, avait promis 100 000 marks à celui qui lui amènerait Okolov ou une partie suffisamment importante de son corps prouvant la fin de son existence. De l'équipe passée à l'Est pour remplir cette mission, on n'avait plus jamais entendu parler. Sauf un cadavre proprement découpé en deux à la scie mécanique trouvé devant le siège de l'Organisation Gehlen, à Munich.

On avait retrouvé la trace de Boris Okolov à New York, lors de l'assassinat d'un financier international, ayant brouté à trop de râteliers...

Puis, il avait resurgi en Tchécoslovaquie, après le Printemps de Prague. Pour faire déporter et fusiller une centaine d'intellectuels. Ceux qui l'avaient approché disaient qu'il ne se mettait jamais en colère, qu'il parlait doucement, surveillait sa ligne, était un bon vivant et possédait une intelligence hors série.

La CIA avait réussi à savoir qu'il dirigeait la « Section spéciale » du KGB spécialisée dans les opérations délicates et meurtrières, le fameux SMERSH, mais amélioré. Etant donné sa notoriété le Colonel Okolov ne s'était plus risqué ouvertement à l'Ouest depuis une dizaine d'années. Aux dernières nouvelles, il était officiellement conseiller de l'Ambassade soviétique à Bucarest.

Son arrivée avait coïncidé avec la disparition d'une cinquantaine d'intellectuels roumains.

Voilà l'homme qui dînait tranquillement en face de Samantha, impeccable dans un costume rayé bleu de PDG, soigné jusqu'au bout de ses ongles manucurés et aussi détendu que s'il se trouvait au Kremlin au lieu d'être dans un des meilleurs hôtels de Vienne.

Même une photo de lui valait une fortune. La CIA n'en possédait qu'une demi-douzaine et encore la plus récente était-elle floue.

Samantha se leva et alla jusqu'à la fenêtre. Elle

portait un cachemire rouge et une jupe de cuir noir fendue très haut qui découvrait ses jambes à chaque pas. Boris Okolov la suivit des yeux avec une expression ravie. Lorsqu'elle passa près de lui, il l'attira et la prit sur ses genoux. Elle se laissa faire. Cela aussi faisait partie du jeu. La large main du Russe fit sauter une pression, découvrant la cuisse moulée par le collant noir. Rêveusement, il caressa la jambe, montant très haut.

— Tu aimes faire amour avec moi, chérie?

Samantha sursauta. Boris était toujours imprévisible. Maintenant sa main était posée possessivement sur son sexe et il la massait doucement. Elle réalisa que son souffle était un peu plus court. Sans lui laisser le temps de répondre, le Russe enchaîna:

— Quand je suis plus jeune, je peux faire amour nuit entière... Une fois en 45, j'ai baisé toutes les femmes d'un camp de prisonniers... Il y avait naine qui ne voulait plus lâcher Boris Sergeïevitch...

Soudain, sa main quitta le sexe de Samantha et d'un geste sec, Boris fit sauter toutes les pressions, découvrant la jeune femme jusqu'à la taille. Sans effort apparent, il la prit dans ses bras et la déposa sur le lit. Calmement, il retira sa veste, puis sa cravate et sa chemise.

Samantha attendait, sans même retirer ses bottes. Elle commençait à connaître les goûts de Boris Okolov. Curieusement, elle l'observa. Il avait des épaules larges et la poitrine plate, pas d'estomac et des muscles puissants, sous une peau un peu ridée.

Il plia son pantalon et s'allongea près de Samantha, ne gardant que son slip. Ses jambes étaient pleines de varices bleuâtres et il en avait honte. Tout de suite, sa grande main tira le collant sur les reins de Samantha. Puis il se jeta littéralement sur elle. Samantha gémit, s'accrocha à lui, chercha dans sa tête ce qu'elle pouvait dire pour l'exciter encore plus. Mais déjà il s'enfonçait brutalement en elle, la tenant par les hanches à deux mains.

Heureusement, dans cette position, il ne pouvait voir son visage. Savamment, elle ondula des reins, comme submergée de plaisir. Au moins elle n'aurait pas à remettre ses bottes. Il lui fallait toute sa volonté pour ne pas sauter du lit, s'arracher à cette étreinte.

Boris Okolov murmura quelque chose à son oreille qui la fit frémir de dégoût. Il aimait cela. Lentement, il se retira d'elle, encore excité et elle le sentit glisser le long de ses reins. Pour ne plus penser, elle regarda autour d'elle. Le KURIER du matin était tombé par terre... La manchette énorme tenait les huit colonnes.

UN AS DU KGB SE RÉFUGIE À L'OUEST.

Une douleur fulgurante lui déchira les reins et elle ferma les yeux, se mordant les lèvres. Le souffle court, Boris s'activait en elle. Samantha se força à penser aux jours qui venaient de s'écouler. La manchette dansait devant ses yeux. Une onde de fierté la parcourut. L'homme qui était en train de se servir de son corps parfait était célèbre. Sa fuite à l'Ouest était aussi inattendue que celle de Rudolph Hess, le bras droit d'Hitler, pendant la guerre. Il y avait peut-être une douzaine de personnes qui détenaient autant de secrets que lui... Et c'était elle, Comtesse Samantha Adler, qui avait arrangé la fuite de cet homme tout-puissant...

— Tu aimes, ma chérie? murmura Boris à l'oreille de Samantha.

— Oh oui, fit la jeune allemande.

C'était le seul point faible qu'elle avait découvert à ce jour chez Boris Okolov. Un goût effréné pour son corps dont il usait de toutes les façons sur un rythme surprenant pour un homme de son âge. Et une quête incessante de compliments sur ses performances sexuelles.

Elle cambra les reins et le Russe se rua avec encore plus de vigueur. Elle savait qu'il ne pouvait pas résister à cet appel. En quelques secondes, il s'effondra sur son dos, secoué encore de spasmes.

Elle se garda bien de bouger. La première fois qu'elle avait rencontré Boris Okolov elle ne se serait jamais doutée de l'influence qu'elle prendrait un jour sur lui. Depuis plusieurs années, elle traitait des affaires avec lui. Des armes qu'il fallait faire parvenir dans des endroits difficiles. Le Russe avait apprécié l'efficacité de la jeune femme. Plusieurs fois, ils avaient dîné ensemble.

Elle n'avait pas entendu parler de lui depuis plusieurs mois, lorsqu'une semaine plus tôt, elle avait reçu un message de Boris Okolov, par un canal habituel. Il lui demandait de venir immédiatement à Bucarest. Samantha avait obéi, espérant une affaire intéressante. Elle avait rencontré le Russe au restaurant de l'Hôtel Lido. Le Colonel du KGB semblait avoir vieilli, était soucieux, nerveux. Très vite, il s'était ouvert à Samantha. Leur conversation était restée gravée dans la mémoire de la jeune allemande:

— Tu as entendu parler Colonel Poresky? avait demandé Okolov nonchalamment.

— Bien sûr.

L'histoire de Poresky et de son exécution datait de la veille. Samantha savait que les Anglais avaient même proposé un échange et que les Russes avaient refusé... Ils voulaient la peau de Poresky.

— C'est vous qui l'avez démasqué? avait demandé Samantha.

Le Russe avait eu un sourire presque joyeux.

— C'est moi qui donnait renseignements. Sans moi, Poresky, merderie absolue.

Samantha était restée la fourchette en l'air, effarée et effrayée. Elle n'aimait pas ce genre de confidence.

— Tu vois, deux hommes là-bas, près du bar? avait continué le Colonel Okolov.

Deux hommes dînaient tranquillement. Inodores, incolores et sans saveur. Samantha leur trouva une sale tête.

— Ce sont hommes du KGB. Ils surveillent Colonel Okolov. On a découvert pour Poresky. Bientôt je suis arrêté et plus jamais entendre parler moi.

Son ton était paisible, sans passion.

— Vous?

Cela semblait incroyable. Lui, l'homme tout-puissant du KGB!

— Pourquoi avez-vous fait cela?

Le Russe jouait avec une boulette de pain.

— L'argent. J'ai toujours aimé belle vie, costumes bien coupés, champagne, caviar, femmes. Et je suis seulement fonctionnaire avec salaire 2300 roubles.

Samantha ne comprenait pas. Elle avait regardé de nouveau les deux hommes qui dînaient à la table voisine. Ils avaient bien des têtes de policiers.

— Qu'allez-vous faire?

Boris Okolov avait hoché la tête:

— J'ai reçu ordre rentrer à Moscou pour conférence KGB. Je sais que c'est mensonge. Mais on lave linge sale en famille. Mauvais effet si KGB me fait arrêter par Roumains. J'ai billet sur le vol de demain de la Tarom pour Moscou. Après, pftuuut...

Samantha avait froncé les sourcils:

— Pourquoi ne fuyez-vous pas?

Le Russe avait secoué la tête.

— Pas possible. Si je prends avion Ouest, je suis arrêté tout de suite.

Quand on connaissait la brutalité des « purgés » soviétiques, l'histoire de Boris Okolov était loin d'être invraisemblable.

Samantha s'était forcée au calme pour demander:

— Que voulez-vous de moi?

Boris Okolov lui avait expliqué posément ce qu'il attendait d'elle et pourquoi il l'avait choisie: elle n'appartenait à aucun service de l'Ouest et n'avait que son propre intérêt en jeu. Mais le risque était énorme. Quand il avait eu terminé, Samantha avait demandé:

— Qu'est-ce que vous m'offrez?

Boris Okolov avait eu un sourire éclatant.

— Moi. Si nous réussissons, je te laisserai négocier où je vais. Beaucoup de gens donnent fortune pour passer seulement quinze minutes avec moi.

Ne serait-ce que pour lui arracher les yeux et lui couper la gorge.

Samantha avait du mal à garder son calme. C'était le plus beau coup de sa carrière d'aventurière. Boris Okolov valait littéralement de l'or. Mais, aussi, quel risque!

— Qu'est-ce qui me dit que vous tiendrez votre promesse, lorsque vous serez libre?

Le Russe s'était penché par-dessus la table.

— Ma chérie, jamais encore, Boris Sergéievitch Okolov fait mauvais coup à jolie femme. Et je connais toi. Tu te laisses pas faire...

— Si vous cherchez à m'avoir, je vous tuerai, avait dit tranquillement Samantha.

Le Russe avait levé la main droite:

— Parole Colonel Okolov, c'est pareil parole Bon Dieu.

Puis, il avait levé son verre plein de Tirvana, vin blanc sec roumain.

— Demain, nous buvons champagne de France!

*
**

— Voilà avion.

Samantha regardait le petit Fieseler Stork, rescapé de la Luftwaffe, garé sous un petit hangar, dans l'aile Est de l'aéroport de Bucarest. Peint en gris, il semblait extérieurement en bon état. Ce monomoteur, avion d'observation de la Luftwaffe, était très facile à piloter.

— Vous êtes sûr qu'il y a de l'essence?

— Complètement sûr. Avion toujours prêt à partir pour directeur aéroport. Moi, je sais.

Aucun garde autour de l'appareil. Samantha réfléchissait. La veille au soir, le Colonel Okolov lui avait expliqué pourquoi il l'avait fait venir en Roumanie. Il s'était souvenu qu'elle savait piloter. Or, lui connaissait un petit avion, toujours prêt à partir. Cela serait suffisant pour gagner l'Autriche, en rase-mottes, si le temps le permettait...

C'était la dernière chance du Colonel Okolov. Une fois dans l'avion de Moscou, c'était fini.

Samantha regarda autour d'elle. Entre eux et l'avion, il n'y avait qu'une barrière gardée par un soldat. Okolov lui avait dit qu'il en faisait son affaire.

— Allons-y, dit-elle. Mais si vous vous êtes trompé, nous sommes perdus tous les deux.

Boris Okolov passa la première de sa Volga. En les voyant s'approcher de la barrière, le soldat sortit de sa guérite. Okolov tira son portefeuille et lui montra une carte barrée de bleu-jaune-rouge. Aussitôt, le militaire salua et souleva la barrière. Ils étaient sur l'aéroport.

— Qu'est-ce que c'est? demanda Samantha.

Le Russe sourit:

— Police Roumaine donne carte, directeur, avant histoire...

— Dépêchons-nous.

Le BAC III de la Tarom était en train d'embarquer des passagers. La Volga était venue s'arrêter près du Fieseler. Aussitôt, Samantha avait bondi vers l'avion. La porte du cockpit était ouverte. Elle avait grimpé dedans et s'était installée aux commandes.

Contact. Les cadrans s'étaient animés. Les réservoirs étaient pleins. Mais il fallait cinq minutes de point fixe. Samantha avait lancé le moteur immédiatement. Il avait démarré et le ronflement avait fait vibrer le hangar. Hélas, il devait s'entendre de tout l'aéroport... Les dents serrées, Samantha surveillait d'un œil son tableau de bord et de l'autre la porte du hangar. Le Colonel Okolov était resté à terre, prêt à grimper.

Un homme en uniforme avait surgi en courant quelques secondes avant que Samantha ne desserre le frein. En gesticulant, il s'était précipité vers l'avion. Le Russe l'avait laissé venir puis avait sorti un gros Tokarev automatique. Aussitôt l'autre avait levé les mains. Le geste d'Okolov avait été si rapide que l'Allemande l'avait à peine vu frapper. Mais sa victime s'était écroulée d'un bloc et le Colonel Okolov avait sauté dans le cockpit.

— Maintenant, nous pouvons partir...

Samantha ne se l'était pas fait dire deux fois. Le petit Fieseler s'était rué hors du hangar en grondant. La piste était à une centaine de mètres. Avant même que la tour de contrôle ne s'en aperçoive, le Fieseler était en l'air, piquant vers l'ouest. Concentrée sur ses commandes, Samantha ne regardait pas la plaine plate et grise en dessous d'elle. Il y avait un peu plus de 500 miles à parcourir, entièrement au dessus de pays hostiles...

Les trois heures qui avaient suivi avaient été les plus longues dans la vie de la Comtesse Adler. Le fragile Fieseler tanguait dans les vents rabattants des Karpathes, traversant parfois des nappes de brouillard. Samantha conduisait à vue. Son tableau de bord était assez rudimentaire et elle n'avait pas de sonde altimétrique. A chaque instant, elle s'attendait à voir surgir un chasseur roumain ou hongrois, qui ne ferait qu'une bouchée du Fieseler. Assis à côté d'elle, Boris Okolov ne disait pas un mot, aussi détendu que s'il s'était trouvé dans un salon.

Volant au ras du sol, le Fieseler était pratiquement inrepérable par les radars. Mais si il rencontrait une nappe de mauvais temps, il serait obligé de grimper et ce serait fini...

De temps à autre, Samantha branchait sa radio, sans rien recevoir d'intéressant. L'essence baissait régulièrement. Pour atteindre Vienne, elle n'avait qu'une marge de trente minutes de vol.

Elle n'avait respiré enfin qu'en entendant la voix de la tour de contrôle de Vienne, toute proche. Aussitôt, elle avait appelé, demandant l'autorisation d'atterrir, en priorité-détresse.

Quinze minutes plus tard, le Fieseler touchait le sol autrichien. Immédiatement, deux voitures de police avaient encadré le petit avion de tourisme aux couleurs roumaines. Samantha et le colonel Okolov avaient été fouillés et désarmés, puis emmenés dans le bâtiment de la police de l'aérogare. Ces gens qui arrivaient de l'Est après avoir volé un avion ne disaient rien aux Autrichiens. Cela signifiait des problèmes avec les Roumains...

Mais le lieutenant qui les interrogeait avait failli

passer à travers le plancher quand le Russe avait déclaré:

— Je suis Colonel Boris Sergeïevitch Okolov, du KGB. Je demande asile politique...

Comme il avait des papiers parfaitement en règle, on avait bien été obligé de le croire... Et on ne traite pas un Colonel des Services de Renseignements soviétiques comme le premier des pirates de l'air. Et pourtant, on ne pouvait pas le laisser se dissoudre dans la nature.

Horrible dilemme.

Trois heures plus tard, la première édition du Kurier sortait avec le nom et la photo de Boris Okolov. Le cabinet viennois était réuni en séance extraordinaire. Les Russes protestaient déjà contre l'asile provisoire donné aux pirates de l'air, Samantha et le Colonel Okolov. Le Premier Secrétaire de l'Ambassade des Etats-Unis s'était déplacé en personne pour faire savoir au Ministre de l'Intérieur autrichien que les USA étaient prêts à offrir le droit d'asile à Boris Okolov et à sa compagne et qu'ils considéraient l'incarcération des deux transfuges comme un geste inamical envers les U.S.A. ... qui étaient justement sur le point d'accorder un prêt de 70 millions de dollars à l'Autriche...

A l'issue d'une tumultueuse réunion de Cabinet, le Ministre de l'Intérieur avait décidé de donner quarante-huit heures aux deux encombrants transfuges pour choisir un pays-refuge.

Boris Okolov et Samantha s'étaient retrouvés à l'Impérial, palace viennois, qui en avait vu d'autres. La note de l'Impérial serait payée par les contribuables autrichiens. Il fallait bien qu'ils servent à quelque chose.

*
**

Samantha se dégagea doucement. Boris Okolov s'était endormi contre elle. La jeune femme alla se remaquiller. Puis elle s'approcha de la fenêtre et écarta le rideau. Les deux Mercédès de la police étaient garées en face de l'Impérial. Le hall grouillait de policiers en uniforme. Le couloir de leur appartement avait été condamné. Le standard était branché directement sur la Stadtpolizei. Rien ne devait arriver au Colonel Boris Okolov durant son séjour à Vienne. Les Services spéciaux viennois avaient fait discrètement savoir aux Soviétiques qu'ils ne toléreraient aucun coup de force...

Samantha s'habilla rapidement, se remaquilla et mit son pistolet dans son sac. Elle se sentait un peu grisée par la facilité avec laquelle son plan était en train de se réaliser.

Maintenant, il lui restait à organiser la grande vente aux enchères. Elle proposait une marchandise unique: un homme que tout le monde voulait, un homme qui détenait certains des secrets les mieux gardés du Kremlin. Le colonel du KGB Boris Sergeïevitch Okolov. Elle se sourit à elle-même. Tout le monde serait là: les Anglais, les Américains, les Allemands, et d'autres peut-être.

Elle regarda sa montre: quatre heures moins le quart. Il était temps d'aller au Sacher. Ce n'était pas par hasard qu'elle avait téléphoné à Malko la veille. Les Américains étaient ceux qui avaient le plus d'argent. Et elle connaissait Malko. C'était une toute petite garantie.

Boris Okolov dormait sur le lit, le visage éclairé par les candélabres de la table. Ses dents semblaient irréelles. Samantha se souvint qu'un jour, il lui avait avoué qu'elles étaient fausses, que les Allemands les lui avaient cassées, une par une. Elle le contempla quelques secondes, rêveusement. Son meilleur atout dans la lutte sans pitié qui allait se livrer autour du transfuge était peut-être le goût immodéré que le Colonel Okolov avait de son corps parfait.

Une sorte de talon d'Achille.

Dehors, un tramway passa en grinçant. Samantha ouvrit doucement la porte et referma derrière elle. Boris ne s'était pas réveillé. Tout de suite, elle fut stoppée par un policier autrichien en civil.

— Où allez-vous?

— Au Sacher, prendre le thé.

Il resta un peu perplexe devant le regard ironique de la jeune allemande. Il n'avait pas d'instructions pour l'empêcher de sortir. Alors que le Colonel Okolov ne quitterait l'Impérial que définitivement...

— Vous pouvez me suivre, ajouta Samantha avant d'appuyer sur le bouton de l'ascenseur.

Ce n'était pas inutile, peut-être. En dehors de ceux qui étaient prêts à payer très cher pour le Colonel Okolov, il y en avait d'autres qui feraient n'importe quoi pour le supprimer. Et elle avec.

L'ascenseur arriva et Samantha s'y engouffra. Elle se sentait presque l'âme légère. Le danger était son compagnon depuis si longtemps. Elle se demanda comment sera Malko. Et si elle était encore un peu amoureuse de lui.

CHAPITRE IV

Dean Donahue, haut fonctionnaire de la CIA en Europe, spécialiste des problèmes soulevés par les transfuges, pressait entre deux doigts un invisible bouton sur son cou. Avec son visage sévère, ses lunettes et sa silhouette mince, il aurait pu passer pour un médecin arrivé ou, à la rigueur, un pasteur anglican d'une secte aisée.

Abandonnant le bouton fantôme du cou, il en chercha un autre sur son menton, pressant avec obstination la peau vierge de la plus petite irrégularité. C'était un tic dont il n'avait jamais pu se débarrasser... Sagement assis en face de lui, Malko attendait le résultat de ses réflexions.

Le bureau de l'Ambassadeur des Etats-Unis à Vienne où ils se trouvaient était une pièce d'une laideur distinguée, décorée de « marines » d'un goût tel qu'il donnait envie d'envoyer par le fond les derniers trois-mâts. L'Ambassadeur se trouvait à Innsbruck, en train de skier. Ce qui lui évitait de se mêler à une affaire délicate.

— C'est presque comme si on nous amenait Khrouchtchev, soupira Dean Donahue.

Malko sourit poliment.

— Quand même...

Donahue lui jeta un regard plein de commisération:

— Vous ne savez pas qui est ce Colonel Okolov. Depuis quinze ans, il est au courant des opérations les plus secrètes du Kremlin. Il connaît des choses que nous ne soupçonnons même pas. Sans parler de ses liens avec certains membres du Comité Central. C'est... c'est comme si les Russes s'emparaient d'Edgar Hoover[1].

Il se rengorgea, ravi de la comparaison.

— Il paraît qu'Hoover est gâteux, objecta Malko. Le colonel Okolov est peut-être gâteux aussi.

Donahue abandonna un troisième bouton pour le foudroyer du regard.

— Ne dites pas d'insanités. Edgar Hoover n'est pas gâteux, en dépit de ses soixante-seize ans. Ce sont les Panthères Noires qui font courir ce bruit ridicule. Okolov n'est pas gâteux non plus, j'en suis sûr. Ses opérations en Tchécoslovaquie ont été menées d'une main de fer... Et en Roumanie, il s'est montré très efficace aussi.

Plaisant euphémisme pour traduire le fait qu'il ait assassiné avec une grande conscience professionnelle. Mais paix aux cendres de ses victimes. C'était maintenant presque un allié...

Malko leva les yeux vers le plafond doré:

— La comtesse Adler va être déçue si je ne lui fais pas de proposition précise. Puisque le colonel Okolov est si précieux, pourquoi ne payez-vous pas simplement le prix...

Dean Donahue secoua la tête. L'incarnation même de la vertu.

[1] Directeur du FBI.

— Vous ne connaissez rien à ces problèmes, dit-il. Réalisez-vous le profit que les Russes pourraient tirer du fait que nous aurions « acheté » cet homme? Nous n'avons pas pour habitude de payer les transfuges. De plus, cette femme est une vulgaire aventurière. Nous n'avons aucune raison de lui donner un penny.

— C'est elle qui a permis à Okolov de fuir, objecta Malko.

Donahue balaya la fuite d'un geste sec.

— Ce n'est pas une raison.

— Il y a peut-être une autre raison, remarqua calmement Malko.

Donahue leva un sourcil, froid et distant.

— Laquelle?

— C'est que Mlle Adler est parfaitement capable de livrer Okolov à quelqu'un d'autre. Ou même de la tuer...

Le visage de l'Américain refléta une indignation sincère.

— Ne dites pas de bêtises. Elle n'est pas si redoutable... Ne vous laissez pas impressionner.

Malko buvait du petit-lait. Il sourit gentiment.

— Dois-je vous préciser que j'ai vu de mes yeux la Comtesse Adler commettre plusieurs meurtres? De sang-froid et sans la moindre hésitation. Elle est aussi dangereuse que votre Colonel Okolov.

Cette fois, Donahue parut sincèrement choqué. Généralement, il ne travaillait que sur ordinateur, pas sur cadavre.

— Vous auriez dû intervenir, dit-il sentencieusement.

— Dans ce cas, je ne serais pas là, fit Malko.

Il y eut un silence lourd de souvenirs. Un ange passa chargé de tous les péchés de la CIA. Il volait bas.

Donahue se gratta la gorge et tapota le bureau de l'Ambassadeur.

— Je vais vous dire pourquoi nous voulons absolument ce Colonel. Poresky n'a jamais travaillé pour nous, mais pour le M I 5 [1]. Et les Anglais ne nous ont donné que des fragments de ce qu'il leur a appris. Grâce à Okolov, nous saurons tout et même plus qu'eux.

De nouveau, l'excitation fit frémir sa voix bien posée:

— Réalisez-vous que c'est lui qui informait Poresky. Il doit connaître tous les réseaux soviétiques, tous les codes Gamma...

— Qu'est-ce que c'est les codes Gamma?

— Je vous expliquerai, éluda Donahue, comme s'il en avait trop dit.

Il se pencha, sûr de lui et un peu protecteur.

— Ne vous tracassez pas, mon cher, j'ai déjà tout organisé pour la « récupération » de Boris Okolov. Vous avez entendu parler du Colonel Douglas?

— Non.

— C'est l'homme qui a mené l'expédition contre le camp de prisonniers au Nord-Vietnam. Un combattant splendide. Une opération admirable. Nous avons mis au point une petite surprise dans le même genre pour récupérer Okolov chez vous. Avec des hélicoptères. A partir de notre base de Francfort. Ce sera sans bavures...

Il en devenait lyrique, Donahue. Malko le refroidit d'un coup.

— Il n'y avait plus de prisonniers dans votre camp, je crois. Faites attention que cette opération-ci ne soit pas du même tonneau. Si vous n'emportez que le cadavre d'Okolov, cela ne servira pas à grand-

[1] Service de Renseignements anglais.

chose. On ne va quand même pas l'enterrer à Arlington.

Donahue sursauta devant ce blasphème.

— C'est à vous de veiller sur la vie d'Okolov en attendant le Colonel Douglas, remarqua-t-il acerbement. David Wise m'a dit que vous étiez un agent brillant.

— Peut-être, mais je ne suis pas magicien...

— Ayez confiance, dit Donahue. Nous vous envoyons du renfort. Chris Jones et Milton Brabeck sont au-dessus de l'Atlantique. Vous les connaissez, je crois? De plus, nous nous chargeons de toute intervention extérieure.

— Vous ne pensez pas que les Russes vont tenter quelque chose...

— Si j'étais eux, je tenterais n'importe quoi, fit Donahue avec conviction. Mais les Autrichiens sont prévenus. Ils ont triplé les postes frontières de votre côté... Ils surveillent toutes les routes et ont mis sous observation les agents soviétiques connus...

Cela faisait du monde.

— Et quand le Colonel Douglas doit-il venir me délivrer de mon hôte?

— La nuit prochaine à 4 heures. Il y aura trois hélicoptères. Une cinquantaine d'hommes au total. Avec des moyens très perfectionnés.

— Rappelez-leur qu'ils ne vont pas au Vietnam, coupa Malko. Tous les civils qu'ils tueront ne seront pas forcément des ennemis.

Donahue ignora cette flèche de Parthe.

— Tout ira bien, affirma-t-il chaleureusement.

Malko se leva. L'assurance de Donahue l'agaçait.

— Eh bien, il n'y a plus qu'à prier. Mais ne vous en prenez qu'à vous si Samantha Adler fait sauter la tête de notre ami du KGB. Je ne réponds de rien. Et dites à votre Colonel de ne pas se tromper de château.

Il sortit sur ces paroles vengeresses. Il ne comprendrait jamais les Américains. Où la vertu allait-elle se nicher? On n'achetait pas les transfuges... L'achat étant réservé aux républiques bananes et aux dictateurs analphabètes des Caraïbes. Le code moral de la CIA était assez sinueux.

***

Malko admira Samantha Adler traversant le salon de thé du « Sacher ». Il avait fait exprès d'arriver le premier. La jeune allemande était coiffée d'un strict chignon retenant ses cheveux noirs et son manteau de cuir long n'arrivait pas à dissimuler son élégante silhouette. Comme la première fois qu'il l'avait vue, débarquant du Bremen à Djakarta, tout chez Samantha suggérait l'élégance, la sophistication, le raffinement. Les quelques hommes présents se retournèrent tous sur son passage et Malko se sentit secrètement flatté. Le salon de thé du « Sacher » était plutôt fréquenté par des dames d'âge canonique portées davantage sur les pâtisseries que sur les joies de la chair...

Une fraction de seconde, ils restèrent face à face, debout. Ses yeux gris-bleu à peine maquillés au Twenty étaient indéchiffrables. Puis Samantha avança un peu le visage et ses lèvres effleurèrent celles de Malko.

De la même façon dont elle lui avait dit au revoir un an plus tôt, dans l'aéroport de Bangkok. Il en fut troublé encore plus quand elle se débarrassa de son manteau et apparut moulée dans un pantalon de cuir marron et un cachemire de même couleur porté sans soutien-gorge. Elle avait toujours sa taille incroyablement fine et ses hanches en amphore.

— Je ne pensais jamais vous revoir, dit Malko.

Elle alluma une cigarette, souffla la fumée et commanda une « Sachertorte » à la vieille serveuse.

— Nous sommes presque dans la même branche, fit-elle avec un léger sourire. Il était fatal que nous nous retrouvions. Du même côté, cette fois.

Malko sourit à son tour, un peu embarrassé.

— Vous en êtes certaine? Pourquoi m'avoir téléphoné à moi?

Samantha hésita imperceptiblement avant de répondre.

— Je vous connais. Je sais que vous ne chercherez pas à me tromper. Et puis, disons que la solidarité de classe a joué. C'est un coup énorme pour vous comme pour moi...

— Où est-il maintenant?

Il ôta ses lunettes, se souvenant qu'elle aimait ses yeux dorés. Samantha se mira une seconde dans les deux taches d'or, puis détourna la tête.

— A l'Impérial. Gardé par la moitié de la police de Vienne. C'est tout juste s'ils n'ont pas mis les canons antiaériens sur le toit...

Les yeux dorés de Malko s'assombrirent.

— Vous êtes sûre de lui?

Samantha découvrit ses dents de carnassier. Ses yeux gris pétillaient:

— Oui. Il est fou de moi, de mon corps. Et il sait bien que je le tuerai s'il essaie de me doubler. Mais je crois qu'il jouera le jeu. Et de votre côté, tout est en ordre?

Malko entama sa tarte pour se donner le temps de répondre.

— Moi, je suis prêt à vous accueillir avec lui, le

temps de régler son départ aux USA, puisque les Autrichiens sont d'accord.

Les yeux gris n'eurent plus rien de caressant, tout à coup. Samantha repoussa l'assiette avec la « Sachertorte » non entamée.

— Vous n'avez pas l'argent?

Malko sentit un picotement désagréable dans sa colonne vertébrale.

— Quel argent?

— 500 000 dollars. En liquide et de préférence en marks ou en francs suisses. C'était convenu avec Donahue.

« Belle ordure, Donahue », pensa Malko.

— Je n'étais pas au courant, dit-il sincère.

— Vous deviez verser 500 000 maintenant et 500 000 à son débarquement aux USA, dit Samantha d'une voix dure, sèche et métallique.

— Ce n'est pas facile de réunir rapidement une somme pareille, plaida Malko.

Il jouait sur du velours. Son château était le seul endroit où Samantha et Boris Okolov puissent aller. Puisque les autorités autrichiennes voulaient qu'ils disparaissent « officiellement ». Et la jeune femme le savait. Il crut qu'elle allait lui sauter à la gorge. Puis ses yeux s'adoucirent, gardant une lueur dangereuse.

— Vos bureaucrates de la CIA sont des imbéciles, fit-elle. Le Colonel Okolov vaut des millions de dollars. C'est de l'argent mieux employé que de le donner aux Cambodgiens. Mais puisqu'ils ne peuvent pas se décider, les enchères restent ouvertes. Ne croyez pas que je sois restée inactive durant ces deux jours. Je me doutais d'un coup comme ça. Tous ceux que cela intéresse savent où me trouver ce soir... Et je sais qu'il y aura au moins un amateur, le M I 5. Ils viendront peut-être me chercher jusque chez vous.

Je ne viens qu'à cette condition. Mes « amis » sont aussi les bienvenus.

Elle fixait Malko avec défi.

— Et si je refuse?

— Je demande aux Anglais de me donner le droit d'asile.

Malko ne répondit pas. Il ne pouvait refuser, la CIA ne le lui pardonnerait jamais.

— Ce soir, j'avais prévu une soirée pour quelques amis.

Samantha eut un sourire merveilleusement venimeux.

— Bravo. Dites à vos amis viennois que vous donnez une soirée en mon honneur. Je suis certaine qu'ils seront ravis de me connaître... Ce sera le bal de la Comtesse Adler.

« Et si vos bureaucrates imbéciles se décident, il sera toujours temps d'annuler certaines invitations. Je serai chez vous, ce soir.

Elle se leva et Malko l'imita, laissant un billet de dix marks sur la table. Il l'aida à enfiler son manteau. De nouveau, les regards convergèrent sur eux quand ils traversèrent le tranquille salon de thé. Si les habitués avaient su qui était Samantha, leur « Sachertorte » leur serait resté en travers de la gorge...

— Vous me déposez, demanda Samantha, je suis venue en taxi.

Déjà le voiturier avait amené la grosse Jaguar. Samantha s'installa et Malko prit le volant. La circulation était fluide sur le Ring et Samantha semblait absente.

— Vous ne craignez pas qu'il vous fausse compagnie? demanda Malko. C'est imprudent de le laisser seul.

Samantha rit franchement.

— J'ai pris mes précautions.

Ils étaient déjà à l'Impérial. Malko ralentit et stoppa. Aussitôt deux policiers en uniforme vert, mitraillette en bandoulière, entourèrent la voiture. Samantha sourit:

— Vous voyez... Il faudrait au moins Skorzeny[1] pour le sortir d'ici. Mais Skorzeny ne fait plus ce genre de choses. C'est un respectable businessman, maintenant.

Elle avait déjà la main sur la portière. Elle se pencha vers Malko:

— J'ai gardé un merveilleux souvenir de toi, dit-elle d'une voix contenue, abandonnant le vouvoiement. J'espère que nous ne le gâcherons pas.

Avant que Malko ait eu le temps de répondre, elle était descendue. Il redémarra sous l'œil soupçonneux des policiers. Plus loin, une Mercédès était garée en double file avec quatre hommes à l'intérieur. Encore plus loin, Malko aperçut un policier en civil avec une radio à la main: le Colonel Boris Okolov était vraiment bien gardé...

En sortant de la ville, il réalisa que sa rencontre avec Samantha l'avait troublé. La jeune allemande dégageait un fluide magnétique et érotique peu commun. Même si c'était la femme la plus dangereuse qu'il ait jamais rencontrée. Il en avait oublié de lui parler d'Alexandra et de son anniversaire. De toute façon, elle n'aurait pas amené de cadeau.

***

Avant Liezen, il y avait une longue ligne droite. Malko regarda dans son rétroviseur. La Ford Taunus qui le suivait depuis la sortie de Vienne était

[1] Colonel SS qui enleva Mussolini en 1945 pour le compte d'Hitler. Retiré en Espagne.

toujours là, à une centaine de mètres. Il ralentit et elle se rapprocha. Il n'y avait qu'un homme à bord. Malko s'arrêta presque complètement et la Taunus le dépassa.

Il stoppa et attendit cinq minutes. Puis il redémarra roulant normalement. A la sortie du village suivant, la Taunus surgit du néant...

Qui pouvait le suivre? Les Autrichiens? Les Russes? Ou n'importe qui s'intéressant au Colonel Boris Okolov. Et cela faisait pas mal de monde. Pour ou contre. Il se maudit d'avoir obéi à la CIA. Mais il était trop tard pour reculer. Il n'y avait plus qu'à espérer que le Colonel Douglas allait le débarrasser rapidement de son hôte. Et de Samantha par la même occasion. La Comtesse Adler était au moins aussi encombrante.

La Jaguar entra lentement dans la cour du château. La Volkswagen d'Alexandra était là. En entendant la voiture, elle sortit sur le pas de la porte, et courut à la rencontre de Malko. Celui-ci esquiva presque son baiser.

— La Comtesse Adler et le Colonel Okolov seront là dans une heure, dit-il d'un ton volontairement léger.

Alexandra se raidit dans ses bras.

— Dans une heure!

La jeune femme sembla se transformer instantanément en bûche. Elle s'écarta brusquement de Malko.

— Tu ne vas pas recevoir cette putain ici?

— Ce n'est pas une putain, plaida Malko, elle appartient à une très grande famille.

— Alors, c'est une très grande putain. Et elle ose venir te relancer ici?

Ce qui suivit n'aurait jamais dû sortir de la bouche d'une jeune femme aussi bien élevée qu'Alexandra. Moralement, Malko se boucha les oreilles. Les mains sur les hanches, superbe et ivre de rage, Alexandra le toisa:

— Veux-tu que je te prépare votre lit?

Malko leva les yeux au ciel. La CIA ne savait pas tout.

— La Comtesse Adler vient ici pour affaires, dit-il patiemment. Et elle est avec un homme, le colonel Boris Okolov. Son amant.

Alexandra ricana.

— Comme si cela la gênait...

— Je te jure qu'ils ne resteront pas longtemps. Okolov vient de fuir l'Est. A cause de l'histoire Poresky. Samantha l'a aidé. Je t'ai expliqué déjà tout cela.

— S'il est parti pour la rejoindre, fit Alexandra, il est fou. Elle a eu autant d'amants qu'il y a d'étoiles dans le ciel.

Malko la prit fermement par le bras.

— Ecoute, je *sais* que c'est ton anniversaire, ce soir. Mais je suis obligé de la recevoir...

Alexandra se dégagea sans répondre, et bondit dans la Volkswagen. Malko n'eut que le temps de s'écarter pour ne pas être écrasé.

— Amuse-toi bien avec ta putain, lui jeta Alexandra au passage.

Krisantem, de la porte, secoua la tête. En Turquie Alexandra aurait été battue comme plâtre et tout serait rentré dans l'ordre.

— Son Altesse est trop bonne, dit-il quand Malko passa devant lui.

— Krisantem, nous allons avoir des invités supplémentaires, fit Malko sans relever. Entre autres, le Colonel Boris Okolov du KGB. Ce qui déplaît à Mademoiselle-Alexandra.

L'œil du Turc brilla:

— Son Altesse plaisante?
— Hélas non, fit Malko.

*
**

Georges Borsch jeta un œil distrait au DC9 flambant neuf des Scandinavian Airlines qui allait l'emmener à Vienne. Il n'aimait pas beaucoup les avions et venait rarement dans un aéroport. Pour se changer les idées, il regarda une jeune hôtesse des Scandinavian Airlines pédaler sur une trottinette à travers le couloir géant avec le plus grand sérieux. L'aéroport de Copenhague n'avait encore trouvé rien de plus pratique pour se déplacer.

Une hôtesse des Scandinavian s'approcha de Georges Borsch:

— Voulez-vous choisir votre siège, Sir?

Georges Borsch leva les yeux et rencontra un visage superbe de nordique épanouie. La poitrine faisait éclater le chemisier blanc d'uniforme et l'hôtesse avait d'immenses yeux bleu porcelaine, une large bouche ouverte sur des dents éblouissantes. Georges se sentit rougir. Il avait toujours été timide avec les femmes, surtout les jolies. Trop brusquement, il tendit sa carte rouge:

— Donnez-moi n'importe quel hublot.

L'hôtesse détacha un coupon et l'accrocha à la carte rouge, la tendant à Georges Borsch.

— Désirez-vous un repas spécial, Sir? Vous avez le choix entre sept différents menus. Dont un végétarien. Et un oriental. Et si vous souffrez de diabète ou d'un ulcère, nous avons aussi des menus spéciaux.

Du coup, Georges s'intéressa à l'hôtesse. Il n'avait jamais cru qu'on puisse trouver ce genre de confort à bord d'un avion. Pour la première fois, depuis qu'il se trouvait dans l'aéroport, il commença à ne pas trop regretter sa Rolls-Royce, son seul moyen de transport habituel. Son chauffeur était parti la veille au soir et devait l'attendre à l'aéroport de Vienne.

Georges inclina la tête, satisfait, et alla s'asseoir. Il mourait d'envie de regarder l'hôtesse, mais n'osait pas le faire de trop près. Pour se donner une contenance, il prit un prospectus posé sur la table devant lui, et le lut. C'était une croisière « Scandinavian Airlines ». La croisière des orchidées. Pour 1 200 dollars, au départ de n'importe quelle capitale européenne on vous emmenait trois semaines dans des endroits de rêve: Penang, en Malaisie, Khatmandou, Bénarès aux Indes, Bangkok... Georges Borsch eut brusquement envie de partir, de s'évader.

Il n'avait jamais plu aux femmes. Aux hommes non plus d'ailleurs. Au Collège, on l'appelait « constipé ». Aussi bien à cause de son teint jaunâtre que de sa difficulté à s'extérioriser. Sa bouche mince, presque invisible, s'ouvrait sur des dents mal entretenues et mettait en valeur un menton fuyant.

Tel qu'il était, Georges Borsch tenait, moitié du furet, moitié de la belette. Son rire aigrelet n'amusait personne et son ton persifleur semblait toujours se plaindre de quelque chose. Il était petit et malingre, ce qui l'avait fait renvoyer de Sandhurst. Son père, le Général Borsch avait failli en avoir une attaque. C'est ainsi que Georgie s'était retrouvé dans le Service de Renseignements de l'Armée. Et il s'y était trouvé fort bien. Là, il n'y avait pas de matamore pour le défier à la boxe, pas de copains pour ricaner de son physique de diabétique. On ne se servait que de son cerveau.

Depuis trois ans, Georges Borsch habitait Copenhague, une élégante maison dans le centre. Sa fortune personnelle lui permettait de vivre confortablement, avec, en plus, une couverture d'expert en argenterie.

En réalité Georges était « officier manipulateur » du MI5 en contact avec un certain nombre de traîtres dont il tirait les ficelles. Et cela lui procurait une grisante sensation de puissance lorsqu'il s'offrait une superbe putain suédoise pour 100 couronnes. Il ne s'était jamais marié.

Le haut-parleur grésilla:

— Scandinavian Airlines annonce le départ de son vol 871 pour Vienne. Embarquement immédiat — porte 23.

Georges Borsch se leva, sa carte rouge à la main. Au passage, la belle hôtesse de la Scandinavian le gratifia d'un superbe sourire commercial. Georges Borsch se redressa machinalement. Quelques mètres plus loin, on le fit passer devant une étrange machine gardée par trois policiers en civil: l'appareil à détecter les armes cachées. L'Anglais se présenta sans le moindre trouble; dans sa spécialité, on n'employait jamais la violence et il savait tout juste se servir d'un pistolet.

Le DC9 était agréablement conditionné et une musique légère relaxait les passagers. Georges s'assit près de son hublot et boucla sa ceinture. Il s'aperçut à peine du décollage et très vite, après avoir franchi la barrière de nuages, le DC9 des Scandinavian Airlines mit le cap sur le sud dans un ciel immaculé. Dans deux heures, Georges Borsch serait à Vienne. Déjà, l'hôtesse lui apportait une coupe de champagne. Il regarda l'étiquette blanche: Moët et Chandon 1964.

L'hôtesse se pencha vers lui:

— Vous attend-on à Vienne, ou aurez-vous besoin de notre service d'accueil?

Georges Borsch sourit. Involontairement, son cœur battait un peu plus vite.

— Je vous remercie, Mademoiselle, on m'attend.

Il n'avait pas à préciser que ceux qui l'attendaient ne savaient pas tous que son nom de code était Gedeon.

CHAPITRE V

La grosse Rolls-Royce Silver Cloud d'un noir éblouissant grimpa lentement la rampe desservant la réception du Château de Liezen au premier étage, et stoppa devant la double porte-fenêtre. Krisantem, qui avait vu arriver la voiture, ouvrit la porte, pour permettre à Alexandra d'accueillir son nouvel hôte. Malko la rejoignit. Il nota que la voiture avait une plaque anglaise. L'homme qui en descendit, petit et chétif, lui était totalement inconnu. Mais cela faisait partie du jeu. Samantha l'avait prévenu. Il grimaça un sourire et tendit une main molle.

— Je m'appelle Georges Borsch.

Malko présenta Alexandra et l'homme s'inclina sur sa main. La jeune femme portait un ensemble chemisier-short en soie noire affreusement impudique. Le short était microscopique et le tissu léger laissait deviner les seins orgueilleux d'Alexandra. C'était sa contre-attaque. Au dernier moment, elle avait décidé de ne pas abandonner le terrain. Arrosée de parfum et maquillée comme une hétaïre, elle ne quittait pas Malko d'une semelle. Celui-ci accompagna le nouveau venu dans le grand salon où se trouvaient déjà une vingtaine de personnes. Ses amis et ceux d'Alexandra. Samantha et Boris Okolov se tenaient un peu à l'écart. La jeune Allemande portait une longue robe de brocart or avec un sac assorti. Malko était le seul à savoir que le sac contenait un Beretta 38 court avec une balle dans le canon. Et que Samantha ne se séparerait pas de son sac.

Le Russe et elle étaient arrivés trois heures plus tôt, escortés par une petite armée! Les Autrichiens avaient visiblement hâte de le repasser à Malko. Celui-ci n'avait échangé que quelques mots avec le Russe, monté aussitôt dans sa chambre. Samantha occupait la chambre voisine.

La Rolls conduite par Krisantem, redescendit la rampe et alla se garer dans la cour. A côté d'une Mercédès 300 SL. Il fallait s'approcher de très près pour voir qu'il y avait deux hommes à l'intérieur. Chris Jones était au volant, son 38 magnum 457 glissé dans la ceinture, à côté de lui, Milton Brabeck avait choisi une mitraillette Colt et un Luger prolongé par un chargeur camembert de 52 cartouches. L'arrière de la Mercédès recelait des grenades défensives, un pistolet lançant des fusées éclairantes et quelques autres babioles.

Chris Jones et Milton Brabeck se ressemblaient vaguement. Ils avaient les mêmes yeux. Bleus et froids. Leurs costumes gris en fibres synthétiques, leurs cravates imprimées et leurs feutres venaient des mêmes boutiques de Washington. De loin, Chris semblait un peu dégingandé, avec ses 1 m 95 et sa tête aux cheveux ras. En s'approchant, on s'apercevait que ses avant-bras avaient la taille d'un jambonneau moyen. Ils ne passaient pas inaperçus et ne le cherchaient d'ailleurs pas. Leur rôle était plutôt dissuasif. Hommes de choc — gorilles — de la CIA, ils tiraient vite et bien, n'avaient peur que des amibes et ne discutaient pas. Leur admiration pour Malko se teintait d'envie et de réprobation. Il était scandaleux de dépenser l'argent des contribuables US comme il le faisait parfois. Mais le Château de Liezen, où ils venaient pour la première fois, les impressionnait beaucoup.

Hélas, ils n'avaient pas eu le temps d'en voir beaucoup. Arrivés quatre heures plus tôt à Vienne, ils luttaient contre le sommeil. A cause du décalage horaire, cela faisait bientôt quarante-huit heures qu'ils n'avaient pas dormi. Même pour un membre du Secret Service, c'est long.

— Ça a l'air de se passer bien, fit Milton Brabeck, bâillant à se décrocher la mâchoire.

— Il n'est que neuf heures, répliqua Chris Jones, sinistre. En tout cas, si tu vois un tank, tu tires le premier.

Toujours optimiste.

Milton vida d'un coup une bouteille de Heineken, au goulot, et la jeta sur le plancher. Ils n'avaient même pas eu le temps de se changer. On était venu leur apporter à l'aéroport la voiture dans laquelle ils se trouvaient: une Mercédès 300 avec un moteur de 6,3 litres. Aussi nerveuse qu'une Ferrari...

*
**

La Gräfin[1] Thala von Wisberg s'approcha de Malko et glissa son bras sous le sien. Son ravissant visage encadré de cheveux auburn semblait ne jamais vieillir. Il fallait s'approcher de très près pour distinguer le réseau de rides infinitésimales autour de ses yeux. Et ce sont des choses qu'un gentleman ne

[1] Comtesse.

voit pas. La Gräfin ne fréquentant que des gentlemen était à l'abri des outrages du temps.

— Faites-moi valser, mon cher Prince.

L'électrophone était dans la bibliothèque au rez-de-chaussée mais les haut-parleurs diffusaient dans les deux salons. Une valse. Alexandra s'écarta de Malko et se dirigea vers Boris Okolov. Malko prit Thala dans ses bras et se laissa entraîner par la musique. Plusieurs autres couples valsaient. Krisantem passa près d'eux, légèrement voûté. Le parabellum glissé dans sa ceinture, sous sa veste blanche, le gênait un peu dans son service.

Tout le premier étage du château était illuminé. En plus de Krisantem, deux extras venus de Vienne servaient les invités. Malko et Thala passèrent près de Samantha qui sourit à Malko. La Gräfin lui glissa à l'oreille:

— Encore une de vos maîtresses?

— Une relation d'affaires, fit Malko.

Il avait hâte que la danse se termine, que la soirée se termine, que Boris Okolov et Samantha disparaissent. Selon le plan, le Colonel Douglas devait atterrir en hélicoptère à 4 heures du matin... D'ici là, n'importe quoi pouvait se passer. Y compris un assaut en règle du château par les barbouzes russes ou assimilés. Il se torturait le cerveau pour trouver un moyen de séparer Boris Okolov de Samantha. Au moins pour les dernières heures de la nuit. Le seul qui venait à son esprit risquait de déchaîner Alexandra. Pour la meilleure cause du monde, elle n'accepterait jamais de partager Malko...

Thala se laissa aller contre lui. Imperceptiblement, en femme du monde. Elle n'avait jamais dissimulé son goût pour Malko et se mirait effrontément dans ses yeux dorés. Mais ce n'était vraiment pas le moment. Heureusement, la valse se terminait. Malko s'inclina et fila vers Boris Okolov, encadré de Samantha, et d'Alexandra. Le Russe leva sa coupe de Moët et Chandon, en voyant son hôte. Il était vêtu d'un costume bleu qui semblait coulé sur lui, porté avec une chemise rose bonbon et une cravate assortie. Tout du play-boy.

— Quelle belle vie!

Malko attrapa au vol une coupe de Dom Pérignon et la vida. Il avait besoin de se remonter le moral. Le Russe l'intriguait. Il était trop élégant, trop détendu, trop familier. L'antithèse des gens du KGB. Et pourtant, c'était bien le colonel Boris Okolov. Son identité ne faisait aucun doute. Seuls, ses yeux, prodigieusement intelligents et gais, inquiétaient. Il ne semblait pas armé et ne cessait de remplir son verre, comme tout un chacun. Depuis deux heures les gens buvaient et la cuisine était jonchée de bouteilles de Dom Pérignon, de Moët et Chandon, de J and B.

Dans un coin, Georges Borsch bavardait avec un jeune Suédois invité par Alexandra, un verre de J & B à la main qu'il avait prudemment noyé dans du Perrier. Malko se demanda pour qui il travaillait et ce qu'il avait l'intention de faire.

Boris Okolov s'inclina devant Alexandra et l'invita à danser un slow. Malko les regarda évoluer sur le plancher ciré, agacé. Le Russe serrait Alexandra de très près, une de ses larges mains collée contre ses reins. Et Alexandra se laissait faire. Ses longues jambes fuselées, entièrement découvertes par le short, faisaient saliver tous les mâles présents...

— Votre amie va nous enlever Boris...

La voix moqueuse de Samantha le fit sursauter. Elle le regardait ironiquement, jouant avec son verre.

— Vous ne me faites pas danser...

Malko secoua la tête.

— Désolé, je n'ai pas la tête à la valse ce soir.

Vous n'avez toujours pas changé d'avis? Pas encore d'offre?

Samantha sourit:

— Vous ne pensez pas que je vous préviendrai. Je vous ai dit que si vos amis ne se décidaient pas assez vite, ce serait tant pis pour eux. (Sa voix se durcit.) Et ne croyez pas que vous m'endormirez...

Malko regarda Okolov. Alexandra avait la tête enfouie dans son épaule et son corps était étroitement collé à celui du Russe. Depuis le début de la soirée, Malko avait plusieurs fois tenté d'isoler Boris Okolov, mais Samantha ne l'avait jamais lâché. Quittant cette dernière, il alla jusqu'à la porte-fenêtre. La cour était calme et sombre. La présence des deux gorilles le rassura. Lui-même avait son pistolet extra-plat dans la ceinture, une balle dans le canon.

Au moment où il laissait retomber le rideau, la lumière s'éteignit d'un coup.

Le cœur de Malko lui sauta dans la gorge. Il pivota et fonça dans le noir vers l'endroit où se trouvait Boris Okolov. Il eut le temps de voir les phares blancs de la Mercédès s'allumer. Jones et Brabeck réagissaient.

Au milieu de la salle, il heurta un corps tendre et parfumé qui s'accrocha à lui avec un rire chatouillé.

— Qui est-ce? demanda une voix à l'accent viennois.

Malko contourna l'obstacle. Un peu partout, des couples riaient et s'embrassaient dans le noir. Il tira son pistolet et, au jugé, continua sa route. Soudain, une femme le heurta et poussa un cri. Il crut reconnaître la voix de Samantha et la saisit par le bras.

— Ne bougez pas, souffla-t-il.

Le canon de son pistolet heurta les côtes de la femme.

Juste à ce moment, la lumière se ralluma. Plus

tard, Malko réalisa que la panne n'avait pas duré plus d'une minute.

Il reçut le choc des yeux terrifiés de Thala von Wisberg. Elle ouvrait déjà la bouche pour hurler. Il fit disparaître son pistolet dans son smoking avec un sourire crispé.

— Je suis désolé, Gräfin.

Elle n'avait pas encore retrouvé son souffle. Heureusement, depuis quelque temps[1] elle savait que Malko avait des activités extra-légales. Son sourire fut quand même un peu forcé.

— J'ai cru que vous vouliez me violer, dit-elle.

Cela n'aurait même pas été la peine d'utiliser un pistolet à eau. Malko regarda autour de lui. La plupart des couples s'embrassaient encore. Samantha, son Beretta à la main, faisait face à Alexandra et à Boris Okolov. Seul, le Russe ne semblait pas avoir perdu son sang-froid. Tranquillement, il se remit à danser.

Krisantem retira poliment son parabellum de l'estomac du Suédois où il l'avait coincé à tout hasard. Cela se fit si vite que l'autre se demanda s'il n'avait pas rêvé. Puis la peur le saisit rétrospectivement et il se rua sur le buffet pour la noyer dans un flot d'alcool.

Accoudé à une bergère, Georges Borsch tordait son visage de fouine en un sourire ironique. Il avait tout vu et cela lui avait beaucoup appris. Lui n'avait même pas un 22 sur lui. Il vida son J & B et s'en fit servir un autre.

Malko s'était rué dans la cuisine. Ilse, la cuisinière, était aux cent coups:

— C'est quand j'ai ouvert le four, expliqua-t-elle, tout a sauté.

[1] Voir: *Le Dossier Kennedy*.

Pour plus de sûreté, Krisantem remplaça le plomb par du fil de fer, modèle camp de concentration. En cas de court-circuit, le château brûlerait mais on y verrait comme en plein jour. Malko était furieux de sa nervosité. Mais il était certain que quelque chose serait tenté ce soir. Tous ceux qui s'intéressaient à Boris Okolov savaient où il se trouvait. Les journaux avaient expliqué son histoire avec tous les détails. Présentant seulement Malko comme un ami personnel de l'Ambassadeur des Etats-Unis.

La silhouette faussement dégingandée de Christ Jones apparut à la porte de la cuisine. L'œil torve et les traits fripés.

— Tout va bien?

— Tout va bien, dit Malko, ce n'était qu'une fausse alerte.

Le gorille hocha la tête:

— Tant mieux, ça serait dommage de balancer des grenades au phosphore dans vos rideaux. Au prix où est le tissu...

Toujours pince-sans-rire, Chris Jones. Au passage, il rafla une bouteille de J & B et disparut. Malko remonta dans le salon. De nouveau on dansait. Personne ne semblait s'être aperçu de rien. Ou ses invités étaient trop bien élevés pour se formaliser d'incidents aussi minimes.

Seul le Suédois, l'œil glauque, n'arrivait pas à oublier le parabellum de Krisantem.

*
**

— Son Altesse est servie.

En dépit du parabellum, Elko Krisantem n'avait rien perdu de sa dignité. Avec sa grande silhouette maigre et sa tête plutôt sinistre, il ressemblait à un butler anglais de la grande époque.

Boris Okolov soupira en lâchant la main d'Alexandra.

— Toutes jolies femmes... Quelle belle vie quand même.

Ses yeux déshabillaient la jeune femme sans la moindre gêne et elle se sentit secrètement flattée. Le Russe était très attirant malgré son âge. Elle le prit par le bras pour l'emmener vers la salle à manger, de l'autre côté du grand escalier.

Malko bavardait avec Samantha, près du buffet. Jamais une soirée ne lui avait paru aussi interminable. Soudain il vit le visage de la jeune Allemande se durcir et ses yeux fixer quelque chose derrière lui. Elle posa sa coupe de Dom Pérignon sans mot dire et saisit son sac posé sur la table. Malko se retourna.

Une femme se tenait devant la porte ouverte donnant sur la rampe. Superbe. Moulée dans une robe noire descendant jusqu'aux chevilles, très grande, avec un visage hautain aux larges pommettes mongoles, et d'extraordinaires yeux bleus un peu proéminents.

Posés justement sur lui.

Elle s'avança et tendit la main.

— Je m'appelle Yasmine Riad, dit-elle d'une voix musicale.

Une grande lampe l'éclairait par-derrière et Malko put voir qu'elle ne portait absolument rien sous sa robe. Elle avait un corps de mannequin avec une petite poitrine, des hanches peu marquées et des jambes interminables, des cheveux courts un peu bouclés.

La Reine de Saba.

Superbe et hautaine, elle laissa Malko lui baiser la main. Puis se tourna vers la porte où deux hommes venaient d'apparaître:

— Voici Mahmoud Sabet et Ahmed Nassiri.

A eux deux, ils incarnaient assez bien les sept plaies d'Egypte. Nassiri était le sosie de Ben Bella en pire, et Mahmoud ressemblait à une souris neurasthénique, avec de grandes oreilles rondes. Yasmine devait s'en servir pour essuyer ses chaussures.

— Vous êtes les bienvenus, parvint à dire Malko. Encore une surprise due à Samantha. Yasmine sourit, découvrant des canines éblouissantes.

— Je n'en attendais pas moins de vous, dit-elle.

Elle passa devant Malko et, suivant les autres invités, se dirigea vers la salle à manger comme si elle avait passé sa vie dans le château, flanquée de ses deux affreux. Malko regarda sa croupe onduler légèrement et se demanda si elle n'était pas la femelle la plus appétissante de la soirée.

Samantha se matérialisa derrière lui et lui pinça le bras.

— Vous avez vu cette étincelante salope!

— C'est bien vous qui l'avez invitée, non?

— Ce sont les tueurs du Caire, dit Samantha.

L'Egypte était loin. Malko la regarda, incrédule.

— Du Caire?

Samantha lui jeta un regard de commisération.

— Ils s'entraînent tous en Tchécoslovaquie, à Prague. C'est sûrement de là qu'ils viennent. Nos amis soviétiques ont pensé que c'était moins compromettant en cas de pépin.

Malko suivit des yeux la silhouette de Yasmine.

— Vous voulez dire qu'ils sont venus l'enlever ou le tuer?

Samantha ricana discrètement.

— Peut-être. On verra.

— Pourquoi ne pas s'en débarrasser, dans ce cas.

— Parce qu'elle vient peut-être discuter, fit Samantha, péremptoire. Les Russes aussi sont des hommes d'affaires. Je vous ai dit que je laissais les enchères ouvertes.

Empoignant son sac, elle prit le couloir de la salle à manger. Malko la suivit, mais il n'avait plus faim. Boris Okolov secoua la tête lorsqu'il s'assit près de lui.

— Quelle belle femme! fit-il en désignant Yasmine. Quelle belle femme... Vous êtes homme de goût.

Malko eut envie de lui dire que cette superbe créature venait vraisemblablement pour le tuer, mais ne voulut pas lui gâcher son dîner.

— Je la trouve un peu trop exotique, dit-il prudemment.

Il était assez fier de sa salle à manger, une des pièces récemment restaurée.

Deux énormes chandeliers à sept branches diffusaient une lumière douce, évitant d'allumer le lustre. Et la table pouvait accommoder trente personnes.

Dès que tout le monde fut assis, il se pencha vers Samantha.

— Ce que nous faisons est ridicule, dit-il. Boris Okolov est en danger. Je vais téléphoner immédiatement à Washington, expliquer la situation. Je pense qu'ils me donneront leur accord pour ce que vous voulez. Dans ce cas, nous n'aurons plus qu'à évacuer notre ami dans un endroit sûr...

Samantha secoua la tête.

— Je ne me contenterai pas d'une promesse, même de vous. Je veux l'argent. Pas d'argent, pas d'Okolov. Et tant pis s'il y a de la casse. Pour vous comme pour moi. J'ai risqué ma vie pour sortir cet homme de l'Est, il m'appartient.

Malko n'insista pas. Il n'y avait rien à faire. Il se souvenait de l'entêtement de Samantha à Bali lorsqu'elle avait voulu se venger, au risque de sa vie. Résigné, il se versa à boire.

Alexandra heurta presque Yasmine en faisant le tour de la table. Les deux femmes se toisèrent avec une absence totale de sympathie. Si Alexandra avait pu chasser l'Egyptienne à coups de cravache, elle n'aurait pas hésité une seconde. Elle se contenta de la regarder avec un sourire venimeux:

— Ce n'est pas une soirée très habillée, remarqua-t-elle onctueusement, il ne fallait pas mettre de faux cils...

Yasmine lui retourna son sourire.

— Mais ce sont *mes* cils, fit-elle de sa belle voix rauque. Je ne pouvais pas les couper.

Alexandra passa devant elle avec des envies de meurtre. Yasmine la suivit. Il y avait une place libre en face de Boris Okolov et elle s'y assit. Pendant plusieurs secondes, elle fixa le Russe, avec un sourire léger puis tourna la tête.

Juste avant que Samantha ne lui plante une fourchette dans les yeux. Okolov était assis entre elle et Alexandra, Malko se trouvant à la droite de cette dernière.

Krisantem apparut, suivi des extra, portant chacun un immense plat de canards sauvages rôtis. Pendant plusieurs minutes, la tension se relâcha tandis que tout le monde se servait.

Les deux Arabes avaient déjà le nez dans leurs assiettes. Visiblement, ils obéissaient au doigt et à l'œil à Yasmine. Chaque fois qu'elle le pouvait, la splendide Egyptienne croisait le regard de Boris Okolov.

Georges Borsch était à un bout de la table. Il n'avait pas touché à son canard. Lui aussi cherchait à accrocher le regard de Boris Okolov, mais d'une façon détournée. Il faisait des boulettes de pain qu'il disposait tout autour de son assiette et paraissait nerveux. Malko se demanda pourquoi il était là. Pour tuer le Russe ou pour l'acheter? Dans les deux cas il était dangereux.

Krisantem se pencha derrière lui et murmura:

— Moët et Chandon Brut Impérial 1964.

Malko l'avait bien éduqué. Tant qu'à faire, autant avoir un dîner agréable. Le Colonel Douglas et ses hommes ne seraient pas là avant sept interminables heures.

Il pensa aux gorilles dehors. Au moins c'était une sécurité. Chris et Milton n'avaient pas inventé l'eau tiède, mais à eux deux, représentaient la puissance de feu d'un petit porte-avions. Il faudrait leur faire porter du canard.

Il leva son verre.

— A tous nos hôtes...

Joyeux brouhaha. Yasmine tendit son verre à travers la table pour heurter celui de Boris Okolov. Malko crut que Samantha allait jeter le sien à la figure de l'Arabe, mais la jeune Allemande se contenta de murmurer une obscénité. Incontestablement, la pulpeuse Yasmine avait des vues sur Boris Okolov. Et son charme personnel n'était pas en cause. Ses yeux bleus croisèrent les yeux d'or de Malko et elle sourit chaudement. Il en éprouva un choc, bien que prévenu. Elle devait être aussi dangereuse que Samantha. Parce que son physique était moins dur, on l'imaginait plus dans un harem que dans une caserne.

— Au Colonel Boris Okolov, dit Yasmine d'une voix claire et distincte.

Un peu plus, elle se serait levée.

Boris Okolov se dressa à demi et tendit son verre:

— Je bois à toutes ravissantes femmes, dit-il. D'abord maîtresse de maison.

Alexandra en oublia une seconde la présence de Samantha. Malko ne quittait pas des yeux le cavalier de la Comtesse Thala. Il l'inquiétait. C'était un homme grand, d'une quarantaine d'années, bronzé, peu loquace, qui semblait, lui aussi, intéressé prodigieusement par le Colonel Boris Okolov.

Il pouvait parfaitement appartenir à l'Organisation Gehlen. Même s'il habitait Vienne. La ville grouillait d'espions de tous bords.

Boris Okolov mâchait son canard de bon appétit. Soudain, il sentit quelque chose sous la table heurter son pied. Il leva les yeux et croisa le regard insistant de Yasmine. En même temps la pression sur sa chaussure fut plus forte. L'Arabe avait ôté la sienne pour mieux l'atteindre. Il sourit de cette avance sans équivoque. « Quelle belle vie » murmura-t-il pour lui-même. Dans d'autres circonstances, il aurait déployé beaucoup d'efforts pour coucher avec une femme aussi belle que Yasmine. Ici, dans ce cadre romantique, elle s'offrait à lui, sans la moindre retenue. Même si ses motifs n'avaient rien à voir avec l'amour ou le désir, c'était bien agréable... Boris se promit de faire l'impossible pour s'offrir cette petite joie.

***

Le gâteau — une charlotte d'une finesse et d'une légèreté étonnantes — arracha des cris d'admiration à tout le monde. Inlassablement, Krisantem continuait à passer ses bouteilles de Moët et Chandon autour de la table. Même Georges Borsch semblait un peu plus gai...

Malko aussi était un peu plus détendu. Rien de fâcheux ne s'était passé. Après tout, il tiendrait peut-être jusqu'à l'aube. Comme la chèvre de M. Seguin. Tout à coup, de la musique éclata dans le couloir: des violons, des instruments à corde. Un orchestre ou un disque jouait « Les yeux noirs ».

Presque aussitôt, une étrange procession défila dans la salle à manger. Sept musiciens en costume traditionnel autrichien, dont l'un avec une énorme contrebasse. Chantant et jouant, ils commencèrent à faire le tour de la table, réservant quelques mesures à chaque invité. Ceux-ci applaudirent et Thala cria à Malko:

— Prince, vous savez vraiment recevoir...

Ce dernier sourit, flatté.

Les sept musiciens s'étaient arrêtés derrière Inge, une des Autrichiennes, et jouaient. Soudain, le chef d'orchestre prit le verre de la jeune femme, le fit remplir de champagne par son voisin et le posa sur son violon. Puis il lui demanda de se lever et de boire d'un trait tandis qu'on jouait un air demandé par elle.

Elle s'exécuta au milieu des rires et des applaudissements et se rassit, le visage rose d'excitation.

Le suivant était Georges Borsch. Il se fit un peu prier, mais se leva à son tour et but. Ravis, les musiciens applaudirent et continuèrent le tour de la table. La détente était à son comble. Samantha se pencha vers Malko et remarqua:

— C'est une bonne idée d'avoir fait venir ces musiciens.

Malko posa son verre.

— Mais ce n'est pas moi, je pensais que vous les aviez commandés...

Ils se regardèrent une seconde, pensant à la même chose. D'où venaient les musiciens si personne ne les avaient conviés? Et que voulaient-ils?

Les applaudissements crépitèrent. Samantha glissa la main dans son sac où se trouvait le Beretta.

Il restait trois personnes à faire boire avant le Colonel Boris Okolov.

CHAPITRE VI

Les musiciens s'immobilisèrent derrière Boris Okolov. Le Russe attendait en souriant. De lui-même, il remplit son verre de vin et le tendit au violoniste. A part Malko et Samantha tout le monde était parfaitement détendu.

Seuls les voisins du Russe auraient pu remarquer, qu'une fois le verre posé sur le violon, le chef d'orchestre avait effectué un tour complet sur lui-même, comme pour s'adresser à ses musiciens, avant de revenir face à Okolov qui s'était levé.

Le chef d'orchestre avait une tête de chef d'orchestre: un peu rougeaud, quelconque, plein de gaieté forcée. Il acheva son demi-tour et son sourire se figea.

Samantha s'était levée à son tour, derrière Boris Okolov. Le Beretta à la hauteur de l'épaule de Boris Okolov était braqué sur le visage du musicien. Son sourire s'effaça instantanément. Il ouvrit la bouche pour protester mais déjà les autres avaient attaqué une mazurka endiablée, rythmée par les battements de mains des invités.

Boris Okolov ne pouvait voir le pistolet. Il tendit la main pour atteindre le verre posé en équilibre sur le violon. De la main gauche, Samantha le fit se rasseoir sur sa chaise.

— Buvez ce verre, ordonna-t-elle au musicien.

Elle avait été obligée de crier pour couvrir le bruit de la musique. L'autre fit comme s'il n'avait pas entendu, comme si le pistolet n'existait pas. Il se pencha en souriant vers Boris Okolov. Mais le Russe ne bougea pas. Lui avait entendu Samantha.

— Buvez cela tout de suite, ou je vous fais sauter la tête, répéta Samantha.

Le musicien regarda les yeux gris de Samantha et vit la détente à mi-course. Lentement, il étendit la main vers le verre. Comme si de rien n'était, les autres continuaient à jouer, mais le rythme n'y était plus tout à fait. Malko repoussa sa chaise, entrouvrit son smoking pour prendre son pistolet dans sa ceinture, le posant sur ses genoux, dissimulé par sa serviette. Quelle honte! Qu'allaient penser de lui ses invités.

— Vite, répéta Samantha.

Les lèvres du musicien touchaient le verre. Il en avala le contenu d'un coup et le reposa vide sur le violon.

— Je ne comprends pas, protesta-t-il d'un ton sincèrement indigné. Pourquoi me menacez-vous?

Samantha ne répondit pas et n'abaissa pas son pistolet. Au même moment un des invités, éméché, se leva et vint vers le musicien, le prenant par le bras. Il n'avait pas vu le pistolet.

— Et nous? fit-il. Venez un peu par ici.

Il entraîna l'homme, le forçant à tourner le dos à Samantha. Le reste se passa très vite. Le chef d'orchestre se retourna brusquement, un Walther PPK au poing. Son doigt n'était pas encore sur la détente que la balle tirée par Samantha lui entrait derrière l'oreille. Il y eut un éclaboussement de sang, il pivota et serait tombé sans le bras qui le soutenait. Sa main laissa tomber le Walther qui rebondit sur le marbre du sol. L'Autrichien qui était venu le chercher resta stupidement immobile, abasourdi.

Samantha tira une seconde fois posément et sa balle déchira la tunique de l'homme dans le dos. Le choc le projeta en avant et il atterrit par terre sur le ventre. Cette fois au milieu d'un concert de cris d'horreur.

Krisantem posa avec précaution son plateau de fruits et tira de sa ceinture son vieil Astra. Il avait l'ordre de veiller sur les deux Arabes. Dissimulé par le dos d'un des convives, il observa. Apparemment ils n'avaient jamais mangé de charlotte de leur vie car ils nettoyaient leurs assiettes avec l'application d'un vol de sauterelles. Hommage à la cuisine de Ilse. Ils semblèrent aussi surpris que les autres invités quand les coups de feu éclatèrent. Et, à ce moment, ils croisèrent le regard de Krisantem.

Lentement, très lentement, ils posèrent leurs fourchettes, mirent les mains à plat sur la table et attendirent. Des gens sensés, Yasmine leur jeta une interjection en arabe, mais ils se contentèrent de tourner très légèrement la tête sans bouger. Apparemment, ils tenaient à la vie. Si l'un d'eux avait mâché un peu plus vite, Krisantem leur aurait fait sauter les canines.

Les six musiciens s'étaient arrêtés de jouer. Samantha s'avança faisant un rempart de son corps à Boris Okolov. Malko se leva à son tour, la main pendant le long du corps pour qu'on remarque moins le pistolet.

Les invités étaient figés d'horreur et il régnait un silence de mort dans la salle à manger.

— Mettez-vous en rang contre le mur, ordonna-t-il, et levez les mains.

Et tant pis pour la fête. Ses invités se souviendraient de l'anniversaire d'Alexandra. En fait de jeux de société...

Les musiciens semblèrent tout d'abord obéir. Soudain, un des violonistes plongea la main dans son instrument. Avant qu'il la ressorte il y eut une légère explosion, pas plus forte que l'éclatement d'un bouchon de Dom Pérignon et une des glaces du mur vola en éclats. La main de Malko partit à l'horizontale. Il avait beau avoir horreur de la violence, on lui avait quand même appris à tirer. Son pistolet extra-plat était équipé d'un silencieux incorporé et ne faisait pratiquement pas de bruit.

Le violoniste sembla pris de la danse de Saint-Guy, écarta les bras, tenant toujours son instrument, puis s'effondra en arrière, écrasant une desserte sous son poids. Mentalement, Malko jura. Encore une chose qu'il mettrait sur sa note de frais. S'il retrouvait la même. Yasmine se leva d'un coup et hurla:

— Chouf! [1]

De toutes ses forces, elle jeta son verre en direction du contrebassiste. Ce dernier, accroupi devant son instrument, venait d'en faire pivoter le devant, l'ouvrant comme une boîte. L'intérieur contenait deux mitraillettes Uzi fixées à la paroi. Il suffisait de les faire basculer pour les mettre en position de tir. Brusquement, Samantha, Boris Okolov et Malko se trouvèrent face à une des armes automatiques.

Ils n'eurent pas le temps de réagir. Une violente détonation ébranla la salle à manger. Quelque chose qui ressemblait à une fusée de feu d'artifice passa au-dessus de la table et frappa le contrebassiste entre le cou et l'épaule. Il y eut une seconde explosion, sourde, et l'homme sembla se désintégrer.

[1] Regardez!

Des morceaux de chair jaillirent sur la table et éclaboussèrent les boiseries de chêne. Presque aussitôt une seconde rockette transperça la contrebasse, explosant à l'intérieur. L'instrument et l'homme ne faisaient plus qu'une masse sanglante, un petit tas sur le plancher.

Christian Jones tira une troisième fusée sur un des musiciens qui s'enfuyait et le rata. Mais le projectile arracha presque un mètre carré de boiserie.

Milton Brabeck surgit à son tour, serrant tendrement un fusil d'assaut M. 16 dont la détente était sur « full automatic ».

— Celui qui fait semblant de se gratter est mort, annonça-t-il, en prenant la table en enfilade.

Dites sérieusement, ce sont des phrases qui portent toujours.

A cette distance-là le M. 16 avait l'effet d'un petit obusier. Tous ceux qui étaient là n'étaient pas obligés de le savoir mais les quatre musiciens restant semblèrent s'inscruster dans le mur, à l'endroit où ils se trouvaient. Deux d'entre eux laissèrent tomber un Luger par terre et attendirent. Personne ne mangeait plus mais une valse romantique continuait à sortir des haut-parleurs.

Tous les invités semblaient pétrifiés. Georges Borsch avait pris la couleur de la nappe. Il ôta de son assiette un débris sanguinolent qui avait appartenu au violoniste et se détourna très poliment pour vomir sur les genoux de sa voisine. Encore un garçon qui ne savait pas se tenir.

Boris Okolov n'avait pas bougé depuis le début de la bagarre. Il sourit à Yasmine à travers la table. Très calme, indifférent presque. Comme si tout cela ne le concernait pas.

— Il ne faut pas avoir peur, ma petite, ils ne veulent pas tuer Boris, sinon c'est déjà fait.

Il secoua la tête, désolé:

— Dommage, c'était agréable dîner.

Samantha et Malko se regardèrent. Entre les gorilles et Krisantem, la situation était rétablie. Sauf nouveau coup de théâtre. Les quatre musiciens ne bougeaient plus. Seul le musicien raté par Jones n'avait pas reparu.

— L'un d'eux s'est enfui, remarqua Malko.

— Il faut le rattraper, dit Samantha. Au moins pour savoir qui c'est.

Chris Jones remit son « gyrojet » dans son étui et prit son 38 à canon de six pouces, quand même plus maniable. Les 300 dollars qu'il avait investis dans le « gyrojet », petit bazooka de poche, payaient leurs dividendes. Dès que Malko sortit de la pièce, ce fut la débandade. A qui quitterait le plus vite la salle à manger.

La comtesse Thala von Wisberg était la seule à n'avoir pas fui. Elle se leva, un peu pâle, malgré tout.

— Je pense que nous pourrions passer au salon pour le café, proposa-t-elle.

Ceux qui restaient, Georges Borsch, Yasmine et ses arabes, Boris Okolov et Alexandra, suivirent la Comtesse von Wisberg, passant en silence devant le corps du contrebassiste. Georges Borsch s'arrangea pour se rapprocher de Boris Okolov.

— Vous l'avez échappé belle, dit-il, avec un sourire jaunâtre

Le Russe eut un geste évasif.

— J'ai échappé tant de choses, dit-il. C'est destin.

Georges se planta en face de lui:

— Je suis très heureux de vous rencontrer, dit-il à voix basse. Bien que mon nom ne vous dise peut-être rien, j'ai beaucoup entendu parler de vous par un ami commun.

Boris Okolov ne marqua aucune surprise:

— Ah oui, qui?

Juste à ce moment, Alexandra surgit, apportant une coupe de champagne au Russe.

— Voilà pour vous remettre de vos émotions, dit-elle. J'espère que ce sera tout pour ce soir. Je suis désolée...

Le Colonel se pencha pour lui baiser la main.

— Ne sois pas désolée, ma petite.

Discrètement, Georges Borsch s'était écarté. Sa seule chance était de parvenir à parler en tête à tête à Boris Okolov. Bien entendu, il avait mission de ramener le Russe à tout prix. A cette différence près qu'il avait quelque chose de très tangible à offrir au Colonel du KGB. Quelque chose qui ne tenait pas de place, qui résisterait à toutes les fouilles: un simple numéro de compte en banque suisse, à l'UBS pour être exact.

Le compte devait avoir un quart de million de dollars et personne n'y avait encore touché. Il ne portait aucun nom et son détenteur était mort la semaine précédente devant un peloton d'exécution: le colonel Poresky ne profiterait jamais de son argent. Il n'avait jamais déposé sa signature pour la bonne raison que la lettre la contenant n'avait jamais quitté le bureau de Georges Borsch. Par moments, celui-ci était un homme extrêmement prudent. Il suffisait de faire signer le Colonel Boris Okolov à sa place pour que ce dernier profite des 250 000 dollars gagnés par Poresky. Ce n'était peut-être pas très moral, mais le MI5 n'avait jamais été un couvent de bonnes sœurs...

Georges Borsch soupira. Il n'avait jamais eu autant de mal à proposer une fortune à quelqu'un.

C'était quand même incroyable qu'un homme comme le Colonel Okolov ait pu tromper le KGB pendant si longtemps. En un sens, c'était encourageant...

L'argent faisait quand même des miracles. Mais même hors de Russie, il aurait du mal à rester vivant. Les Russes pardonnaient rarement à leurs transfuges. Borsch savait qu'il existait une section au sein du KGB chargée spécialement de liquider les transfuges, parfois plusieurs années ou plusieurs mois après leur passage à l'ouest. Et n'importe où dans le monde.

Il vit avec déplaisir Yasmine s'approcher du Colonel Okolov et commencer à bavarder avec lui. Le Russe ne semblait pas du tout indifférent au charme de la pulpeuse Egyptienne. Cela agaça Georges Borsch.

Les deux Arabes grignotaient des petits fours à l'autre bout de la pièce. Krisantem ne les quittait pas des yeux. Des portières claquaient dans la cour. Les invités de Malko filaient à l'anglaise, horrifiés. Krisantem avait dissuadé les deux extra d'appeler la police. Difficilement. Il serait temps de le faire à l'aube...

*
**

Malko et Samantha avançaient dans le noir le plus complet, pistolet au poing, l'électricité ne fonctionnant pas encore au second étage de l'aile ouest.

Malko était à peu près certain que le musicien se trouvait encore dans le château. Les gorilles l'auraient vu sortir et maintenant Krisantem surveillait l'extérieur.

Samantha secoua la tête:

— Si c'est ce que je pense, il ne s'est pas enfui et il attend. Pour tuer Boris.

— A qui pensez-vous?

La jeune femme sourit méchamment:

— Vous ne trouvez pas curieux que nos amis de

l'Organisation Gehlen ne se soient pas manifestés? Ce petit jeu est bien dans leur manière.

— Ils voulaient seulement l'enlever, pas le tuer, objecta Malko.

Samantha se pencha par-dessus la rampe du grand escalier observant le hall sombre, Malko la rejoignit.

— S'ils ont échoué, ils avaient sûrement l'ordre de le tuer, fit-elle. Je les connais.

Malko allait répondre, lorsqu'elle se rejeta brusquement en arrière:

— Regardez.

Elle désignait dans un coin du hall une ancienne chaise à porteurs transformée en cabine téléphonique. Grâce à la lueur venant par la porte entrouverte de la bibliothèque un reflet jouait sur sa porte vitrée.

Le reflet avait légèrement bougé.

— Il y a quelqu'un dans la cabine, souffla Samantha.

Malko commença à descendre l'escalier d'une façon aussi naturelle que possible. Le musicien avait très bien pu rester caché là, ils n'avaient pas fouillé la cabine minuscule et sombre. Le pistolet à bout de bras, il avança vers elle. Plus rien ne bougeait maintenant.

Brusquement, il ouvrit la porte.

Il eut le temps de distinguer une forme tassée au fond et leva son pistolet. Il lui répugnait de tirer sans sommation.

Quelque chose bougea dans le noir.

— Sortez, dit Malko.

Il y eut un chuintement doux. Samantha cria derrière lui:

— Attention, le gaz.

Elle se jeta dans ses jambes et ils tombèrent tous les deux. Malko eut le temps de renifler une forte odeur d'amandes amères. Instinctivement, il retint sa respiration.

Une forme jaillit de la cabine et fonça vers la porte. Malko et Samantha tirèrent en même temps. L'homme boula en avant avec un cri. Samantha tira encore deux fois sur le corps inerte puis se releva.

Malko alla allumer.

— Attention, n'approchez pas de la cabine, fit Samantha.

Elle se pencha sur le musicien, maintenant en pleine lumière. Il était couché sur le côté et respirait faiblement la bouche ouverte. Dans sa main droite, il tenait encore une arme étrange, comme un pistolet, mais presque sans canon. Samantha le prit et le montra à Malko.

— C'est un pistolet électrique et silencieux, expliqua-t-elle. En aluminium. Cela projette un poison volatil à base de cyanure. Au bout de six minutes, il n'y en a plus aucune trace dans l'organisme. Mais vous mourez en quelques secondes. C'était sa seule chance. S'il était arrivé à deux mètres de Boris, il était mort.

*
**

Dans la salle à manger, les quatre musiciens étaient toujours sous la garde du M. 16. Chris Jones, assis sur une chaise, fit un clin d'œil à Malko:

— Si vous voulez un autre massacre de la Saint-Valentin, vous le dites. Sinon, on peut faire cela dehors, ce sera plus propre...

Les quatre hommes devaient comprendre l'anglais parce qu'ils prirent une très vilaine couleur jaunâtre. Malko s'approcha d'eux.

— Qui vous a envoyés?

Pas de réponse.

— Votre chef est mort, insista-t-il. Je vais appeler la police.

Ils ne bronchèrent pas. C'était bien ce qu'il avait pensé. Ils s'arrangeraient toujours avec les Autrichiens.

— Laissez-les-moi, proposa Samantha calmement.

Malko secoua la tête: elle était parfaitement capable de les liquider dans un coin du parc et de revenir boire du champagne ensuite.

— Inutile, ils ne sont plus dangereux. Autant s'en débarrasser.

Il se rapprocha d'un des ex-violonistes:

— Vous êtes venus comment ici?

— Nous avons un minibus Volkswagen, répondit l'homme sans regarder Malko. Il est dehors.

— Bien. Vous allez prendre vos camarades et disparaître.

Ils ne se firent pas prier. Deux d'entre eux empoignèrent ce qui restait du violoncelliste et le sortirent de la pièce. Chris les accompagna. Dix minutes plus tard, il ne restait plus qu'une grosse tache de sang et des éclats de boiserie. Le moteur du minibus tournait. Malko se pencha par la glace ouverte:

— Ne revenez pas, dit-il calmement. Cela vaudra mieux.

Chris Jones renchérit, par l'autre portière:

— Cette fois, on ne vous laisserait même pas le temps de jouer la marche funèbre...

Le minibus démarra et le gorille le regarda partir avec une furieuse envie de vider un chargeur dedans. Malko préférait cette solution. Il n'allait quand même pas transformer son parc tout neuf en cimetière. D'ailleurs, Krisantem était trop paresseux pour creuser autant de tombes dans un sol aussi dur...

⁂

Le salon était presque vide. Il ne restait que Yasmine et ses sept plaies d'Egypte, Georges Borsch, la comtesse Thalassa et son cavalier, ainsi qu'Alexandra.

Le colonel Boris Okolov était étendu sur le grand Boukhara, les deux mains crispées contre son ventre, le visage ravagé par la douleur.

CHAPITRE VII

Samantha ne fit qu'un bond, avec un cri de mère chatte qui a perdu ses petits. Elle arracha littéralement Yasmine penchée sur le Russe et l'aspostropha:

— Qu'est-ce qu'il a? Qu'est-ce que vous lui avez fait?

Yasmine cracha comme un chat en colère, la lèvre supérieure retroussée en un rictus haineux:

— Demandez-le-lui. Ça l'a pris tout d'un coup...

Samantha s'agenouilla et Boris Okolov ouvrit les yeux. Il parvint à murmurer:

— Ce n'est rien mon petit, cela va passer. Il faudrait aller me chercher pilules dans chambre. Des oranges.

Après une hésitation, Samantha se releva et sortit de la pièce en courant. Malko contemplait Boris Okolov, intrigué. Le Russe avait les narines pincées, les traits tirés et terreux et ses deux mains crispées sur son ventre disaient assez sa douleur.

Avec l'aide de Yasmine et de Georges Borsch, il parvint à l'asseoir dans un fauteuil, quand même plus confortable que le Boukhara...

Samantha revint en trombe, avec un flacon de dragées orange. Boris Okolov en prit deux dans un verre de Vichy, et ferma les yeux.

— Laissez-moi un moment, mes petits, fit-il. Cela va aller mieux.

Malko et Alexandra obéirent, descendant dans la bibliothèque, suivis de Yasmine. des plaies d'Egypte et de l'inévitable Georges Borsch.

— Je crois qu'il n'y a plus qu'à aller se coucher, suggéra Malko.

Silence de mort. Personne ne fit mine de dire au revoir. Gêné par sa bonne éducation, Malko se demandait comment il allait mettre ses visiteurs à la porte. Seule la Grafin Von Wisberg s'était éclipsée discrètement, durant le malaise de Boris Okolov...

Soudain, Samantha parut à la porte de la bibliothèque, l'air soucieux.

— Il va mieux? demanda Malko.

Elle hocha la tête.

— Oui.

— Je pense que la soirée est finie, insista lourdement Malko.

Samantha sembla sortir d'un songe. Ses yeux gris indéchiffrables se fixèrent sur Malko:

— Avez-vous déjà donné des chambres à mes amis?

C'était l'épreuve de force. Malko hésita. Samantha se rapprocha tout près de lui et murmura:

— S'ils partent, je pars avec eux. Et LUI.

Résigné, Malko appuya sur le bouton de la sonnette. Krisantem surgit comme s'il avait eu l'oreille collée à la cloison. Ce qui était certainement le cas, d'ailleurs.

— Il faudrait loger nos hôtes, expliqua Malko. Qu'ils soient le plus confortable possible.

Personne ne remercia... Jamais le Château de

Liezen n'avait reçu de gens aussi mal élevés. A moins qu'ils n'aient été préoccupés par d'autres soucis.

Krisantem, rogomme, se planta devant Yasmine.

— Je vais vous conduire.

Il disparut dans le grand escalier suivit de l'Egyptienne. Conscients de leur indignité, les Plaies d'Egypte ne disaient mot. Fatigué, Malko se versa une sérieuse rasade de vodka dans un verre de cristal et la but d'un coup. Il avait hâte de voir le soleil se lever. Et le Colonel Douglas arriver, telle la cavalerie de Saint-Georges. Il était prêt à lui consentir un prix de gros, pour tous les intéressants specimens d'humanité qu'il abritait. Provisoirement.

*
**

Boris Okolov s'arrêta un instant dans le couloir du 1er pour admirer une tapisserie. Samantha soupira, agacée. Elle était à bout de nerfs. Le malaise du Russe était incompréhensible, et inquiétant. Pourtant, dix minutes plus tard, il était sur pied, encore pâle.

Pour ce soir, le bal de la Comtesse Adler était terminé. Les deux Arabes s'étaient retirés dans leurs chambres au rez-de-chaussée, près de la cuisine. Malko était resté dans la bibliothèque avec Alexandra pour finir une bouteille de Dom Pérignon. Tous les hôtes étaient logés au premier et au second étage, dans les parties restaurées et chauffées.

Samantha s'arrêta devant la porte de la chambre de Boris et l'ouvrit, la main dans son sac. La lumière brillait et elle était vide. Elle avait demandé à Malko des chambres contiguës, plutôt qu'une chambre commune, ce qui lui permettait d'intervenir plus efficacement, en cas de mauvaise surprise. Boris se pencha vers elle et l'embrassa sur la bouche sans conviction.

— Bonsoir, ma chérie.

Intérieurement, elle marqua le coup. Une telle sagesse n'était pas dans les habitudes du Russe, toujours prêt à extirper la moindre parcelle d'érotisme de son grand corps osseux... Elle scruta son visage. Il n'avait plus l'air d'un play-boy, mais d'un vieil homme fatigué avec de grosses poches sous les yeux. Comme s'il l'avait deviné, Boris ajouta aussitôt:

— Tu sais, je suis fatigué, ma petite ce soir, je crois j'ai trop bu.

Samantha n'insista pas. Elle attendit que le Russe soit entré pour pénétrer à son tour dans sa chambre. Elle ferma soigneusement la porte à clef puis sortit de son sac deux petits cubes noirs. Elle colla l'un d'eux contre la porte de communication et posa l'autre sur le drap, à côté de sa tête. En fait de micro et d'ampli miniaturisé, c'était ce que les Japonais faisaient de mieux... Le moindre bruit de la pièce voisine lui parviendrait, amplifié dix fois... Elle posa son Beretta sur la table de nuit, avec deux chargeurs et commença à se déshabiller.

*
**

La poignée de la porte tourna doucement, avec un grincement imperceptible. Boris Okolov avait éteint le plafonnier pour ne garder qu'une lampe de chevet. Il avait eu le temps de fumer un demi-paquet de cigarettes au miel avant que la douleur ne disparaisse. Maintenant, il se sentait mieux. Tranquillement, il glissa la main droite sous le drap et saisit la crosse de son Tokarev. Sans bouger de son lit, il pouvait foudroyer l'intrus...

Il sourit imperceptiblement quand la silhouette élancée de Yasmine se découpa dans la porte. L'Egyptienne la referma vivement derrière elle. Appuyée au battant, elle sourit silencieusement à Boris, puis avança vers le lit, un doigt sur les lèvres. Elle avait gardé sa longue robe noire, mais était pieds nus. Dans la pénombre, ses yeux bleus semblaient encore plus grands. La respiration de Boris s'accéléra imperceptiblement et il reposa le pistolet sous le drap.

Yasmine s'assit sur le lit et colla sa bouche contre son oreille:

— Vous saviez que j'allais venir?

Il hocha la tête affirmativement. Elle appuya encore plus ses lèvres pour ajouter dans un murmure imperceptible:

— On m'a envoyée pour vous ramener. En Egypte.

Là, elle ne disait pas tout à fait la vérité. Il aurait été trop compliqué d'expliquer au Colonel Okolov que le Général Ryad, patron de l'antenne égyptienne à Prague avait décidé de faire du zèle après avoir lu les journaux. Et avait lancé l'équipe Yasmine à l'assaut pour ramener à l'Est le Colonel Okolov. L'étincelante Egyptienne avait déjà d'autres succès à son actif.

Il hocha encore la tête. Où voulait-elle en venir? La longue main de l'Egyptienne se glissa sous les draps et caressa sa poitrine.

— C'est une mission agréable... Je ne vous imaginais pas ainsi.

Boris Okolov ressentit comme une pointe de feu et sursauta involontairement. La pointe aiguë de la langue de Yasmine venait de pénétrer dans son oreille et y remuait doucement. Ce fut comme si un jet de feu se déversait dans ses veines. Sans s'arrêter, Yasmine, d'un mouvement souple, s'étendit le long de lui. Sa main commença à explorer son ventre, comme une araignée de velours. Boris était fasciné par son mont de vénus proéminent, moulé par la robe collante. Il le caressa à travers le tissu et sentit le ventre de la jeune femme se rapprocher. Sa main fit le tour de ses hanches, caressant les fesses rondes et cambrées, puis remonta jusqu'aux seins libres sous la robe. Il était au moins certain d'une chose: sa visiteuse n'avait pas la moindre arme sur elle.

Yasmine pivota, s'allongeant sur le dos. Boris aurait fait honte à un étalon. En une caresse brutale et possessive, sa main fila sous la robe et atteignit le slip minuscule. Yasmine souleva ses reins pour lui permettre de le faire glisser.

Boris sentit son sursaut au moment même où la voix froide de Samantha le faisait sursauter:

— Sortez de ce lit, traînée.

Le canon du Beretta était appuyé derrière l'oreille gauche de Yasmine. Samantha se tenait debout contre le lit, toute habillée, la porte de communication était ouverte. Boris était furieux contre lui-même. C'était rare qu'il se laisse surprendre. Lentement, Yasmine se leva du lit. Les pointes de ses seins se dessinaient sous sa robe et le Russe pensa avec fierté qu'elle avait vraiment envie de lui.

— Si je vous revois ici, fit Samantha, je vous fais sauter les deux yeux.

Boris ne laissa pas à l'Egyptienne, le temps de répondre:

— Ecoute, ma chérie, fit-il d'un ton conciliant, elle ne voulait pas mal... J'ai fouillé.

— Je croyais que vous étiez fatigué, laissa tomber Samantha avec un mépris hymalayen.

Boris hocha la tête.

— Laisse-la...

Une seconde, il se demanda si Samantha n'allait pas loger sur-le-champ une balle dans le ventre de Yasmine. Comme ça, juste pour le plaisir. Mais la jeune Allemande se contenta de reculer un peu, couvrant toujours Yasmine de son arme.

— D'accord, déshabillez-vous...

Yasmine lui jeta un regard à faire tomber en poussière la grande Pyramide...

— Je veux être certaine que cette putain n'a vraiment rien de dangereux sur elle, précisa suavement Samantha.

Lentement, Yasmine envoya la main derrière son dos et défit sa fermeture éclair. Puis, elle se baissa et très gracieusement fit glisser sa robe par-dessus sa tête, puis la jeta par terre. Vêtue de son seul slip noir, les mains sur les hanches, elle toisa Samantha, les seins en avant. Elle avait un corps superbe, mince et musclé.

— Et ça?

Le canon du Beretta pointait sur le slip.

La lèvre supérieure de Yasmine se retroussa comme pour mordre. Elle guigna Boris du coin de l'œil, cherchant un appui, mais le Russe était absorbé dans la contemplation de ses seins. Alors, rapidement, elle ôta son slip et le jeta. Son pubis était soigneusement épilé en un triangle noir et net, une légère odeur aromatisée s'élevait de son corps nu. Chacun de ses gestes était calculé pour exciter Boris Okolov. Elle se tenait légèrement de profil, cambrée, les épaules rejetées en arrière, sa main gauche caressant ses cheveux courts.

Samantha siffla:

— Amusez-vous bien.

Sans un regard pour Boris, elle repartit dans sa chambre et claqua la porte. Dès qu'elle eut disparu, Yasmine se laissa tomber sur le lit et blottit sa tête contre l'épaule de Boris.

— Je n'ai jamais été aussi humiliée, gronda-t-elle. Jamais. Je la tuerai, je la ferai...

Boris lui tapota l'épaule.

— Allons mon petit, elle est seulement prudente. Ne dis pas choses que tou penses pas.

Il était en train de se demander si les Egyptiens étaient assez naïfs pour croire qu'il suffisait de lui envoyer une créature comme Yasmine pour le ramener docilement au Caire. Avec les Orientaux, on ne sait jamais... En tout cas, le numéro de l'humiliation était parfait... Et il fallait profiter du moment présent.

Pendant quelques instants, ils ne dirent rien, puis de nouveau, la langue de Yasmine s'approcha de l'oreille de Boris. Le même contact magique s'établit. Mais cette fois, rien ne séparait leurs deux corps nus.

***

Gedeon broyait du noir, seul dans le salon éteint. Il était monté dans sa chambre au second, puis était redescendu. Il n'arrivait pas à se décider sur la meilleure façon de contacter le Colonel Okolov. Seul. Et en même temps, il pensait au corps de Yasmine. Samantha l'excitait moins, à cause de sa dureté. Gedeon n'était pas masochiste. Assis dans un confortable fauteuil, il rêvassait. Le château était silencieux. Pour combien de temps? L'intermède des faux musiciens montrait suffisamment qu'il fallait se méfier. Certes, les deux gorilles dormaient au rez-de-chaussée, près des Arabes, et toutes les portes étaient fermées. Mais Gedeon se sentirait quand même plus tranquille loin du château. Avec Okolov.

***

Malko se dressa tout doucement sur son lit à baldaquin, dans le noir et écouta. Il n'était pas tranquille. Le cadran lumineux du petit réveil indiquait deux heures. Encore cent vingt minutes et les hommes du Colonel Douglas seraient là. En attendant, la sécurité du château reposait sur Krisantem qui assurait la veille. Milton et Chris s'étaient effondrés, terrassés par le décalage horaire. Il lui sembla entendre un craquement dans le couloir et il quitta le lit. La voix d'Alexandra l'arrêta:

— Où vas-tu?

— Voir ce qui se passe.

Le ricanement d'Alexandra fit trembler le baldaquin.

— Tu vas voir ce qui se passe dans le lit de ces deux putains... Reste ici. Sinon, je te jure que moi je vais retrouver le colonel Okolov.

— Okolov, mais tu es folle...

— Il ne me repousserait pas, fit froidement Alexandra. Tu veux essayer?

Il alluma et la regarda. Nue, le drap jusqu'à la taille, elle était superbe. Et décidée à faire ce qu'elle disait. Avec un soupir, il se recoucha. Au diable la CIA. Que le Colonel Okolov se fasse couper en morceaux. Il voulut prendre dans ses bras Alexandra, mais elle se détourna ostensiblement.

— J'aurais trop peur que tu penses à autre chose, dit-elle avec une évidente mauvaise foi...

Ce qui s'appelle perdre sur tous les tableaux. De rage, Malko se mit à penser à Yasmine. Il y a des moments où Alexandra le poussait au vice.

*
**

Yasmine se frottait furieusement contre Boris, mais sans le laisser pénétrer en elle. Couchée de tout son son long sur le Russe, elle l'embrassait avec tous les signes extérieurs de la passion, descendant parfois jusqu'à son ventre, puis remontant. Ils n'avaient pas échangé une phrase depuis le départ de Samantha. Boris était malade de désir. Mais chaque fois qu'il tentait de prendre l'Egyptienne, elle s'esquivait, fluide comme un reptile. Enfin, elle se dressa, à genoux sur lui.

— Maintenant.

Il n'eut qu'à donner une poussée de reins pour pénétrer profondément en elle. En même temps, elle se laissa tomber sur lui comme pour s'empaler encore plus. Pendant une fraction de seconde, Boris éprouva un plaisir fabuleux, puis une douleur brûlante, comme si son sexe était percé de millions de piqûres d'épingles, lui arracha un gémissement. Yasmine sentit son recul et jeta :

— N'arrête pas.

Il crut avoir rêvé et continua, mais de nouveau fut stoppé par la douleur. Il avait l'impression que le sexe de sa partenaire était tapissé d'épingles. Sans comprendre, il roula sur lui-même pour s'arracher d'elle. Dans sa poitrine, son cœur charriait le sang à grands coups de pompe.

— Qu'est-ce qu'il y a?

Les immenses yeux bleus de Yasmine le fixaient, pleins de reproche.

Boris se sentit tout bête et, de nouveau, attira l'Egyptienne sur lui, entrant de nouveau en elle. Il ne put pas aller jusqu'au bout. Une grande vague de chaleur partit de son estomac, il lui sembla que les battements de son cœur accéléraient démesurément, puis il perdit conscience. Sa dernière impression fut le poignet de Yasmine appuyant sur sa trachée-artère pour qu'il s'évanouisse plus vite.

L'Egyptienne resta quelques secondes contre Boris, puis souleva une des paupières du Russe. Il était totalement inconscient. Elle se leva d'un bond et, d'un geste preste ôta le pessaire qu'elle avait placé dans son vagin avant de venir rejoindre le Colonel Okolov. Une bien belle invention des Services Spéciaux égyptiens. Une de ses faces était hérissée de pointes microscopiques enduites d'un violent somnifère concentré. Le sexe gorgé de sang d'un homme formait un réceptacle parfait pour le poison... En deux ou trois minutes, il sombrait dans l'inconscience pour une demi-heure.

Plus qu'il n'en fallait à Yasmine.

Le temps d'enfiler sa robe, et Yasmine se pencha sur le lit, saisissant les deux poignets du Russe. A genoux, arc-boutée contre le lit, elle parvint à le charger en travers de ses épaules, et à se relever. D'une seule main, elle ouvrit la porte et sortit.

Le couloir était désert. Le Russe était lourd, mais Yasmine avait suivi un entraînement physique remarquable. Le parquet craqua et elle s'arrêta. C'était la partie la plus délicate du programme. Les deux Arabes attendaient dans la cour, mais ne pouvaient rien pour elle pour l'instant, à moins de réveiller tout le château.

Yasmine arriva à l'escalier et commença à le descendre lentement, essoufflée par sa charge. La joie de penser à la tête de Samantha et à sa fouille la soutenait. Elle articula silencieusement une injure particulièrement grossière à l'égard de la jeune Allemande et sourit dans le noir.

C'était une autre version du cheval de Troie.

*
* *

Elko Krisantem sommeillait sur une chaise quand il entendit un glissement sur le sol de marbre. Les gorilles dormaient comme de monstrueux jumeaux, dans sa chambre.

Instantanément, il récupéra tous ses réflexes. La silhouette de Yasmine portant le corps de Boris Okolov passa devant lui comme un fantôme silencieux. D'abord, il n'en crut pas ses yeux. Comment était-elle parvenue à tromper la surveillance de Samantha? Au moment où il se levait, un cri de souris fit sursauter Yasmine. Gedeon, toujours assis dans le noir, venait d'apercevoir l'Egyptienne à son tour.

Sans réfléchir, il se jeta dans les jambes de l'Egyptienne, la faisant trébucher. Elle eut le temps de jeter le corps de Boris Okolov sur un canapé du petit salon avant de faire face à Gedeon. Tout de suite, elle se rendit compte que l'Anglais allait être dangereux: il venait sur elle, l'air mauvais, les lèvres serrées. Elle chercha une arme. Même si elle avait eu un pistolet, elle n'aurait pas pu s'en servir à cause du bruit.

Une large ceinture avec une énorme boucle était posée sur une chaise, oubliée par Alexandra. Yasmine la prit et la fit tournoyer au-dessus de sa tête. Gedeon n'eut pas le temps de parer. La lourde boucle frappa l'Anglais à la tempe et l'ardillon lui déchira la joue. Il roula par terre assommé. Yasmine frappa encore une fois, de toutes ses forces. Pour tuer.

Puis elle se retourna pour recharger le corps de Boris. Elle était en sueur et ses mains tremblaient. Il lui fallut un effort surhumain pour reprendre le Russe sur ses épaules. Elle n'avait plus que quelques mètres à parcourir pour atteindre la porte. Mahmoud et Nassiri devaient l'attendre dans la cour au volant de la camionnette blindée. Dans l'obscurité, personne n'avait pensé à regarder dans quel véhicule ils étaient arrivés. Une fois à l'intérieur, il fallait un bazooka pour les atteindre.

Krisantem surgit devant Yasmine au moment où elle allait ouvrir la porte. Le Turc avait son Astra à la main, mais hésitait à s'en servir à cause de Boris. Yasmine ne lui laissa pas le temps d'hésiter. De toutes ses forces, elle projeta le Russe sur Krisantem.

Le Turc tomba sous l'impact, sans lâcher son pistolet. Yasmine plongea et ramassa la ceinture. Au moment où la main armée de l'Astra surgissait, elle frappa à toute volée le poignet du Turc. Elko poussa un hurlement de douleur et lâcha le pistolet. De justesse, il évita la lourde boucle qui siffla près de sa tête. Yasmine s'acharnait silencieusement, avec une rage froide. C'était trop bête.

La boucle atteignit le Turc à l'épaule, puis à la nuque. Il tomba à genoux, à demi assommé, grognant de douleur. Aussitôt, Yasmine tira le corps de Boris. Krisantem la saisit par la cheville et tira. Elle tomba, sans lâcher la ceinture, se releva comme un chat et sauta sur le dos de Krisantem. De toutes ses forces, elle appliqua l'ardillon long d'une dizaine de centimètres sur la nuque du Turc et poussa. Elko sentit le froid de l'acier et, dans un sursaut désespéré, roula sur lui-même. Yasmine était aussi forte qu'un homme et il ne pouvait plus se servir de son poignet droit.

Yasmine ne vit pas venir son coup de tête. Etourdie, elle tomba sur le côté. Aussitôt, Krisantem lui arracha la ceinture. Au moment où elle revenait sur lui, il envoya le poing, l'ardillon en avant.

Le cri de Yasmine se répercuta jusqu'au troisième. L'ardillon s'était enfoncé dans son œil jusqu'à la boucle. Krisantem sentit un liquide chaud et gluant sur sa main. Le cristallin se vidait. Le cerveau transpercé, Yasmine mourut instantanément.

Il fallut près d'une minute à Krisantem pour se dégager de son corps. Il se leva en titubant et alluma. Il y eut un cri près de la porte. Malko et Samantha venaient de surgir, pistolet au poing. Malko sentit le cœur remonter dans la gorge. Il n'oublierait pas de sitôt le visage mutilé de l'Egyptienne. Même, Samantha détourna la tête... Mais elle reprit vite son sang-froid, se pencha sur Boris et lui prit le pouls:

— Il vit, dit-elle. Elle a dû le droguer.

— Mais comment a-t-elle fait?

Il n'entendit pas la réponse de Samantha. A deux, ils soulevèrent Boris Okolov et parvinrent à le porter sur le divan rouge de la bibliothèque. Son pouls était régulier et il respirait normalement.

— Il faut trouver les Arabes, fit Samantha. Ils ne doivent pas être loin.

Malko regarda par la fenêtre:

— Regardez.

Il y avait une camionnette dans la cour, dont le moteur tournait. Une « Brinks » du genre de celles dont on se sert pour le transport de fonds, blindée, sans poignées extérieures, avec des pneus à l'épreuve des balles. Samantha grimaça un sourire:

— On va leur faire une surprise... Aidez-moi.

Elle chargea le corps de Yasmine sur ses épaules.

— Ouvrez-moi la porte, demanda-t-elle à Malko.

Elle descendit les marches et se dirigea vers le fourgon. Dans la pénombre, on pouvait la prendre pour Yasmine. Effectivement, dès qu'elle parvint près du véhicule, une voix l'appela en arabe.

La porte arrière était ouverte. Un homme attira le corps de Yasmine à l'intérieur. Aussitôt, Samantha claqua la porte et partit en courant. Au moment où elle arrivait au perron, la camionnette démarra à toute vitesse. Avec le cadavre de Yasmine.

Alexandra était en train de panser Gedeon. Malko se versa un grand verre de vodka et le vida d'un seul coup. Il n'oublierait jamais les yeux bleus de Yasmine. Sale métier. Boris Okolov commençait à bouger...

Malko regarda la grande pendule au-dessus de la cheminée: deux heures et demie. Encore quatre-vingt-dix minutes avant que le Colonel Douglas ne débarque. Et les gorilles ne s'étaient même pas réveillés!

— Allons nous coucher, proposa-t-il.

Au même moment une rafale d'arme automatique claqua dans le Parc.

CHAPITRE VIII

Trois coups de feu claquèrent encore, puis le silence retomba. Malko regarda Boris Okolov. Le Russe avait ouvert les yeux et s'était redressé. Il écoutait, une tension soudaine sur le visage.

— Allons voir, dit Malko à Krisantem.

Ça ne pouvait pas encore être le Colonel Douglas. Et les Arabes avaient dû partir sans demander leur reste. A moins que les survivants de l'Organisation Gehlen...

Chris Jones et Milton Brabeck surgirent dans le hall, sans cravate, les yeux bouffis de sommeil, mais hérissés d'armes.

— Ça vient du Parc, cria Jones.

— Restez là, fit Malko, c'est peut-être une diversion.

De plus, il préférait que Chris Jones et Milton Brabeck veillent sur Samantha. Krisantem ramassa son Astra de la main gauche et suivit Malko. Son poignet droit avait doublé de volume.

La cour était déserte et on n'entendait plus aucun bruit, sauf, parfois de la neige qui tombait d'une branche trop chargée. Malko frissonna sous la morsure du froid. Il n'avait même pas eu le temps de prendre un manteau. Après avoir traversé la cour, il se retrouva sur la pelouse gelée.

Avec Krisantem, il s'enfonça en courant dans le sentier serpentant à travers le parc. L'obscurité était à peu près totale et très vite, ils ne virent plus les lumières du château. Au bout de cinq minutes, Malko s'arrêta pour écouter.

Un train siffla dans le lointain.

Au moment où ils repartaient, à une dizaine de mètres d'eux, il y eut un froissement de feuilles. Malko plongea derrière un arbre et Krisantem s'accroupit sur place. Son bras blessé le gênait.

Un coup de feu claqua. Immédiatement, le Turc riposta avec son Astra, de la main gauche. Malko au jugé vit la lueur de départ d'un coup de feu tiré dans leur direction. A son tour, il tira. Il y eut un cri et un bruit de chute.

Le silence retomba.

Avec précaution, les deux hommes avancèrent dans la direction où on avait tiré. Dans le noir, Malko trébucha sur un corps étendu en travers du sentier. Il se pencha et toucha le tissu épais d'un pardessus. L'homme était couché sur le ventre et ne bougeait plus. En le retournant, Malko sentit immédiatement qu'il était mort. Krisantem, à tâtons, ramassa un pistolet automatique qu'il empocha.

— Rentrons, dit Malko.

Dès qu'il ferait jour, il reviendrait voir ce curieux cadavre, mais pour l'instant, il était plus urgent de veiller sur le Colonel Boris Okolov.

***

Malko arrêta Elko Krisantem. Le Turc poussa un grognement étouffé. La main de son maître était posée en plein sur sa blessure...

— Regardez, souffla Malko. Là-bas.

Un homme titubait devant le perron, cherchant à ouvrir la porte. Krisantem et Malko arrivèrent derrière lui, l'arme au poing. Le Turc le saisit par l'épaule et le fit pivoter violemment.

— Trash! [1]

Le visage de l'inconnu était couvert de sang, ainsi que ses vêtements. Il voulut parler, mais du sang jaillit de sa bouche. Sa main gauche était crispée sur sa poitrine. Malko et Krisantem le soutinrent et il s'accrocha à eux. C'était un homme d'une cinquantaine d'années, assez fort, le visage banal. Il prononça quelques mots incompréhensibles puis s'affaissa en avant, évanoui.

Krisantem ouvrit la porte d'un coup de pied et ils poussèrent le blessé à l'intérieur. Alexandra poussa un cri en le voyant.

— Vite, dit Malko, téléphone au docteur Kuntz.

Alexandra se précipita vers le téléphone, tandis que Malko et Krisantem étendaient le blessé sur le canapé rouge de la bibliothèque. Samantha et Boris Okolov avaient disparu, et les deux gorilles buvaient du café dans la cuisine. Malko en fut soulagé. Il essaya en vain de faire boire un peu de vodka au blessé; le liquide coulait sur ses lèvres inertes. Il respirait faiblement et par à-coups.

Il ouvrit les yeux et fixa Malko, le regard vitreux. Encore une fois, il parla, mais d'une façon si hachée que c'était incompréhensible. Pourtant, au passage, Malko saisit un mot connu: « imedia ».

L'inconnu parlait roumain. « Imedia » signifie « tout de suite ». Malko se pencha sur lui et demanda en allemand:

— Qui êtes-vous? Que faut-il faire immédiatement?

[1] Bon sang!

Mais le blessé était retombé dans son semi-coma. Alexandra surgit à la porte de la bibliothèque.

— Le docteur Kuntz n'est pas là, dit-elle. Il est parti pour Vienne.

Malko jura sans retenue. Si on ne le soignait pas, l'homme allait mourir. Il ouvrit sa veste et sa chemise et vit tout de suite, les deux trous dans la poitrine, à la hauteur des poumons. Plus bas, il y en avait encore un. Il se demandait par quel miracle de volonté, cet inconnu avait pu marcher jusqu'à la porte avec au moins trois balles dans le corps. Mais il était en train de mourir d'une hémorragie interne...

Qui avait tiré sur lui? Et qui était-il?

Le Colonel Boris Okolov pourrait peut-être en savoir plus. Malko monta en courant jusqu'au salon. Enroulé dans une robe de chambre, Boris Okolov buvait du café. Assise en face de lui, Samantha ne le quittait pas des yeux. Dans un coin Georges Borsch se remettait de ses émotions.

Malko raconta au Russe l'étrange incident du Parc. L'homme du KGB hocha la tête:

— Ils sont venus ici pour tuer. Policiers roumains.

Tout cela était bien inquiétant. Malko redescendit, perplexe. Dans la cuisine, il se heurta à Krisantem. Le Turc lui tendit l'arme ramassée près du mort, dans le parc:

— Regardez, c'est un Tokarev.

Une arme russe. Malko soupesa le pistolet pensivement. Tout cela était bien bizarre. Sur qui pensait tirer l'inconnu qu'ils avaient tué?

Il retourna à la bibliothèque. La porte était fermée. Etonné, il essaya de l'ouvrir. En vain. On avait tourné la clef de l'intérieur.

— Qui est là? cria-t-il. Ouvrez.

Pas de réponse. Il remonta en courant jusqu'au

salon. Boris Okolov et Samantha avaient disparu. Il retourna à la bibliothèque. Juste au moment où la porte s'ouvrait. Malko se trouva nez à nez avec le Colonel Okolov très calme, et extrêmement élégant dans sa robe de chambre de soie bordeaux. Les deux mains dans les poches de son vêtement, il toisa paisiblement Malko. Comme si de rien n'était.

— Qu'est-ce qu'il y a, mon petit?

— Pourquoi vous êtes-vous enfermé?

Le Russe sourit:

— Parce que je suis prudent.

Malko aperçut la porte entrouverte, la forme étendue sur le divan rouge.

— Vous lui avez parlé?

Okolov secoua la tête.

— Il est mort.

Malko l'écarta et se précipita vers le blessé. Il stoppa, muet d'horreur. Le coupe-papier du bureau, un poignard de bronze persan, était plongé dans la gorge de l'inconnu traversant le cou de part en part. Malko se retourna, ivre de rage:

— Vous l'avez tué!

Le Russe haussa les épaules.

— Il allait mourir de toute façon. Il est venu ici pour me tuer.

— Comment le savez-vous?

Okolov hocha la tête:

— N'oublie pas que je viens de l'Autre côté, mon petit. Je sais beaucoup de choses.

Malko examina le mort. Il s'était débattu et son corps était recroquevillé sur le divan. Soudain, il remarqua une trace de sang sur le mur. Comme si avant de mourir, l'inconnu avait voulu tracer un « Z ».

Boris Okolov secoua la tête.

— Il ne faut être trop sentimental, dit-il.

En ce qui le concernait, il n'y avait pas de risques...

Sur ces paroles bien gentilles, il quitta la bibliothèque, laissant Malko perplexe et bouleversé. Cela faisait beaucoup de mystères. Et le Colonel Douglas ne serait pas là avant une heure. Il ferma les yeux du mort et quitta la pièce. Seule, Alexandra l'attendait, grelottant de froid et de peur.

— C'est horrible, tout ce qui se passe, murmura-t-elle.

— Où sont-ils?

— Couchés. J'ai pansé Krisantem.

Une idée traversa le cerveau de Malko. L'inconnu tué dans son parc était venu dire quelque chose. D'important et d'urgent. « Imedia ». Et il était Roumain. Alors que Boris Okolov venait lui aussi de Roumanie.

— Va te coucher, dit-il à Alexandra, je vais rester là.

La jeune femme l'embrassa et monta l'escalier. Resté seul, Malko vérifia son pistolet et s'installa dans un fauteuil.

Le Colonel Douglas serait là bientôt. D'ici là, il avait bien l'intention de ne prendre aucun risque. Et de tirer à vue.

CHAPITRE IX

Il y eut un grattement imperceptible sous la porte. Comme si un gros insecte tentait de se glisser entre le chambranle et le plancher.

Boris Okolov se dressa en sursaut dans son lit. Il avait tout juste eu le temps de s'endormir et la découverte de l'homme dans le parc l'avait plus bouleversé qu'il ne l'avait montré à Malko. Tout doucement, il prit le Tokarev et repoussa le cran de sûreté. Puis, il se laissa tomber à quatre pattes sur la moquette et roula loin du lit.

Si quelqu'un avait de mauvaises intentions, c'est le lit qu'on viserait d'abord.

A quatre pattes dans le noir, le Russe écouta. Plus le moindre craquement. Il se demanda s'il n'avait pas rêvé, si sa tension nerveuse ne lui jouait pas de mauvais tour. La porte de communication était ouverte et Samantha dormait, sans se douter de rien.

Lentement, très lentement, Boris Okolov s'approcha de la porte. En envoyant la main dans l'obscurité, il sentit soudain un morceau de papier sous ses doigts. Quelqu'un, dans le couloir, venait sûrement de le glisser sous la porte. Un peu rassuré, Okolov le ramassa, se releva et alluma.

Il n'y avait qu'une phrase écrite au stylo-bille:
« Je vous attends dans la bibliothèque. Gédéon. »
Le Colonel Okolov posa le Tokarev et s'assit sur le lit, froissant machinalement le papier entre ses doigts. Un soulagement profond lui dilata la poitrine.

Ainsi IL était venu. Comme lui, Boris Okolov, l'avait prévu. L'homme qui savait tout sur la trahison du Colonel Poresky se trouvait un étage plus bas et l'attendait.

Et il s'appelait Georges Borsch. Cela, Okolov en était certain puisque l'anglais était le seul étranger encore au château. A moins qu'un nouveau venu ne s'y soit introduit. Mais comment aurait-il pu savoir où se trouvait sa chambre?

Boris Okolov s'habilla rapidement; il préférait voir Gédéon sans Samantha. En mettant sa montre, il vit qu'il était trois heures dix du matin.

Après avoir glissé le Tokarev dans sa ceinture, il ouvrit doucement la porte et se glissa dans le couloir. Heureusement, il y avait de la moquette pour étouffer le bruit de ses pas. Et le château de Liezen semblait enfin endormi.

*
**

Un vent glacial balayait la Place Rouge, semblant repousser les passants le long des murs. Ceux-ci étaient assez nombreux. Avec l'approche des fêtes, les Moscovites se ruaient sur tous les rayons du Goum, en dépit de la tristesse de ses produits. L'énorme magasin d'Etat ne désemplissait pas.

Herb Berger frappa ses chaussures l'une contre l'autre pour se réchauffer un peu. Il regardait avec envie l'hôtel ultra-moderne qui venait de se terminer, à côté du Goum. Là, au moins, ils devaient avoir du thé chaud.

Encore cinq minutes et il s'en allait.

Ces Russes ne seraient jamais sérieux. Troisième attaché à l'Ambassade des Etats-Unis de Moscou, Herb recueillait plus ou moins régulièrement de maigres renseignements par l'intermédiaire d'un tout petit traître. D'habitude, cela n'allait guère plus loin que les horaires d'autobus entre Irkoutsk et Oulan-Bator... Mais quand on sait que le plan du métro de Moscou est une information « classifiée » il ne faut pas trop demander.

Les contacts avec le traître avaient été établis bien avant l'arrivée de Herb à Moscou. Il avait été choisi par ses supérieurs pour assurer les contacts parce que l'Ambassadeur le détestait cordialement et qu'en cas de pépin, il serait obligé de demander son rappel.

Et, bien entendu, les rendez-vous avaient toujours lieu en plein air dans des endroits impossibles. Parfois, Herb se demandait si tout cela n'était pas un petit jeu du KGB, toujours heureux de compromettre les Américains.

Soudain, on le frôla. Il leva les yeux. C'était l'homme qu'il attendait. Un petit bureaucrate rondelet, emmitouflé dans une pelisse de mauvaise fourrure. Il ne resta qu'une seconde près de Herb et s'engouffra aussitôt dans le Goum. Herb mit la main dans sa poche et sentit la boulette de papier. Pour donner le change, il se força à demeurer sur place encore cinq bonnes minutes. Avec une furieuse envie de jeter le message et de dire que son contact n'était pas venu. Pour être enfin débarrassé de ces rendez-vous ridicules. Qu'est-ce que cela pouvait faire à la CIA qui possédait les satellites d'espionnage les plus perfectionnés du monde?

Totalement gelé, il gesticula pour attraper un taxi. Cette fois, il ramenait peut-être le plan du métro de

Moscou. De quoi gagner la troisième guerre mondiale.

*
**

Boris Okolov poussa la porte de la bibliothèque et entra. Georges Borsch attendait, en fumant une cigarette. Le Russe avait descendu l'escalier sans encombre. Malko, terrassé par la fatigue, s'était endormi dans le fauteuil du salon. Okolov s'approcha de l'Anglais et sourit:

— Ainsi, c'était toi, Gédéon.

Il avait parlé russe, exprès, adoptant le tutoiement habituel à cette langue. Gédéon hocha la tête et répondit dans la même langue, sans effort apparent, bien qu'avec un accent assez fort.

— Je suis Gédéon.

La porte de la bibliothèque fermée, ils pouvaient parler à voix haute.

Okolov attira une chaise et s'assit en face de lui.

— Pourquoi es-tu venu, mon petit? demanda-t-il. Je ne peux rien te dire de plus que ce pauvre Poresky.

Gédéon eut un rire aigrelet.

— Oh je suis sûr que si, camarade Colonel. Tu sais beaucoup plus de choses que Poresky. Tu dois connaître les codes Gamma, par exemple.

Okolov sourit, prudent.

— Ce sont des secrets très bien protégés.

Gédéon découvrit ses dents jaunes.

— Même si tu ne les connais pas, tu sais d'autres choses pour lesquelles nous sommes prêts à payer très cher. Très cher, répéta-t-il, pensivement.

Boris Okolov l'observait, les yeux plissés de joie maligne. Quel moment grisant! Puis une ombre passa sur sa joie. Froide comme la mort. Il se reprit aussitôt:

— Que veux-tu me proposer, Camarade Gédéon?

Gédéon scruta le visage raviné du vieux Russe. Pour quelle raison avait-il accepté de trahir son pays? Georges Borsch souhaita ardemment que ce fût pour de l'argent.

*
**

En pleine nuit, l'Ambassadeur des Etats-Unis à Moscou venait de réveiller l'opérateur télex de l'Ambassade. C'était la seconde fois que cela arrivait en un an. Il tendit à son subordonné un papier ne portant que quelques mots:

— Code un. Top Emergency. Communiquer d'urgence Direction CIA et DIA.

Le code Un signifiait que le destinateur devait être averti à l'instant où le câble atteindrait Washington, où qu'il se trouve et quelle que soit l'heure. Encore ensommeillé, l'opérateur commença à crypter son message. Il en avait pour une bonne demi-heure...

*
**

David Wise allait quitter son bureau au seizième étage du building de la CIA à Langley lorsqu'on lui apporta le message de l'Ambassade américaine à Moscou. D'abord, il crut avoir mal lu. Dix minutes plus tard, il était certain qu'il n'y avait eu aucune erreur de décryptage. Et que l'information qu'il avait sur son bureau n'avait pas de prix...

Il décrocha un de ses trois téléphones:

— Je veux le château de Liezen en Autriche, le 45 à Liezen, et si vous avez des difficultés, notre Ambassade à Vienne. En priorité absolue.

Il raccrocha et alluma une cigarette. Pourvu qu'il arrive à temps.

*
**

— Tout cela me semble très intéressant, mon petit, reconnut Boris Okolov.

— Alors partons maintenant, dit Gédéon.

Le Russe hocha la tête.

— Nous n'irions pas loin. Tu ne connais pas la Comtesse Adler. Il vaut mieux nous organiser. Demain, nous pourrons faire quelque chose de mieux.

— Mais vous êtes d'accord? insista Gédéon.

— Je suis d'accord.

Gédéon se gratta le nez. Okolov avait raison. Partir en pleine nuit du château présentait un risque certain, avec les gorilles, Malko, Krisantem et Samantha sur leurs gardes. Mais il se méfiait de Malko et des Américains. Eux aussi voulaient Boris Okolov.

Il se leva:

— D'accord pour demain. Comment allons-nous faire?

Boris Okolov ouvrait la bouche pour répondre quand le téléphone sonna. Au bout de quatre sonneries, quelqu'un décrocha dans le château. Les deux hommes s'étaient tus. Boris Okolov mit un doigt sur ses lèvres, décrocha avec précaution l'appareil posé devant lui, et l'approcha de son oreille.

Tout de suite, à cause du bruit de fond, il sut qu'il s'agissait d'une communication long-distance, et il se raidit. Personne d'autre ne semblait avoir pris l'appareil. Encore une chance.

— « Person to person call » pour le Prince Linge, annonça une voix de femme.

— Je suis le Prince, fit la voix de Malko.

Il avait décroché l'appareil du salon, mais ne se doutait pas que Boris écoutait.

Il y eut encore des craquements puis une voix d'homme inconnue de Boris.

— Malko?

— Oui.

— C'est David Wise. Ecoutez, il se passe quelque chose d'incroyable. Poresky, le Colonel Poresky...

Dans la bibliothèque, Boris Okolov raccrocha l'appareil. Son visage ne reflétait aucune émotion. Gédéon demanda anxieusement:

— Qu'est-ce qui se passe?

Le Russe sourit calmement.

— Cela signifie, camarade, que nous allons partir tout de suite. Les Américains sont en train de mijoter quelque chose pour m'enlever.

Rien ne pouvait faire davantage plaisir à Gédéon.

— Nous pourrons être sortis du pays avant midi, annonça-t-il. De Vienne, je téléphonerai pour qu'on nous aide...

Boris Okolov était déjà à la porte. Il savait qu'il ne lui restait pas beaucoup de temps. Heureusement que Gédéon s'était manifesté à temps. Sinon, il repartait bredouille. Il avait toujours eu de la chance. Sauf pour une chose.

Mais pour partir, il fallait prendre certaines précautions. Samantha et Malko ne se croiseraient pas les bras. Quatre à quatre, il s'engagea dans le grand escalier.

Il était trois heures vingt-cinq du matin.

CHAPITRE X

Le hurlement de femme éclata au moment où Malko sortait de la chambre vide de Boris Okolov pistolet au poing. Dans la chambre voisine, Samantha dormait encore.

Malko hésita une seconde, tenaillé par un affreux pressentiment. Le cri venait de sa propre chambre. Où dormait Alexandra. Il se rua dans le couloir. La porte était entrouverte. Il la poussa d'un coup de pied, et s'arrêta sur le seuil, paralysé par la surprise.

Alexandra luttait furieusement avec le Colonel Boris Okolov. Une traînée de sang balafrait son cou et le haut de sa chemise de nuit. Le Russe la baillonnait d'une de ses larges mains et brandissait un rasoir ouvert de l'autre.

Près de la porte, Georges Borsch regardait la scène de ses petits yeux marron sans expression, la peau toujours aussi jaunâtre et malsaine. Un vrai mal blanc. Il tenait à la main une petite valise et avait son pardessus.

En voyant Malko, d'un coup de reins, Okolov colla Alexandra contre lui et lui passa un bras autour de la taille, abandonnant sa bouche. La main qui tenait le rasoir décrivit un arc de cercle et la lame effilée atterrit sous le menton d'Alexandra.

La jeune Autrichienne poussa un cri étranglé et cessa de se débattre.

— Ne bouge pas mon petit, ordonna Okolov à Malko, ou je lui ouvre la gorge jusqu'à la nuque...

Boris Okolov était entièrement habillé, toujours impeccable, mais ses yeux n'avaient rien de ceux d'un play-boy. En dépit de son demi-sourire.

Le fil du rasoir était appliqué contre la peau délicate d'Alexandra et le Russe n'avait qu'à exercer une légère pression pour égorger la jeune femme. Malko s'immobilisa. Il croisa le regard affolé d'Alexandra. Il essayait de réfléchir, de gagner du temps. Pourquoi Boris Okolov agissait-il ainsi?

— Habillez-vous, ordonna Okolov à Alexandra.

Celle-ci quêta du regard l'approbation de Malko.

— Obéis, dit ce dernier.

L'opération prit près de cinq minutes.

Pas une seconde, Boris Okolov ne lâcha Alexandra, le rasoir collé à sa gorge. Folle de honte, la jeune femme dut passer un slip, ensuite faire glisser sa chemise de nuit et rester quelques secondes torse nu avant de mettre un chemisier, d'enfiler des collants et de fermer les premiers boutons de sa longue jupe de daim noir.

Dans les bras du Russe, Alexandra semblait minuscule. La jupe longue, incomplètement boutonnée, découvrait ses jambes gainées du collant noir. Malko sentit une brusque poussée de désir et de rage. Car Georges Borsch ne perdait rien du spectacle...Il interpella brutalement:

— Qu'est-ce que cela signifie? Que faites-vous dans ma chambre?

Gédéon ne changea pas d'expression. Il sourit venimeusement et dit, sans quitter des yeux les jambes d'Alexandra:

— Demandez-le lui.

Sans répondre, Malko avança sur Boris Okolov. Celui-ci redressa brutalement Alexandra, en train de boutonner sa jupe.

Le hurlement d'Alexandra lui glaça le sang dans les veines. Le sang avait jailli sous la morsure du rasoir.

Instinctivement, Malko leva son pistolet.

— Ne pizdi [1], mon petit, fit Okolov. Même si tu me mets une balle dans tête, je te jure, la dernière chose je fais, je la tue.

Alexandra sanglotait convulsivement. Elle renifla et cria à Malko:

— C'est de ta faute! Si tu n'avais pas voulu coucher avec cette putain, tu m'aurais protégée.

Georges Borsch poussa un cri aigu.

— Boris, attention!

La haute silhouette de Krisantem venait d'apparaître dans l'encadrement de la porte.

Boris Okolov tourna légèrement la tête. Malko vit les tendons de son poignet se raidir. Il cria avant qu'il ne soit trop tard.

— Krisantem, ne bougez pas...

Le Turc s'arrêta, vexé. Presque à portée du cou de Georges Borsch.

— Très bien, mon petit, approuva Okolov, bonhomme et paisible. Tu peux pas lutter contre moi...

— Qu'est-ce que vous voulez?

Le Russe commença à reculer vers la porte, entraînant Alexandra avec Lui. Dans le mouvement, la jupe se défit encore plus. Les yeux de Georges Borsch lui sortaient de la tête.

[1] Ne déconne pas.

— Très simple, dit Okolov, je m'en vais avec ami Georges Borsch. Comme je veux pas complications, je prends otage.

— Lâchez-la, dit Malko, je vous laisserai partir.

Okolov secoua la tête. Soudain, il parut très maigre et très vieux à Malko, avec de grands cernes sous les yeux.

— Ne dis pas bêtises, mon petit, on a dit me laisser partir à aucun prix. Je connais gens de Washington.

Tenant toujours le rasoir contre la gorge d'Alexandra, il la poussa hors de la chambre. Malko et Krisantem s'écartèrent. Georges Borsch emboîta le pas au Russe.

Tout en descendant l'escalier, Malko se demandait désespérément ce qu'il pouvait faire pour libérer Alexandra. Sans rien trouver.

Maintenant, ils étaient dans le hall et dans quelques secondes il serait trop tard.

Un courant d'air glacé le fit frissonner.

Borsch avait ouvert la porte. Malko aperçut la Rolls avancée devant le perron, le moteur en marche.

Boris Okolov regardait les longues jambes d'Alexandra. Malko sentait sa raison vaciller. Laisser partir le Russe était une faute impardonnable. Mais ce dernier n'hésiterait pas à tuer Alexandra. Et ce n'est pas la CIA qui lui donnerait une autre Alexandra. Il se maudit d'avoir mêlé sa vie privée à son métier aussi dangereux. Un jour cela devait arriver.

Okolov poussa Alexandra devant lui, le rasoir toujours sur sa gorge.

— Ne crains rien, jeta-t-il. Je fais jamais mal aux jolies femmes.

Malko eut envie de tuer.

— Si quelque chose arrive à Alexandra, dit Malko,

la voix blanche, je vous poursuivrai au bout du monde et je vous tuerai, Boris.

Le Russe n'eut pas le temps de répondre. Il y eut une détonation sèche derrière Malko et un trou apparut dans la vitre de la porte. Georges Borsch poussa un cri de souris et fit un bond de côté.

Samantha se tenait sur les dernières marches de l'escalier, son Beretta au poing, flambante de colère. Elle ne portait qu'un court kimono de soie rouge s'arrêtant en haut des cuisses et ses cheveux dénoués tombant sur ses épaules la rajeunissaient.

— Ne tirez pas!

Malko avait crié instinctivement. Samantha avait bondi et appuyé l'extrémité de son arme sur la tempe du Russe.

— Rentre tout de suite.

La détente était déjà à mi-course. Boris Okolov ne dit rien, mais il tourna lentement la tête vers Malko. Le visage du Russe semblait brusquement découpé dans du vieux cuir sans aucune expression. Malko le vit assurer sa prise sur Alexandra et sut qu'il allait la tuer. Quand on s'appelait Boris Okolov, on ne bluffait pas.

Malko chercha Krisantem des yeux. Avec la rapidité du cobra, le Turc s'était déjà glissé derrière Samantha.

Elle ne s'en aperçut que trop tard. Une fraction de seconde, elle s'était relâchée, croyant que le Russe allait obéir. Le lacet lui brûla la gorge, la tirant en arrière et la déséquilibrant. Okolov, avec un sang-froid prodigieux, ne bougea pas d'un millimètre. Le bout du canon du Beretta quitta sa tempe au moment où Samantha appuyait sur la détente.

La balle s'enfonça dans le plafond, faisant jaillir des éclats de plâtre.

Au jugé, Samantha tira encore deux fois, mais les

balles frappèrent les murs. Puis Krisantem la fit tomber sur le dos et s'affala sur elle avec un manque total de galanterie.

Le Colonel Okolov montra ses dents impeccables dans un sourire éblouissant.

— Tu as bons réflexes, mon petit.

Déjà, il faisait franchir la porte à Alexandra. Ils dévalèrent le perron et s'engouffrèrent dans la Rolls dont Georges Borsch avait ouvert les portières.

Malko se sentait paralysé. Derrière lui, Krisantem poussa un grognement aigu. A pleine main, Samantha lui tordait le sexe. Elle se détendit comme un serpent-minute et lui échappa, ne laissant que son kimono au Turc. Heureusement, Malko avait eu le temps de ramasser son pistolet.

Elle se rua sur lui, ivre de colère, un cercle blanc autour de la bouche, nue comme un ver.

— Tuez-le, hurla-t-elle, mais tuez-le donc, sinon vous ne le reverrez jamais.

Georges Borsch était le seul à ne pas être encore monté dans la Rolls. Samantha dévala le perron et plongea littéralement sur lui. L'Anglais reçut le choc de son corps mais n'eut pas le temps d'en tirer la moindre satisfaction érotique. D'un coup de genou dans le bas-ventre, Samantha venait de le plier en deux. Puis, les deux pouces enfoncés dans les carotides, elle appuya de toutes ses forces...

La voix du Russe interpella Malko par la glace baissée.

— Ne laisse pas faire, mon petit, il vient aussi, sinon...

Malko courut et saisit Samantha à bras le corps, la tirant en arrière. Elle se retourna, lâchant Georges Borsch, et Malko sentit des doigts qui cherchaient ses yeux. Les seins fermes se pressaient contre lui, les hanches pleines étaient collées à son ventre, mais la Comtesse Adler essayait de le tuer de toutes ses forces.

Ils luttèrent quelques secondes, puis il parvint à la tirer en arrière. Elle se débattait de toutes ses forces, avec une énergie farouche. Au passage, elle envoya un coup de pied à l'Anglais couché en travers des marches.

— Amenez-le, cria Okolov de la Rolls. Sinon, je tue petite.

— Vas-y, ordonna Malko à Krisantem, sans lâcher Samantha.

Encore titubant, le Turc saisit le corps inerte de Georges Borsch et le traîna jusqu'à la Rolls, ouvrit la portière arrière et le jeta à l'intérieur.

Malko avait l'impression de lutter contre un paquet de serpents. Samantha le mordit à l'épaule et il la rejeta violemment en arrière. La tête de l'Allemande heurta le mur et elle devint toute molle dans ses bras, puis glissa par terre.

Il bondit jusqu'à la porte.

Le Colonel Okolov était au volant de la Rolls, Alexandra à côté de lui. On ne voyait pas Borsch. Le Russe leva la main pour que Malko puisse voir le pistolet qu'il tenait.

— Merci pour hospitalité, cria le Russe.

Il n'y avait rien à faire.

Soudain, Malko pensa aux coups de feu tirés dans le Parc. Il courut jusqu'à la Rolls qui démarrait.

— Attention, ils vous attendent, cria-t-il.

Le Russe secoua la tête.

— N'aie pas peur mon petit, je suis le plus fort...

La Rolls s'éloigna lentement, et Malko eut le temps d'apercevoir le visage terrifié d'Alexandra. Il avait l'impression de vivre un cauchemar.

Lorsqu'il rentra, Samantha remettait son kimono, et Krisantem grimaçait de douleur.

— Vite, dit Malko, il faut les suivre. J'ai peur qu'on les attende dans le Parc ou dehors.

Samantha le considéra avec un mépris étincelant:

— Il ne fallait pas le laisser partir. Vous ne le reverrez jamais... Cet avorton va l'emmener en Angleterre.

— Pas en Angleterre, dit Malko à voix basse. Le Colonel Boris Okolov va vers l'Est.

— Vers l'Est?

— Il y retourne, dit Malko sombrement. Si nous n'arrivons pas à l'en empêcher... Je vous expliquerai.

Il regarda sa montre: 3 h. 58. Selon l'horaire, le Colonel Douglas serait là dans deux minutes. Qu'allait-il faire?

Krisantem courait déjà vers le garage. Malko le suivit.

*
**

La grosse Mark 10 sortit du garage comme un rocket. Malko conduisait. A côté de lui, Krisantem avait une Winchester 30/30 sur les genoux et assez de cartouches dans les poches pour couler un porte-avions.

La Rolls avait deux minutes d'avance. Soudain, près de la grille, une silhouette surgit de l'obscurité. Malko donna un brusque coup de volant. Le pare-brise vola en éclats sous les balles, il y eut un choc sourd, un cahot et la Jaguar finit sa course dans le fossé.

Krisantem avait déjà roulé par terre, Malko sortit plus lentement de l'autre côté. Il entendit le bruit d'une grosse moto qui démarrait et aussitôt la détonation sourde de la 30/30.

Lorsqu'il rejoignit Krisantem, le Turc jurait tout seul.

— Je l'ai raté, fit-il piteusement.

— Ça ne fait rien, cela n'aurait pas changé grand-chose.

Malko leva la tête vers le ciel. Pas le moindre bruit d'hélicoptère. Et la frontière tchécoslovaque était à moins d'une demi-heure. D'ailleurs l'intervention du Colonel Douglas risquait de coûter la vie à Alexandra. Il lui restait une chance minuscule que David Wise se soit trompé.

Il ne voulait pas penser à Alexandra. Dès que Boris Okolov serait en sûreté, il la relâcherait sûrement. A quoi pouvait lui servir la jeune femme? De toute façon, le Russe n'allait pas rester en Autriche.

La Jaguar était inutilisable. A pied, il repartit vers le château. Le bal de la Comtesse Adler se terminait bien mal.

Malko alla dans la bibliothèque. Découragé, il se servit un verre de vodka et s'affala dans un fauteuil. Il n'osait pas penser à Alexandra. Et la présence du mort, enroulé dans une couverture ne le gênait même pas. A tout hasard, il mit le téléphone près de lui. Pour l'instant, il se moquait de Boris Okolov et de la CIA. Une chouette hulula et Malko ferma les yeux. Les longues jambes gainées de noir d'Alexandra le poursuivaient. Jamais il n'avait eu autant envie d'elle qu'à la seconde où elle avait été entraînée par le Russe.

Il but sa vodka d'un trait et rapprocha encore le téléphone. Où diable était le Colonel Douglas? Bien que cela n'ait plus beaucoup d'importance.

*
**

La voix cinglante de Samantha fit sursauter Malko. Sans même s'en rendre compte, il avait dû s'assoupir quelques secondes.

— Alors, c'est tout ce que tu fais?

L'Allemande s'était habillée et coiffée. Ses yeux gris ressemblaient à deux petits morceaux de granit.

Il réalisa que son cœur battait comme celui d'un collégien. Il s'était presque attendu à entendre la voix d'Alexandra.

— Pour l'instant, il n'y a rien à faire, laissa-t-il tomber.

— Où est Okolov?

— Je voudrais bien le savoir. Probablement en Tchécoslovaquie.

— Tu veux dire qu'il est retourné à l'Est. Mais c'est incroyable. Tu mens! Tu as fait un accord avec les Anglais. C'est là qu'il va. Mais tu vas me le payer. Boris ne peut pas retourner là-bas. Il risque sa peau.

Malko secoua la tête. Samantha était plantée devant lui, ivre de rage et de méfiance. Evidemment, c'était incroyable. En apparence...

— Boris Okolov n'est pas parti à Londres, dit lentement Malko. A l'heure actuelle, il est en route pour l'Union Soviétique. Avec Georges Borsch. Qui s'appelle aussi Gédéon. L'homme qui manipulait le Colonel Poresky.

Samantha fronça les sourcils, pas convaincue.

— Qu'est-ce que c'est que cette histoire? Boris Okolov a choisi la liberté...

Malko ricana tristement.

— C'est le plus beau coup de sa carrière! Je viens seulement de le savoir. Par Washington. Tout était monté. Il est venu volontairement à l'ouest. Pour rencontrer ce « Gédéon ». Parce que le Colonel Poresky n'a pas été exécuté. Maintenant il va l'être. Les Russes avaient besoin de Gédéon pour le confondre. C'est une machination diabolique.

Samantha écoutait. Toujours pas convaincue.

— Comment un homme ayant le rang d'Okolov

s'est-il volontairement risqué à l'Ouest? Il courait un risque énorme si ce que tu dis est vrai.

— Tu le lui demanderas quand tu l'auras retrouvé.

Malko se tut. De toutes ses forces, il priait pour que le Russe ait relâché Alexandra avant de passer à l'Est. Sinon, où la retrouverait-il?

Une évidence l'aveugla: l'homme qui était arrivé mortellement blessé devait savoir que le colonel Poresky n'était pas mort. C'est sur lui que les hommes d'Okolov avaient tiré. Et c'est Boris Okolov qui l'avait achevé de ses propres mains. Sous le toit de Malko!

Celui-ci jeta un regard plein de pitié au corps dissimulé sous la couverture. Si Alexandra ne réapparaissait pas, il faudrait aller chercher un des cracks de l'espionnage soviétique sur son propre terrain. Autant dire courir au suicide...

— Je ne te crois pas, fit soudain Samantha. Tu as monté un coup et je vais te tuer.

Sa voix était lasse et tendue. Malko leva les yeux. Le Beretta était braqué sur lui et les yeux gris de Samantha un peu trop fixes. Cela le ramena brusquement un an en arrière à Bali. Décidément...

Il allait répliquer quand un bourdonnement lointain lui fit prêter l'oreille. Il regarda sa montre. Cinq heures moins quatre.

— Si tu veux bien attendre quelques minutes pour me tuer, demanda-t-il à Samantha, tu vas voir que je je mens pas.

Le bourdonnement devint chuintement soyeux, et se rapprocha. Il y avait au moins trois hélicoptères.

Samantha fronça les sourcils.

— Qu'est-ce que c'est?

Malko sourit un peu amèrement.

— C'est le commando de la CIA qui vient chercher le Colonel Boris Okolov.

Il se leva et traversa le hall. Samantha le suivit, le Beretta toujours braqué sur lui. Malko ouvrit la porte du hall et regarda dehors.

Trente secondes plus tard, un homme en tenue de combat, hérissé de grenades diverses, surgit de l'obscurité de la cour. Sa mitraillette braquée sur Malko, il demanda:

— Conduisez-moi au Prince Malko. Vite.

Malko écarta le canon de l'arme.

— C'est moi. Vous êtes le Colonel Douglas?

Le visage de l'Américain s'éclaira.

— Oui. Où est-il?

Malko secoua la tête.

— Parti. Vous êtes en retard.

Le Colonel Douglas éructa une série de jurons sortis directement de l'Ecole des Marines.

— Je sais. Ces imbéciles m'ont envoyé l'heure d'exécution en GMT. Ici, c'est GMT plus un... Mais je ne pensais pas que...

— Il faut vous faire une raison, Colonel. Pour vous la guerre est finie. Je peux tout juste vous offrir un whisky ou une tasse de thé.

Tout autour d'eux, les hommes du commando envahissaient la cour... Le château était cerné. Un peu tard. Un gros hélicoptère était posé juste en face du perron.

— Je crois qu'il vaudrait mieux rappeler vos hommes, Colonel, dit Malko. Je ne voudrais pas qu'ils effraient mes domestiques. Ils dorment.

Ce qui n'était pas tout à fait exact. Krisantem ne dormait pas. Assis dans la cuisine, il attendait des ordres. Et les hommes de Douglas ne l'auraient pas effrayé.

Samantha, debout derrière Malko, secoua la tête.

— Vous aviez bien prévu de me doubler, dit-elle à voix basse. Cela ne se serait pas passé comme ça...

Malko haussa les épaules.

— Problème gratuit. Nous sommes bredouilles tous les deux.

Le Colonel Douglas hésitait toujours, empêtré dans son barda. Décidément, il n'avait pas de chance... Malko lui tendit la main.

— Bonne nuit, Colonel. Je ne peux plus rien pour vous. Et je suis fatigué. La suite de cette histoire ne vous regarde plus.

A peine eut-il serré la main de l'Américain qu'il rentra et ferma la porte. Dans la bibliothèque allumée, Samantha était penchée sur le cadavre du mystérieux messager. Malko s'approcha d'elle. Elle venait de retourner les poches. Vides. L'inconnu ne possédait aucun papier d'identité.

Malko aperçut soudain une étiquette collée à l'intérieur de la veste et se pencha. A demi effacé par la transpiration, il put lire: Docteur V. Nagel — Bucaresti.

— Il venait de Roumanie, lui aussi, remarqua-t-elle pensivement.

Malko rabattit la veste et remit la couverture sur l'homme. Il se sentait terriblement las. Les derniers mots de David Wise trottaient encore dans sa tête· « Ne laissez pas partir Okolov, tuez-le. »

CHAPITRE XI

Georges Borsch ouvrit les yeux et réprima un cri de douleur. Son ventre lui faisait horriblement mal et il pouvait à peine avaler. Il tâta son cou avec précaution. Il était enflé et douloureux. Il se souvenait vaguement de la bagarre avec Samantha, mais le reste était un trou noir... Brusquement, il se demanda où il se trouvait et ce qui était arrivé. Où était Boris Okolov?

L'Anglais quitta le lit sur lequel il était couché et regarda autour de lui. La pièce était nue à l'exception du lit. Il y avait deux portes, sur deux murs différents. L'une était plus légère que l'autre, donnant probablement sur une autre pièce. Une ampoule brillait au plafond. Georges Borsch alla à la plus grande des portes et essaya de l'ouvrir. Elle était fermée à clef. Le battant était en bois épais, d'une seule pièce.

L'angoisse de Georges Borsch grandissait.

Il écarta les rideaux de la fenêtre. D'épais barreaux apparurent. Derrière, des volets de bois fermaient hermétiquement l'ouverture. Georges Borsch écouta. Aucun bruit. Il revint s'asseoir sur le lit.

Depuis le moment où Samantha l'avait frappé il ne se souvenait plus de rien. C'était bizarre.

Et inquiétant.

Son bras gauche était légèrement engourdi. Il remonta sa manche et vit la trace d'une piqûre à la saignée du coude; il avait été drogué.

Son visage chafouin se crispa. Où pouvait-il être? Immédiatement, il pensa à un coup de Gehlen. C'était bien dans leurs manières. S'il s'était fait enlever Boris Okolov, il allait entendre quelque chose! Il ôta sa veste et tâta la doublure. On ne l'avait pas bien fouillé car il trouva immédiatement le poinçon d'acier spécial et les lamelles du même métal qui constituaient sa trousse de secours.

Avec le poinçon, il s'attaqua tout de suite à la porte. En dix minutes, il eut creusé silencieusement un trou d'un millimètre de diamètre auquel il colla son œil. D'abord, il ne distingua rien. Puis, une silhouette entra dans son champ de vision: un homme immobile, debout dans le couloir, presque en face de la porte. Un soldat. Georges Borsch voyait la cartouchière et la ceinture de cuir.

Soudain le soldat se déplaça. Georges Borsch réprima un cri. La casquette du garde était entrée dans son champ de vision. Sur le devant, elle portait une étoile rouge. Il se trouvait dans un pays de l'Est... Pendant qu'il était drogué, on lui avait fait franchir la frontière.

Georges Borsch retourna s'asseoir sur son lit, le cerveau en ébullition.

Ainsi, les Services de Renseignements de l'Est s'étaient emparés de Boris Okolov. Et de Georges Borsch par la même occasion. Mais comment?

C'est un problème qu'il éluciderait plus tard...

Machinalement, Georges Borsch tâta sa molaire truquée. En appuyant un peu, il libérait quelques milligrammes d'acide prussique. Ce serait peut-être utile. Gédéon savait beaucoup de choses. Il avait manipulé de nombreux traîtres. On le ferait parler. Il n'aimait pas souffrir. Il eut un grand ricanement silencieux. C'était l'arroseur arrosé...

Sa seule chance était d'arriver à filer. Une chance sur cent mille. Mais cela valait la peine d'essayer. Il examina la porte du couloir et la fenêtre. Rien à faire. Ses instruments étaient trop rudimentaires pour les barreaux et le garde du couloir interdisait toute fuite de ce côté. Il restait la seconde porte. Penché sur la serrure, il y introduisit une de ses lamelles et commença à la remuer doucement.

Au bout de quelques secondes, le pêne cliqueta. La lamelle était enclenchée. Georges Borsch appuya de tout son poids.

Le pêne joua et la porte s'entrouvrit. Georges Borsch empocha ses outils et se glissa dans l'autre pièce, le cœur battant. La même ampoule électrique diffusait une lumière crue. L'Anglais resta interdit. Alexandra était étendue sur un lit étroit dans la tenue où Okolov l'avait enlevée. Elle avait les yeux fermés, mais respirait régulièrement. Georges Borsch s'approcha d'elle et l'examina avec attention: au creux du bras droit il vit la même piqûre que lui. Brusquement, il réalisa que son cerveau s'était arrêté de fonctionner. Le corps d'Alexandra le fascinait. Il se força à détacher ses yeux de la jeune femme pour examiner les sorties possibles de la pièce. Il n'y avait qu'une porte, donnant sur le même couloir et la fenêtre close par les barreaux.

Il revint au lit et contempla Alexandra. Elle dormait sur le dos, le torse un peu tordu de côté. Il se pencha et huma l'odeur de ses cheveux. Ce fut comme si une main invisible s'était emparée de son ventre. Une impulsion irraisonnée lui fit poser la main sur la cuisse découverte de la jeune femme. Elle ne réagit pas et il laissa ses doigts courir sur le nylon brillant.

Les lèvres minces de Gédéon étaient presque invisibles et ses petits yeux s'étaient encore plus enfoncés: il surveillait avidement le visage d'Alexandra tandis que sa main descendait et montait le long de sa cuisse, de plus en plus haut.

Il se fit honte une seconde, mais chassa son scrupule: Dieu sait ce que lui réservaient les prochaines heures.

Tout doucement, il s'assit sur le lit. Sa main gauche remonta encore et il caressa la poitrine de la jeune femme. De sentir qu'elle ne portait pas de soutien-gorge le rendit fou de désir. Soudain, il sentit un mamelon s'ériger sous ses doigts. Comme s'il s'était brûlé, il retira vivement sa main. Honteux et troublé.

Mais Alexandra n'avait pas ouvert les yeux. Sa bouche s'était seulement un peu entrouverte.

Georges Borsch recommença à la caresser. Lui-même n'en pouvait plus de désir. Les seins étaient parfaits, ronds et fermes.

Quand il glissa la main sous la blouse de soie et sentit la peau tiède, il faillit crier de plaisir. Avec d'infinies précautions, il s'allongea près de la jeune femme endormie, après s'être débarrassé de sa veste.

Pendant plusieurs minutes, il se contenta de caresser très doucement les seins d'Alexandra, ou de remonter le long du collant soyeux jusqu'à la tache sombre du mont de Vénus. Le souffle de Georges Borsch était court et il lui semblait que son propre corps allait éclater de plaisir. Jamais il n'avait caressé une femme aussi excitante. Il lui semblait que les seins et les jambes allaient au-devant de ses caresses. Lucidement, il réalisa qu'Alexandra était droguée, dans un état second et que ses caresses provoquaient vraisemblablement des rêves érotiques.

Maintenant, il était étendu contre elle, son sexe pressé contre sa cuisse. Plusieurs fois, il s'arrêta de la caresser, étant lui-même à la limite de la jouissance. Alexandra bougea, se tourna vers lui, creusant le ventre.

Georges Borsch cessa presque de respirer.

Sa main effleura le ventre de la jeune femme, aussi légèrement que s'il avait ouvert une serrure. Il s'attarda avec un léger mouvement tournant, le front en sueur, s'attendant à chaque instant à un sursaut, à une défense... Mais Alexandra se laissait caresser, les yeux clos, le souffle régulier. Gédéon appuya de plus en plus, sentit sous ses doigts le contour du sexe.

Alexandra bougea dans son sommeil, ouvrant les jambes un peu plus.

Sans pouvoir se retenir, l'Anglais plaqua sa main le plus loin qu'il le put, enveloppant tout le sexe. Cette fois, le bassin de la jeune femme bougea, venant à la rencontre de la caresse.

Ivre de désir, Georges Borsch glissa la main à la taille sous le collant. Le bout de ses doigts atteignit la toison du pubis. Il resta ainsi plusieurs secondes, les tempes battantes, sans oser bouger. Le monde extérieur n'existait plus. Quelqu'un aurait ouvert la porte qu'il ne se serait même pas retourné. Gédéon s'était dissous, il ne restait que Georges Borsch, étudiant timide qui n'avait jamais osé s'attaquer à une femme de la classe d'Alexandra.

Il reprit la gymnastique minuscule de ses doigts, descendant de plus en plus, écartant l'obstacle du collant, le faisant glisser par petites saccades. Maintenant, il tenait la jeune femme à pleines mains dans une caresse qui le troublait autant qu'elle. Elle gémit légèrement, bougea, s'ouvrit encore plus, toujours sans se réveiller.

Cette acception muette fit basculer Georges Borsch. Abandonnant sa caresse, il tira le collant à deux mains, jusque sur les cuisses, avec une obstination silencieuse. Il en tremblait. Et, d'un côté, regrettait l'éclatante beauté des jambes gainées de noir brillant. Quand il eut dégagé les collants, il resta à regarder le corps offert et recommença sa caresse, allant de plus en plus loin. Il aurait bien aimé ôter la blouse, mais c'était trop difficile. Il se contenta de se débarrasser de ses propres vêtements. La vue de son propre sexe le grisa et l'excita. Jamais il n'avait eu autant envie de faire l'amour.

Alexandra avait replié un peu les jambes, comme pour mieux se caler. Sans cesser de la caresser, Gédéon s'agenouilla entre ses genoux, rampa jusqu'à elle. Il avait l'air d'une fouine, le pantalon sur les chevilles, le souffle court. Il regarda Alexandra avec une furieuse envie de l'embrasser...

Il resta ainsi quelques secondes, puis n'y tint plus. Interrompant sa caresse, il pénétra brutalement la jeune femme, se laissant tomber sur elle. Il éprouva d'abord une sensation grisante, réalisant à quel point son geste avait été facile. Déjà, il remuait furieusement dans la jeune femme, la labourant à grands coups de reins.

Ses jambes l'entourèrent et elle serra ses bras autour de lui. Puis elle ouvrit les yeux.

Une fraction de seconde, ils restèrent flous, puis les pupilles s'agrandirent, la bouche s'ouvrit sur un cri dément. D'un furieux coup de rein, Alexandra chercha à se débarrasser de l'homme qui la clouait au lit. Mais Georges Borsch s'accrochait, appuyait de tout son poids. Il glissa un bras sous Alexandra pour mieux la tenir. Le plaisir descendait le long de sa colonne vertébrale. Rien ne lui aurait fait lâcher prise.

Alexandra hurlait, se débattait comme une folle, arrachant la chemise de l'homme en train de la violer, lui lacérant le visage, se balançant sous lui, toutes choses qui augmentaient encore le désir de Georges Borsch. Comme si un monstre nouveau avait pris possession de lui. Il savourait autant le viol qu'il avait profité de la caresse volée. Ses coups de reins étaient pleins de haine, de ressentiment. Ses saccades brusques firent tressauter Alexandra. Il enfouit la tête dans le creux de son épaule pour protéger son visage de ses ongles.

Il n'entendit pas la porte s'ouvrir.

— Pétit salaud!

La grande main de Boris Okolov l'arracha d'Alexandra, littéralement par la peau du cou. Le Russe le jeta par terre et lui donna un coup de pied, visant le sexe encore en érection. Georges Borsch se protégea à deux mains en couinant, roulant sur lui-même. Alexandra ne pleurait plus. Agenouillée sur le lit, les pupilles immenses, le collant en boule contre son ventre, elle semblait tétanisée. Soudain, elle se jeta sur Georges Borsch, grognant comme une bête, ses ongles en avant.

L'Anglais poussa un glapissement aigu comme elle les enfonçait dans sa chair. Recroquevillé, il tremblait convulsivement. Boris Okolov contempla la scène quelques secondes, impénétrable, puis arracha Alexandra de sa victime et la ramena doucement vers le lit où elle s'assit.

— Je m'occupe du petit salaud, dit-il.

La jeune femme commença à pleurer doucement, sans répondre. Elle se trouvait plongée dans un monde qu'elle n'avait jamais connu, ni même soupçonné. Elle pensa à Malko et elle eut encore plus mal.

Georges Borsch gémissait à ses pieds, honteux et assouvi.

Le colonel Okolov s'approcha de lui et le fit se lever. L'Anglais lui arrivait tout juste à l'épaule.

Soudain, il réalisa qui il avait en face de lui, et balbutia:

— Mais vous êtes... vous êtes. Où sommes-nous?

— En Hongrie, dit le Russe.

Par la porte entrouverte, Georges Borsch apercevait la sentinelle, respectueusement au garde à vous. Il ne comprenait plus. A voix basse, il demanda:

— Ils savent qui vous êtes?

Boris Okolov sourit.

— Bien sûr qu'ils savent qui je suis, fit-il à voix haute, en russe. Je suis le Colonel Boris Sergueiévitch Okolov, du KGB, et tout le monde m'obéit ici.

Il secoua Georges Borsch.

— Bien attrapé, hein, pétit salaud. Et je t'ai endormi avec drogue trouvé dans voiture. Seringue dans boîte à gants. Pour moi, non?

L'Anglais était trop abasourdi pour répondre. Par quel miracle le Russe avait-il retrouvé son pouvoir? L'autre ne lui laissa pas le temps de la réflexion. A toute volée, il le gifla. Le coup projeta Georges Borsch contre le mur. Le souffle coupé, il vit venir sur lui Okolov, sa grande main levée.

— Je vais t'apprendre à te conduire comme cochon.

Cette fois, Georges Borsch eut l'impression que sa tête s'arrachait de ses épaules. Le Russe avait une force prodigieuse. Il se laissa glisser le long du mur pour échapper aux coups, mais Okolov le saisit par le devant de sa chemise et le cloua contre la paroi.

— Attends, petit salaud.

Le coup suivant atteignit Georges Borsch juste sous le nombril et il se plia en deux.

La correction ne faisait que commencer.

CHAPITRE XII

L'aérogare de Bucarest, l'Aeroportal international Bucaresti, ressemblait à un temple abandonné et sale. Le ciment avait noirci sous les intempéries, les peintures des murs s'écaillaient, les haut-parleurs crachaient des bruits incompréhensibles. La seule note moderne venait des BAC 111 achetés aux Anglais, encore flambant neufs, orgueil de la Tarom, la Compagnie nationale yougoslave. Mais le progrès va vite. A côté d'un DC 9 des Scandinavian en train de charger des passagers pour Copenhague, ils semblaient déjà démodés. En dehors des BAC 111, tout était laid, gris et sale. Les uniformes des douaniers et des miliciens semblaient sortir directement d'une machine à laver, tant ils étaient fripés.

Elko Krisantem repéra sa valise dans l'amas déposé par les porteurs nationalisés. Il venait de récupérer son passeport, après une petite demi-heure de queue.

L'avion était plein d'hommes d'affaires et personne ne semblait remarquer particulièrement les étrangers. Malko était déjà passé, sans difficulté, et attendait hors de l'enceinte de la douane, derrière la porte de verre à deux battants.

Le cœur battant. Cela c'était la première épreuve.

Le Turc attrapa sa valise sans effort apparent et refit sagement la queue. Trois personnes se trouvaient devant lui. C'est-à-dire une quinzaine de minutes d'attente. Tranquillement, Elko plongea la main dans sa poche et mit quelques petites graines dans sa bouche. Il lui restait quelques secondes avant de les croquer. En attendant, il se plongea dans la contemplation d'une affiche de tourisme vantant les Karpathes, essayant d'oublier que la valise au bout de son bras contenait deux mitraillettes URI avec une dizaine de chargeurs, deux pistolets et quelques grenades. De quoi faire sauter les plombs de n'importe quel appareil de détection. Heureusement, les Roumains en étaient restés à la bonne vieille fouille...

Avec ce que contenait la valise, Krisantem, s'il se faisait prendre, en avait pour deux ou trois siècles de camp de travail...

D'un œil intéressé, il regarda le douanier roumain inspecter avec un soin maniaque le sac de voyage d'un chinois à barbiche. Alors, doucement, Elko broya les graines entre ses dents et les avala.

L'effet commença à se faire sentir une minute plus tard. Le visage de Krisantem vira au vert, puis au blanc, pour se stabiliser au jaunâtre. Son front se couvrit de sueur, qu'il essuya d'un revers de main. Il avait l'impression qu'une main invisible lui arrachait l'estomac du corps. Involontairement, il eut un hoquet qu'il étouffa de la main.

Le douanier qui achevait de dépiauter la valise du Chinois, le dévisagea, plein de suspicion.

Krisantem essaya de lui sourire, mais ne réussit qu'une affreuse grimace. Son estomac était en train de se retourner comme un gant... Le Roumain tendait déjà la main vers son passeport.

— Documenti...[1]

Le Turc tendit son passeport, et posa la valise devant lui, à plat. Au même moment, le hoquet monta irrésistiblement de son estomac. Cela fit un énorme « gloup » qui fit lever la tête au douanier. Krisantem resta la bouche ouverte une fraction de seconde, puis un long jet nauséabond fusa sur la valise, éclaboussant le douanier qui fit un bond en arrière.

Ivre de rage, le Roumain vomit un flot d'injures à l'adresse de Krisantem. Ce dernier souriait mollement, contrit et encore secoué de petits hoquets. Il eut une seconde nausée et le douanier s'écarta, précipitamment.

— Je ne supporte pas très bien l'avion, balbutia Krisantem en Allemand.

A tâtons, il commença à trifouiller dans la serrure de la valise, toujours secoué de hoquets.

— Foutez le camp, bougonna le douanier, en lui rendant son passeport.

Tant bien que mal, il s'essuyait avec un grand mouchoir à carreaux. Krisantem reprit sa valise et s'éloigna un mouchoir sur la bouche. Le passager suivant, un russe massif, posa son sac sur la table avec une mimique dégoûtée.

— Ces occidentaux sont des cochons, fit-il d'un ton sentencieux. Ce porc doit être ivre mort.

Sans rien dire, le douanier enfonça la main dans sa valise et en tira une paire de bas qu'il brandit triomphalement:

— Vous portez des bas de soie, camarade? demanda-t-il sévèrement.

Il fallait bien qu'il se rattrape.

Krisantem venait de franchir la porte à deux battants sous le regard profondément dégoûté du mili-

[1] Papiers.

cien de garde. Il fallait vraiment que la Roumanie ait besoin de devises pour accueillir des individus pareils...

*
**

Malko contempla mélancoliquement le verre à dents plein de vodka qu'un serveur endormi venait de lui apporter. Le bar de l'Athénée-Palace était sinistre. Les rues de Bucarest étaient sinistres, avec des magasins qui rappelaient les pires jours des restrictions du temps de guerre. Tout semblait en carton. Des tramways grinçants et poussifs parcouraient les rues de la ville avec une lenteur majestueuse. Presque pas de voitures, quelques Tatra, des Renault, des Volga. Une Volkswagen était un signe extérieur de richesse exorbitant, réservé à quelques stakanovistes particulièrement méritants ou aux plus zélés délateurs de la Police Politique.

Dans l'après-midi, le bar de l'Athénée-Palace, un des meilleurs hôtels de Bucarest, était rempli de nostalgiques de l'ancien régime et de jeunes dont le cerveau n'avait pas été assez lavé par la lessive communiste, avides de contempler des étrangers.

A cause de l'humidité extérieure, les vitres étaient couvertes de buée et cela donnait une curieuse impression d'aquarium.

L'Athénée-Palace était une grande bâtisse grisâtre de huit étages. Le Palace de Budapest. Un mélange de rococo 1900 et de style socialiste, situé sur la « Calea Victoriei ». La rue de la Victoire.

Démoralisé, Malko but sa vodka d'un trait et se replia sur le salon d'apparat, à gauche du lobby. Une pièce de dimensions majestueuses au plafond de quinze mètres de haut, uniquement meublée de canapés et de petites tables basses laissant le centre entièrement vide. Les gens parlaient à mi-voix et il fallait une heure pour se faire servir. C'était « L'Année dernière à Marienbad ».

Çà et là, des filles, seules ou par couple. Maladroitement provocantes, pauvrement habillées, mal maquillées, le visage morne.

L'une d'elles traversa le désert du milieu pour venir s'asseoir dans un fauteuil à la même table que Malko. Elle était plutôt mieux faite que les autres, petites, des jambes un peu fortes découvertes très haut par une mini-jupe, de grands yeux ravissants et un air faussement candide. Elle alluma une cigarette et croisa les jambes, à la Marlène Dietrich, un quart de siècle plus tôt, guignant Malko du coin de l'œil.

C'était pitoyable et risible. La République Roumaine ne reculait devant rien pour faire rentrer les devises. Et tranquillement, espionner les gens de l'Ouest... Malko essaya d'ignorer son encombrante voisine. Malgré son calme, il avait peur. Jamais il ne s'était aventuré aussi loin dans la gueule du loup. La Roumanie n'avait même pas de frontière commune avec l'Ouest. Si les choses tournaient mal, il lui faudrait franchir clandestinement DEUX frontières, avant de retrouver la liberté. Lui, un agent de la CIA, sur la liste noire de tous les services de renseignements de l'Est! Il risquait de connaître le même sort qu'un américain ayant commis la même imprudence à Prague, deux ans plus tôt. On l'avait retrouvé flottant dans le Danube. Accident. Des membres des Services Spéciaux l'avaient kidnappé à la sortie de son hôtel.

Certes, Malko avait un faux passeport, ou plutôt un vrai. Discrètement soustrait à un citoyen autrichien mort accidentellement, Heinz Schlesser. Seule la photo avait changé. Cela résistait à un contrôle de routine, et lui donnait quelques jours de tranquillité. D'après ses papiers, Malko était agent de change. Passionné de pêche à la truite, spécialité des Karpathes. En vacances pour quelques jours.

Le passage de la valise pleine d'armes était le premier succès de leur mission impossible. Un tout petit succès, car tout était encore à faire. Mais au moins, s'il parvenait à retrouver le Colonel Okolov, il aurait de quoi tenter un coup de force. Le truc du vomitif lui avait été appris par ses amis vénézuéliens, deux ans plus tôt[1]. Il marchait pratiquement à tous les coups.

Malko ne se trouvait en Roumanie que depuis quelques heures et il étouffait déjà. L'atmosphère de l'hôtel était pesante et compassée, inquiétante, avec tous les policiers en civil qui rôdaient dans le lobby, au restaurant, dans les salons, cherchant inlassablement à dépister les Roumains tentant d'entrer en contact avec les étrangers...

Et encore, il y avait mille fois plus de liberté qu'en Russie pour les touristes. On pouvait louer une voiture sans chauffeur, partir sur les routes du pays, presque sans restriction. Aussi, tant qu'il jouait le touriste, Malko ne risquait pas grand-chose.

Mais il n'était pas venu à Bucarest pour pêcher la truite dans les Karpathes.

Le seul élément capable de mener au Colonel Boris Okolov s'appelait le Docteur V. Nagel. L'homme qui était venu mourir chez Malko. Qui savait que le Colonel Poresky était encore vivant. Nagel était mort, mais il avait peut-être des amis, une famille qui connaissaient ses activités, qui pourraient aider Malko... Tout cela représentait une montagne de « si ». Et la seule chance de retrouver Boris Okolov. Et Alexandra. Chaque fois que Malko pensait

[1] Voir: *Que viva Guevara.*

à la jeune femme, son estomac se tordait de rage et d'angoisse. Pourquoi le Russe ne l'avait-il pas relâchée, une fois en sécurité?

Depuis son départ, il n'avait eu aucun indice, aucune piste. Simplement un tuyau arrivé à la CIA de Vienne. Okolov serait retourné en Roumanie, où sa mission n'était pas terminée.

C'était maigre.

On avait retrouvé la trace de leur passage à la frontière hongroise, tout de suite après la fuite du Château de Liezen.

David Wise n'avait pas encouragé Malko à passer à l'Est. Il l'avait même fortement dissuadé de se lancer dans cette aventure impossible. Tant pis, on faisait une croix sur Poresky. Malko était bien d'accord, pour Poresky. Mais il y avait Alexandra, disparue depuis huit jours. Et quand Malko l'avait fait dire à David Wise, l'Américain avait accepté de lui venir en aide. Ce n'était pas grand-chose. Du matériel, armes et radio, la possibilité de se faire récupérer en hélicoptère s'il parvenait assez près d'une frontière, quelques adresses où se réfugier en cas de coup dur et une théorique filière d'évasion qui n'avait pas beaucoup servi. Evidemment, Malko avait toujours la ressource de se réfugier à l'Ambassade américaine de Bucarest et d'y rester ensuite un quart de siècle... Comme le Cardinal Mindzenty.

Le Docteur Nagel était inconnu de la CIA. Ou il ne militait dans aucun réseau, ou il travaillait pour une des innombrables ramifications de l'Organisation Gehlen, spécialiste des pays de l'Est.

Dès que Malko allait partir à sa recherche, il courrait un danger mortel. Les rues grouillaient de miliciens en chapka et long manteau russe, les étrangers étaient rares et les contacts avec les autochtones, difficiles hors des canaux officiels.

Il n'y avait plus qu'à prier...

Malko se leva, laissant la blonde en mini à ses pensées. Alexandra n'avait aucune valeur pour Okolov. Pourquoi la gardait-il? A moins que le Russe ne s'en serve pour attirer Malko. Idiot. Il aurait déjà été arrêté.

Le lobby grouillait de monde comme toujours. Malko interpella un des concierges:

— Vous avez un annuaire du téléphone?

L'autre sortit aussitôt un vieux volume de sous le comptoir et le lui tendit.

— Qui cherchez-vous?

— Je vais trouver moi-même, dit Malko, d'un ton très dégagé. Il s'agit d'un fonctionnaire du Parti Communiste Roumain...

Intimidé, le concierge lui abandonna l'annuaire et plongea au secours de deux touristes allemands.

Malko tournait déjà les pages.

Nagel. Il y avait sept Nagel. Il trouva tout de suite le bon. Docteur Virgil Nagel — 43 Strada Stefan Furtuna.

Malko grava instantanément l'adresse dans son étonnante mémoire. Après avoir refermé l'annuaire, il s'éloigna du desk. Il ne restait plus qu'à repérer sur un plan de Bucarest la rue Stefan Furtuna et à y aller.

A pied. Un chauffeur de taxi sur deux travaillait pour les barbouzes roumaines.

*
**

Un vent de neige balayait la Calea Victorei et les rares promeneurs étaient emmitouflés dans des manteaux sans forme coupés dans du tissu à couverture. L'élégant manteau cintré de Malko détonnait mais personne ne semblait le remarquer. La rue Stefan

Furtuna n'était pas à plus d'un kilomètre de l'Athénée Palace. Il fallait tourner à droite, devant le hideux bâtiment noirâtre du Musée de l'Art Folklorique, dans la Calea Grivitei et on tombait dedans.

Krisantem était resté à l'hôtel. Au moins, si Malko était repéré, il aurait une petite chance de s'en tirer.

Un milicien se dressa soudain devant Malko, lui barrant le trottoir et le repoussa en secouant la tête. Malko s'arrêta, intrigué et inquiet. Il était sur la Place Gheorgue Gheorgiu Dej en face d'un building massif et laid, un des rares à arborer l'Etoile Rouge. En face, il y avait une adorable petite église tarabiscotée. Il voulut avancer, mais le milicien lui barra la route de nouveau, lui désignant l'autre trottoir...

Malko comprit soudain: c'était le siège du Parti Communiste Roumain et il était interdit d'en approcher. Des miliciens exerçaient une garde vigilante jour et nuit. Cela donnait une haute idée de la popularité des dirigeants roumains.

Il coupa à travers la place, sans insister, se demandant s'il était suivi. Un peu plus loin, il faillit être écrasé par une vieille Skylark cabossée, immatriculée au Koweït. Dieu sait ce qu'elle faisait là...

Enfin, il atteignit la rue Stefan Furtuna. C'était une petite rue qui descendait jusqu'au Canal de l'Indépendance, bordée d'immeubles modernes. Malko s'attarda devant la vitrine du magasin Musica, surveillant la rue derrière lui. Mais personne ne semblait s'intéresser à lui. Les rares passants se hâtaient sous le crachin glacé.

Il s'engagea dans la rue et passa sans s'arrêter devant le numéro 43. C'était un immeuble de cinq étages, sans rien de particulier. Il repassa, puis entra d'un coup, profitant de ce que la rue était déserte. Dans le couloir sombre, il se heurta à une grosse femme qui s'écarta en maugréant. Heureusement, en sortant, elle alluma la minuterie et il aperçut la rangée de boîtes aux lettres. A côté, se trouvait une plaque de cuivre ovale portant le nom du Docteur Virgil NAGEL.

Malko s'engagea dans l'escalier. Cela sentait la soupe aux choux et l'humidité. Au quatrième, il retrouva le nom Nagel sous une sonnette.

C'était quitte ou double. Il pouvait aussi bien se trouver devant les hommes du Colonel Okolov. Et il aurait du mal à expliquer sa présence. Mais c'était bête d'être arrivé jusque-là pour rien.

Il sonna.

Au bout de quelques secondes, il y eut un léger frottement derrière la porte, puis une voix demanda en roumain:

— Qui est là?

Elle était tellement faible et étouffée que Malko dut prêter l'oreille pour comprendre. Il avait quelques connaissances de roumain, assez pour suivre une conversation simple.

— Un ami du Dr Nagel, répondit-il à travers la porte.

Le pêne joua dans la serrure et la porte s'entrouvrit sur une femme aux grands yeux délavés, pas coiffée, sans âge. Elle considéra Malko, l'air inquiet. On voyait tout de suite qu'il n'était pas Roumain à ses vêtements. Ses yeux dorés étaient graves et rassurants à la fois.

— Qui êtes-vous? répéta-t-elle. Que voulez-vous?

C'était mortellement dangereux de rester sur ce palier.

— J'ai à vous parler. Puis-je entrer?

Elle s'effaça pour le laisser entrer dans une petite pièce d'une tristesse abominable, meublée en meubles de bois blanc. La femme pouvait avoir 40 ans mais en paraissait dix de plus. Drapée frileusement dans un peignoir sans couleur, elle ne quittait pas Malko des yeux.

— Qui êtes-vous? demanda-t-elle. Je ne vous ai jamais vu...

Ses yeux étaient mortellement effrayés.

— J'ai vu votre mari. Il s'est réfugié chez moi... Il y a une semaine.

Une lueur passa dans son regard, vite éteinte. Elle s'assit sur une chaise, passa la langue sur ses lèvres et répéta:

— Chez vous! Où habitez-vous?

— En Autriche.

Il y eut un long silence. On entendait les bruits de la rue.

— En Autriche...

Elle répéta le mot, sans sembler y croire, puis leva les yeux sur Malko, avec un mélange de crainte et de méfiance.

— Pourquoi êtes-vous venu ici? Comment avez-vous rencontré mon mari. Vous avez un message?

Malko secoua la tête.

— Non. Il n'a pas eu le temps d'écrire.

Elle resta silencieuse plusieurs secondes, puis serra son peignoir un peu plus. Sa pomme d'adam montait et descendait, mais elle ne pleurait pas, elle ne posait pas de questions, elle tremblait seulement un peu.

— Vous ne me dites pas la vérité, dit-elle soudain. Je vais vous dénoncer à la police. On m'a prévenu que des gens comme vous viendraient me voir. Qu'il fallait leur dire. Je n'ai rien à cacher, mon mari non plus. Il est membre du Parti depuis 1962.

Elle s'était levée et avait débité sa tirade d'une voix monocorde, les yeux baissés. Malko éprouva une immense pitié pour cette femme, terrorisée, écartelée. Il s'approcha d'elle et lui entoura les épaules de son bras.

— Votre mari est mort dans mes bras, dit-il à voix basse. Il essayait de me prévenir de quelque chose de très important. Malheureusement, il est arrivé trop tard. Je suis venu ici pour continuer sa mission. Il faut m'aider, me faire confiance...

Ses yeux s'étaient remplis de larmes. Malko se dégoûta. Mais il fallait déclencher un choc chez cette femme pour briser la carapace de la peur.

Malko la prit aux épaules. Il sentait les muscles trembler sous ses mains.

— Il faut me croire, dit-il. Je suis un ami.

— Virgil est mort? demanda-t-elle d'une toute petite voix.

— Oui. Courageusement.

Il pensa au corps remis à la police autrichienne. Virgil Nagel reposerait dans le petit cimetière de Liezen.

— Je vous emmènerai voir l'endroit où il est enterré, dit-il.

— Oh oui!

Maintenant, c'est elle qui s'accrochait à lui. Les larmes coulaient sur son visage.

— J'avais si peur de cela, murmura-t-elle. Je n'avais plus de nouvelles et il m'avait juré de m'en donner. Il ne mentait jamais. C'était un être extraordinaire... Depuis qu'il est parti, ils sont venus plusieurs fois me questionner. J'ai passé trois jours à la police. On m'a menacée, on a tout fait pour me faire avouer où il était. Il paraît qu'il a tué une femme avant de partir. Cela, je ne peux pas le croire. Il était si doux, si gentil...

Elle parlait pour elle-même, à voix basse. Malko sentit que toute la méfiance avait fondu d'un seul coup, qu'il pouvait lui faire confiance.

— Vous êtes encore sous surveillance? demanda-t-il.

Elle hésita.

— Je ne sais pas. Ils m'ont dit de ne pas quitter Bucarest, que je n'avais pas fini avec eux, que mon mari était un traître dangereux.

Malko réalisa brusquement où il se trouvait. La pièce était peut-être truffée de micros. Il était au fond d'un pays de l'Est, dans un autre monde. Mais c'était trop tard pour reculer.

— Il faut m'aider, dit-il fermement. Que votre mari ne soit pas mort pour rien.

— Alors, je ne le reverrai jamais? demanda-t-elle douloureusement. Je pensais toujours qu'il allait revenir.

Malko détourna la tête. La souffrance de cette femme était insupportable.

— Avez-vous entendu párler d'un homme qui se nomme Boris Okolov?

Madame Nagel contempla Malko quelques secondes puis secoua la tête tristement:

— Qui n'a pas entendu parler de Boris Okolov...

— Vous savez où il se trouve?

— Il est de retour en Roumanie?

— Je ne sais pas. Peut-être.

— Dans ce cas, je pourrai le savoir...

Malko plongea ses yeux d'or dans les siens.

— C'est Okolov qui a tué votre mari, dit-il. Pour qu'il ne parle pas.

Il y eut un long silence. Madame Nagel était hagarde. Ses lèvres bougeaient sans qu'il en sorte aucun son. Malko eut l'impression qu'elle allait se trouver mal. Il fallait l'arracher à son atroce tristesse.

— Vous savez pourquoi il était parti?

Elle hocha la tête.

— Non. Il m'a dit seulement que c'était très important, qu'il fallait sauver la vie d'un homme. Depuis longtemps il est en liaison avec des opposants au régime. Mais il ne me dit pas tout.

Rapidement, Malko lui raconta l'histoire du Colonel Poresky. Tout à coup, Madame Nagel l'interrompit:

— Je comprends. Mon mari m'a souvent demandé des renseignements sur ce Boris Okolov. J'ai une amie qui travaille à l'Institut Médical qui sert de couverture à ses services. Officiellement, ils soignent des vieillards. Mais il y a aussi une partie où ils enferment ceux dont le régime ne veut plus. C'est Okolov qui est venu de Russie pour donner les ordres.

Malko avait du mal à contenir son excitation:

— Cet endroit... C'est à Bucarest?

— Non. Dans les montagnes, près de Brasov.

— Vous pouvez savoir vite si Boris Okolov s'y trouve en ce moment?

— Demain, j'espère.

Elle parlait d'un air absent, comme si tout cela ne l'intéressait pas. La peur diffuse imprégnait tout jusqu'aux meubles. Madame Nagel essaya de sourire à Malko.

— Vous voulez un peu de café...

— Non, merci. Je reviendrai demain. A la même heure.

Déjà, il se dirigeait vers la porte. Elle le retint par le bras.

— Faites attention. Okolov est puissant. Plus que le Secrétaire Général du Parti. Et il sait tout...

Elle avait entrouvert la porte sur le palier désert. Un petit frisson désagréable rampa le long de la colonne vertébrale de Malko. Madame Nagel était sûrement sous la surveillance de la police politique. Il était dans la gueule du loup.

— Multimesc[1].

Madame Nagel avait murmuré le mot avant de refermer la porte. L'escalier parut froid et hostile à Malko. Il s'attendait presque à trouver deux miliciens dans le couloir, en bas. Mais il n'y avait rien que l'odeur de choux et la rue Stefan Furtuna était déserte. La neige fondue tombait de plus en plus fort. Malko décida de regagner l'hôtel en flânant, afin de donner le change à d'éventuels suiveurs. Il tourna à droite et se dirigea vers le centre.

Presque à chaque coin de rue se trouvait une sorte de brasserie populaire où des Roumains mangeaient debout de minuscules sandwiches arrosés de jus de pomme. La pomme semblait d'ailleurs être l'épine dorsale de la diététique roumaine. Au marché, on ne trouvait guère que des milliers de pommes, de toutes les couleurs et de toutes les tailles.

Un peu plus loin, sur le boulevard Magheru, des femmes faisaient la queue devant la pharmacie Numéro 4. A Bucarest, les pharmacies étaient numérotées, comme les trams. Et on faisait la queue, partout. Pour de l'aspirine ou de la viande.

Seuls, les garages, curieusement appelés « autoservices » étaient vides.

*
**

Elko Krisantem jouait avec son lacet, étendu sur son lit quand Malko frappa à la porte de sa chambre. Il veillait sur la précieuse valise aux armes. D'ailleurs, l'hôtel ne lui inspirait pas confiance. Il avait l'impression de se trouver en danger dès qu'il mettait les pieds hors de sa chambre...

Il y faisait une chaleur étouffante, l'Athénée-Palace ayant un contingent fabuleux de mazout à

[1] Merci.

brûler pour respecter le Plan. Et tant pis pour les clients qui n'aimaient pas la chaleur des tropiques. Ils avaient toujours la ressource d'ouvrir la fenêtre et d'attraper une pneumonie.

Malko raconta au Turc sa visite. Elko Krisantem n'avait qu'une hâte: reprendre un avion pour l'Autriche.

— Allons dîner, suggéra Malko. Il n'y a plus qu'à tuer le temps jusqu'à demain.

La Salle à manger de l'Athénée-Palace était à peine plus petite qu'un stade de football. La hauteur de plafond donnait le vertige. Une armée de serveurs aux vestes douteuses circulait mollement à travers cette immensité, sans que les appels les plus désespérés leur fasse abandonner leur placidité...

Krisantem se préparait à attaquer la nappe avec un peu de sel quand un maître d'hôtel en smoking songea enfin à prendre leur commande.

Probablement pour calmer les dîneurs, un orchestre de violonistes jouait des airs du siècle dernier dans l'indifférence générale. Seule, une délégation de Mongolie extérieure, avide de s'instruire, écoutait religieusement...

Malko et Krisantem mirent une heure et demie pour se faire servir du jambon de Prague et un plat de porc fumé assez étrange. Le tout arrosé d'un vin blanc local qui n'aurait pas saoulé une souris...

Quant au café, il était tellement innommable que Krisantem annonça à Malko son intention de le faire boire au garçon, y compris la tasse et la soucoupe. Qui en étaient sûrement la partie la moins indigeste... Malko ramena le Turc à plus de calme. Ce n'était pas le moment de faire un esclandre...

Une heure plus tard, ils étaient couchés. La valise d'armes était sous le lit de Krisantem, fermée à clef.

⁂

Malko tournait en rond dans le magasin Eve, en face de l'hôtel Lido, Boulevard Magheru. C'était le « Printemps » de Bucarest. Des femmes mal habillées s'arrachaient des coupons de tissu dont on aurait fait des serpillières dans n'importe quel pays civilisé. Tout était de mauvaise qualité, triste, sans couleur. Et une télévision coûtait à peu près le prix d'une Cadillac...

La nuit était tombée. Malko sortit de EVE. Il était inquiet. Deux fois dans la journée, le téléphone avait sonné dans sa chambre sans que personne ne parle. Comme si on vérifiait sa présence... Maintenant, les placides miliciens à la mitraillette en bandoulière lui semblaient tous hostiles. Il ne pouvait s'empêcher de penser à Alexandra. Sans elle, il ne se serait jamais engagé dans ce guépier. C'était une folie d'être venu à Bucarest. Une femme le bouscula et il sursauta... Mais elle cherchait seulement à attraper un foulard en solde. Il se dirigea vers la sortie du magasin. C'était un bon endroit pour semer un suiveur éventuel...

Le Boulevard Magheru s'étendait devant lui, rectiligne et impersonnel. Une foule dense se pressait sur les trottoirs. Les Roumains sortaient tard. Malko prit à gauche, passant devant l'Office National du Tourisme où des hôtesses en mini-jupes, distribuaient bons d'essence et cartes.

Il arriva devant le 43 de la rue Stefan Furtuna sans même s'en rendre compte. Cette fois, il entra sans hésiter. Au lieu de sonner, il frappa un coup léger et attendit. Il était six heures pile.

La porte s'ouvrit sans bruit.

D'abord, il ne vit qu'une silhouette féminine. Puis le visage de Samantha Adler dans la pénombre, souriant méchamment.

— Gruss Gott... dit-elle d'une voix musicale.

Trop abasourdi pour répondre, Malko obéit et Samantha referma la porte, un pistolet au poing. Elle le précéda dans la salle à manger qu'il connaissait déjà.

— Où est Madame Nagel?

La Comtesse Adler désigna une porte du canon de son pistolet.

— Là.

Malko traversa la pièce et ouvrit la porte. C'était une salle de bains en carreaux blancs. La baignoire était pleine d'un liquide rougeâtre et un corps flottait à la surface, les cheveux comme une méduse, les yeux fermés. Madame Nagel. Il n'y avait pas besoin de s'approcher pour voir qu'elle ne vivait plus. Malko regarda Samantha. Il ne voulait pas croire que...

— Qu'est-il arrivé?

— Que pensez-vous? fit-elle ironiquement. Elle n'a pas souffert. Je l'ai assommée. Ensuite il n'y a plus eu qu'à lui ouvrir les veines. On croira qu'elle s'est suicidée.

La jeune allemande le toisait, superbe avec un pantalon enfilé dans de hautes bottes noires, une toque de fourrure et un cachemire rouge rehaussé d'une large ceinture.

— Pourquoi l'avez-vous tuée?

Samantha eut un sourire froid.

— Parce que j'espère sortir vivante de ce pays. Et que je n'avais plus besoin d'elle. Je sais maintenant où se trouve Boris Okolov. J'ai dit à Madame Nagel que je venais de votre part... Hier, je vous ai suivi. Moi aussi, le docteur Nagel m'intéressait. Mais je ne savais pas ce que je trouverais ici. Cette femme était terrorisée, elle aurait parlé à n'importe qui...

Malko était submergé de dégoût. Jamais, il ne pourrait tuer de cette façon fonctionnelle, simplement pour conjurer un danger hypothétique. Samantha le regardait ironiquement.

— Vous tenez toujours à retrouver le Colonel Boris Okolov?...

— Et vous? Pourquoi le cherchez-vous?

Les yeux gris de la jeune femme ressemblaient à deux petits cailloux. Sa voix vibrait de haine.

— Il s'est servi de moi, je n'ai pas gagné un sou et vous voulez que je le laisse en paix! Il ne connaît pas la Comtesse Adler.

— Mais enfin, que comptez-vous faire? Le tuer?

Samantha sourit:

— Je compte le ramener à l'Ouest et le vendre. Très cher. Ou le tuer si je n'y arrive pas. Vous pouvez m'aider, c'est la raison pour laquelle je vous ai attendu ce soir. Vous aussi, vous avez un compte à régler avec lui. Alexandra.

Le cœur de Malko fit un saut dans sa poitrine.

— Partons.

Il sursauta.

— Mais le corps... C'est de la folie.

— Nous sommes vendredi, fit Samantha. Madame Nagel ne travaille pas avant lundi. Lundi, nous serons loin ou morts...

Il passa devant elle et ils claquèrent la porte. Une seconde, ils furent face à face et Samantha eut un sourire presque doux.

— Nous nous en sommes tirés à Bali, nous nous en tirerons bien ici...

Elle ferma son manteau de daim marron et s'engagea dans l'escalier. Malko la rejoignit dans le couloir.

— A quel hôtel êtes-vous?

— Le même hôtel que vous, un étage plus bas...

Ils sortirent. Aussitôt Samantha prit le bras de Malko, d'un geste naturel. Ils parcoururent une centaine de mètres sans rien dire. Soudain, sa main se crispa sur le bras de Malko.

— Regardez.

Une grosse Tatra noire était arrêtée le long du trottoir, tous feux éteints. En passant devant, ils virent qu'il y avait quatre hommes à l'intérieur. Des civils.

Les ongles de Samantha enfoncés dans son poignet, Malko s'efforça de marcher normalement. Ceux de la voiture les avait vus sortir du 43.

— C'est pour nous, dit-il.

— Peut-être pas. Il va falloir faire attention. Ne pas faire de bêtise.

— Elle est faite, dit sombrement Malko.

Avant de tourner dans la Calea Grivitei, il se retourna. La Tatra n'avait pas bougé.

Subitement cette ville triste lui parut un gigantesque camp de concentration. A chaque carrefour, les policiers veillaient sur la circulation du haut de miradors vitrés et hermétiques. Le danger était partout. Il se demanda ce que le Colonel Okolov lui réservait. Le Russe était diaboliquement habile. Malko fut soudain heureux d'avoir Samantha à ses côtés, en dépit de sa cruauté et de sa totale amoralité. C'était une alliée de poids.

Comme les Hussards de la Mort, la Comtesse Adler n'avait peur de rien.

CHAPITRE XIII

Georgiu Lupu, maquereau nationalisé et membre fidèle du Parti Communiste Roumain, assis dans un des fauteuils du grand salon de l'Athénée-Palace, cuvait sa mauvaise humeur devant un verre de Zuica.

Il avait fait une boulette du papier du message qu'un homme en veste de cuir venait de lui remettre et la froissait furieusement, comme pour effacer l'ordre qu'elle contenait. Ordre sous-entendu car le message ne comportait qu'un nom — Heinz Schlesser — et un numéro de chambre — 226. Mais pour Georgiu l'ordre était parfaitement clair. Il s'agissait de faire profiter gratuitement des faveurs d'une protégée de Georgiu l'homme désigné dans le message. Et même de lui affecter une créature de premier choix qui se montre assez provoquante pour que le problème ne se pose pas.

C'était toujours la même routine. Les ordres venaient de la Direction Centrale de la Police Politique, qui centralisait toutes les recherches sur les étrangers. Ceux-ci descendant fatalement dans les trois grands hôtels de Bucarest — Hôtel du Nord,

Lido et Athénée Palace — son travail en était grandement facilité.

Travail, hélas, artisanal. La police politique réclamait depuis longtemps des crédits pour installer des micros dans toutes les chambres, comme cela se faisait dans la plupart des hôtels de Moscou, mais la Roumanie était un pays pauvre. Aussi faisait-on appel pour la recherche de renseignements au matériel humain, c'est-à-dire à toutes les jeunes roumaines à l'esprit assez anti-social pour préférer coucher avec des impérialistes que ramasser des pommes ou fabriquer des casseroles dans les Karpathes...

Georgiu Lupu avala une gorgée de sa Zuica sans parvenir à retrouver sa bonne humeur. Tous ces fonctionnaires de la Police se moquaient bien des problèmes qu'ils lui posaient. Il avait le Plan à respecter, lui! D'autres fonctionnaires avaient établi selon des normes précises le rendement de ses protégées et si les recettes diminuaient, Georgiu en serait tenu pour responsable. Avec ce que cela comportait comme inconvénients.

Chaque matin, Georgiu réunissait son « écurie » dans un petit bureau du quatrième étage et se faisait remettre intégralement les devises extorquées aux touristes assoiffés d'amour. Bien sûr, toutes les filles trichaient, en gardaient par-devers elles dans des cachettes compliquées dont l'hôtel était truffé. Aussi Georgiu avait-il mis au point un système complexe de contrôle — basé sur la délation permanente et réciproque — qui obligeait les filles à augmenter leur prix pour empocher la différence. Ce qui faisait des « hôtesses » de l'Athénée-Palace les égales de call-girls new-yorkaises. Pour le prix tout au moins. Première victoire du capitalisme dans la République Socialiste Roumaine.

Le nom sur le message était souligné à l'encre

rouge, ce qui signifiait que Georgiu devait y consacrer sa plus belle hôtesse. Et que c'était important.

Un peu calmé par la Zuica, le Roumain se mit à rêver. Il n'avait d'habitude à surveiller que du tout petit gibier, des industriels soupçonnés de marché noir ou trop expansifs. Ceux-là devaient se contenter de paysannes des Karpathes à peine dégrossies. Le manque à gagner était moins sensible.

Cette fois, c'était sérieux. Georgiu se dit que s'il participait à la mise hors d'état de nuire d'un dangereux espion, il pourrait enfin s'arracher à son métier de proxénète. Depuis longtemps, on lui promettait un poste dans la police. Il en avait assez des moqueries de ses amis aux réunions de cellule du Parti. Quolibets d'autant plus injustifiés qu'il ne touchait que son salaire de 12 000 lei, un peu plus qu'un ouvrier spécialisé.

Un peu rasséréné, il regarda autour de lui, cherchant à qui il allait confier cette mission de confiance.

C'était l'heure creuse et plusieurs de ses « hôtesses » bayaient aux corneilles sur les petits canapés. Le regard de Georgiu se posa sur l'élégante Strehaia qui venait justement d'extorquer 1000 marks à un industriel de Hambourg. Il jura à mi-voix. Strehaia allait être indisposée incessamment. Cette grande fille au visage slave et aux jambes interminables était assez forte pour convaincre certains de ses clients qu'elle travaillait clandestinement...

Une fille entra dans le salon, venant du lobby. Georgiu fit claquer sa langue. Parfait. Avec ses grands yeux de porcelaine, ses mini-jupes et sa poitrine de paysanne, Marioara était l'une des plus jolies. Et pas idiote.

En inspectant le salon, elle aperçut Georgiu. Celui-ci lui fit un signe discret et elle se dirigea vers lui.

— Qu'est-ce que tu fais ici à perdre ton temps? demanda-t-il sévèrement.

Pas intimidée, la fille s'assit, s'étira et croisa les jambes, après avoir posé son sac sur la table.

— Je ne perds pas mon temps, Domnul Lupu. Mais à cette heure-ci, ils sont tous dehors.

Georgiu se rengorgea. Il aimait bien qu'on l'appelle « Domnul », Monsieur.

— J'ai un travail délicat pour toi, commença-t-il. Si tu le fais correctement, je t'enverrai te reposer une semaine à Brajov...

La gigantesque salle à manger de l'Athénée était pleine à craquer. Il allait être neuf heures et les Roumains dinaient aussi tard que les Espagnols. Le bar-cafetéria à gauche du hall grouillait aussi de visiteurs amateurs de bière fade et tiède. En plus, dehors il faisait un froid de canard. Bien que les prix de l'Athénée-Palace soient monstrueux pour les Roumains, ils étaient nombreux à se ruiner joyeusement pour venir se frotter à des étrangers, à des gens qui venaient de l'ouest, à des femmes bien habillées... Même si l'endroit était truffé de barbouzes et s'il était interdit aux Roumains de monter dans les chambres. Il faut dire qu'il n'y avait pas beaucoup de distractions à Budapest. A part un nombre impressionnant de Musées et de Théâtres d'un conformisme bêlant. Les trois ou quatre restaurants décents étaient pratiquement réservés aux étrangers et aux cadres du Parti et leurs prix établis en conséquence. Pas de boîte de nuit. Pas un endroit gai, surtout l'hiver.

Malko et Krisantem attendaient depuis vingt minutes leur caviar de Mandchourie en grignotant un étrange pain mou et blanc avec du beurre anémique. Les violonistes de l'orchestre s'évertuaient à mettre un peu de gaieté dans l'immense salle bourdonnante de conversations...

Malko était tendu et nerveux. Tout était prêt pour le départ, le lendemain matin. Samantha avait loué une Volkswagen au bureau Hertz de l'hôtel. Afin de ne pas trop attirer l'attention, elle dinait dans sa chambre. A chaque instant, Malko s'attendait à voir surgir les hommes en manteau de cuir de la police politique.

Un des maîtres d'hôtel en smoking surgit près de la table, accompagné d'une fille ravissante et blonde, dont la robe ultra-courte découvrait des bas presque fins. Avec un sourire d'excuse pour les deux hommes, il l'installa froidement en face de Malko et s'éloigna... Une longue queue de gens attendaient à la porte de pouvoir trouver une place pour s'asseoir. La pratique de partager les tables était courante.

Galant, Malko se leva et aida la nouvelle venue à s'installer. Puis il la salua en allemand. Elle lui répondit en anglais et ils poursuivirent la conversation dans cette langue.

Elle expliqua qu'elle s'appelait Marioara et était mannequin pour un grand magasin d'Etat roumain. Comme elle avait fait plus de défilés que la moyenne, on lui offrait une semaine de vacances dans cet hôtel de luxe. Malheureusement, elle n'y connaissait personne. Malko se présenta à son tour ainsi que Krisantem, sous son identité d'emprunt, bien entendu. Le regard de la fille se posa avec insistance sur ses yeux dorés. Krisantem en avait oublié le caviar de Mandchourie pour plonger dans le décolleté carré. Soudain Malko lui dit en Turc sans cesser de sourire.

— Attention, c'est sûrement une espionne...

Il y avait peu de chances qu'elle comprenne le Turc et d'ailleurs, ils n'avaient plus aucun sujet brûlant à discuter. Le seul risque venait de la valise d'armes cachée sous le lit de Krisantem. Et celui-ci ne pouvait quand même pas l'emmener dans la salle à manger.

Malko examina la fille. Elle était un peu trop expansive. Un peu trop provocante... Et il connaissait trop le monde communiste pour se faire des illusions. TOUS les contacts avec les étrangers étaient strictement surveillés. Etait-ce une simple prostituée, une surveillance de routine ou le Colonel Okolov qui était déjà sur ses traces? Mais dans ce cas, pourquoi ne l'avait-il pas déjà fait arrêter? Il était tout-puissant en Roumanie... A moins qu'il ne joue au chat et à la souris, pour laisser Malko s'enfoncer encore plus dans le piège. Et le mener aux différentes ramifications de la CIA en Roumanie.

C'était une hypothèse déprimante, mais vraisemblable. Ensuite, il s'emparerait de Malko. Ce dernier jouait avec une boulette de pain, absent. Le parfum de la fille blonde ne le troublait pas, il pensait à Alexandra. Pourquoi Boris Okolov l'avait-il enlevée? Sur le plan « renseignement » il avait dû s'apercevoir très vite qu'elle ne valait rien et que la CIA ne donnerait pas le plus petit espion pour la ravoir. On ne faisait pas de sentiments à Washington et Malko n'était pas assez haut dans la hiérarchie de la CIA pour qu'on lui fasse un tel cadeau. Il ne restait qu'une hypothèse à laquelle Malko préférait ne pas s'arrêter. Mais le Colonel Okolov était un homme et Alexandra une très jolie femme...

— Vous connaissez Barsov?

La voix de sa voisine le fit sursauter.

Non, Malko ne connaissait pas Barsov, station de sports d'hiver en vogue des Karpathes. Le maître d'hôtel apporta enfin la carte des vins et Malko y chercha vainement une bouteille de Moët et Chandon. Il en aurait eu besoin pour se remonter le moral.

Il dut se contenter de Tirnava, vin blanc sec du pays. Krisantem se rabattit sur une Heineken.

Il avait hâte de quitter cet hôtel, de partir à la recherche d'Okolov. Même si c'était de la folie. Il ne se faisait pas d'illusion: il avait une chance sur mille de ressortir de Roumanie. Il fallait en plus traverser, soit la Yougoslavie soit la Hongrie, soit la Tchécoslovaquie. Avec les hommes d'Okolov aux trousses.

Sous la table, la jambe de Marioara frôla la sienne. La jeune femme soutint le regard des yeux dorés avec un léger sourire. Elle avait un visage rond presque enfantin avec de grands yeux bleus et une bouche sensuelle.

— Vous avez une belle cravate, dit-elle dans son anglais maladroit.

Malko lui rendit son sourire machinalement. C'était si simple de coucher avec cette fille, et de reprendre l'avion de la Tarom le lendemain matin pour la civilisation. Et de ne plus penser à Alexandra. La CIA avait fait une croix sur le colonel Okolov.

Il eut soudain honte en pensant à la détermination de Samantha. La Comtesse Adler risquait presque autant que lui. Avec, comme seul motif, la vengeance.

Malko réprima un sourire: le plafond de la boîte de nuit était si bas que les malheureux acrobates qui exécutaient un numéro de main à main, n'arrivaient pas à se tenir debout sur les épaules les uns des autres. Ce qui nuisait beaucoup à la dignité de leur numéro. Le dernier, au sommet de la pyramide se tenant courbé comme un petit vieux, le dos raclant le plafond.

Marioara applaudit à tout rompre, puis sa main se posa comme par mégarde, sur la cuisse de Malko. Le Tirnava avait allumé ses yeux bleus et elle était de plus en plus provocante. Krisantem assis en face d'elle, apercevait son slip noir chaque fois qu'elle croisait les jambes, ce qui l'embarrassait considérablement.

Le dîner terminé, Marioara avait insisté pour aller boire un verre dans le club de l'hôtel, au sous-sol. Un cerbère filtrait tout ce qui n'était pas étranger. Pour la puritaine Bucarest, c'était un îlot de stupre capitaliste. Dans un décor de boîte minable, des serveuses en jupes au ras des fesses, maussades et dignes servaient du champagne de Crimée à la coupe. Les disques étaient tous américains, généralement vieux de dix ans. Principalement saisis à la douane, avait expliqué Marioara. Pas le moindre folklore roumain. Les devises, toujours les devises.

Entre deux danses, on présentait des numéros de prestidigitation ou de main à main.

Comme c'était la seule distraction de Bucarest, à part le sinistre night-club du Lido, tous les clients de l'hôtel s'y ruaient après avoir ramassé une fille dans le grand salon. Pour quelques milliers de leis, c'était une soirée presque agréable.

Les acrobates brimés s'éclipsèrent et la musique reprit un slow. Marioara coula un regard candide et langoureux vers Malko.

— J'aime tellement danser.

Malko se leva et l'enlaça. Marioara dansait sur la pointe des pieds, vertigineusement collée à Malko, les bras enroulés autour de son cou, le ventre en avant. Au bout de cinq minutes de ce manège, une partie de ses bonnes résolutions avait fondu. Marioara lui glissa à l'oreille:

— Nous devrions aller ailleurs, ici, tout le monde nous regarde. Je n'aime pas cela.

C'était une invite tellement directe que Malko

redescendit sur terre d'un coup. Il dit un peu ironiquement:

— Vous êtes très entreprenante... Je croyais que nous étions dans un pays socialiste et puritain.

La jeune femme s'écarta un peu et balbutia:

— Oh, mais je ne suis pas... Vous me plaisez, c'est tout. La vie est triste ici: les seuls hommes qui sortent, ce sont les membres du Parti. Ils sont solennels et laids. Je suis bien avec vous.

Il n'insista pas. Tout était possible. Marioara lui avait raconté que dans les rues de Bucarest, l'été, les étudiantes se donnaient aux étrangers pour une promenade en voiture. Dans un pays où la Volkswagen était encore un luxe de milliardaire, cela n'avait rien d'étonnant. Malko eut un peu honte de son ironie: ici, les critères n'étaient pas les mêmes. Marioara avait simplement envie de dépaysement, peut-être.

Quand le disque s'acheva, elle proposa:

— Je connais un endroit où les étudiants se retrouvent pour danser, avenue Kiseleff. C'est mieux qu'ici, il n'y a pas de policiers.

Malko laissa une fortune en leis et se leva, flanqué de Krisantem. Pourquoi pas? Si Marioara l'espionnait, autant donner le change. Sinon, il était encore tôt et il aurait du mal à s'endormir.

Dehors, ils montèrent dans un taxi-radio. Krisantem voulut s'esquiver mais Marioara le retint avec insistance.

— Là-bas, il trouvera une fille, assura-t-elle à Malko.

Ils roulèrent près d'une demi-heure dans les rues sombres de Bucarest. Tout était fermé et il n'y avait pratiquement pas de circulation. Les autobus étaient aux trois quarts vides.

Enfin, le taxi stoppa devant une sorte de chalet au bord d'une avenue déserte. Marioara descendit et dit au chauffeur d'attendre. Malko et Krisantem se regardèrent. Cela sentait le piège à plein nez. C'était si facile de les enlever en pleine nuit. En Turc, Malko avertit Krisantem:

— Sautons chacun d'un côté si quelqu'un vient...

Mais la jeune Roumaine revint seule en courant, son visage enfantin tout boudeur.

— C'est fermé, expliqua-t-elle. Il parait que la police est venue il y a quelques jours.

— Tant pis, fit Malko soulagé, retournons à l'hôtel.

Il ne fut tranquille qu'en retrouvant les lumières de la place de la Calla Victorizi.

Marioara descendit du taxi avec eux et entra dans l'hôtel. Elle attendit un peu en retrait tandis que Malko et Krisantem prenaient leur clef, puis se joignit à eux avec le plus grand naturel. Le concierge fit comme si elle n'existait pas. Les couloirs étaient à peine éclairés et les plafonds bas comme dans un blockhaus. A chaque palier, deux ou trois filles attendaient, assises dans de profonds fauteuils, ultime piège pour les businessmen solitaires.

Sans qu'un mot ait été échangé, Marioara resta derrière Malko quand il ouvrit sa porte et pénétra avec lui dans la chambre. La porte à peine refermée, sans même lui laisser le temps de retirer sa veste elle s'enroula autour de lui, la bouche en avant. Puis elle ota ses chaussures et grimpa sur le lit pour être plus grande. Ses grands yeux bleus étaient pleins d'espièglerie.

Comme pour jouer, elle poussa Malko en arrière et tomba avec lui sur le lit. Sa langue chercha la sienne, sans équivoque. Comme dans les maisons closes d'avant-guerre, une grande glace était placée en face du lit. Le puritanisme socialiste avait décidément d'étranges écarts.

*
* *

Georgiu Lupu était sur des charbons ardents. L'absence de Marioara représentait une perte sèche d'au moins 200 dollars... Il l'avait vue sortir de l'hôtel avec un serrement de cœur. Alors que trois Italiens traînaient dans le hall, désespérement seuls...

Tout à coup, une fille brune entra dans le salon. Les cheveux courts, un petit visage triangulaire, des bas noirs et une jupe fendue, Elvira était un des meilleurs éléments de Georgiu Lupu... Il fonça sur elle.

— Où étais-tu? Il y a trois Italiens dans le hall...

En bougonnant la fille repartit à l'assaut. Georgiu était pire qu'un proxénète capitaliste. A croire qu'il était au pourcentage... Mais Elvira revint triomphalement quelques minutes plus tard.

— Ils ont été se coucher, annonça-t-elle.

Encore quelques dollars de moins. Georgiu eut soudain une inspiration. Perdue pour perdue, autant utiliser Elvira. Officiellement le compagnon de l'homme blond ne faisait l'objet d'aucune surveillance. Mais pourquoi ne pas faire un peu de zèle? Il prit Elvira par le coude et l'attira dans un coin.

— J'ai un travail délicat à te confier...

*
* *

Elko Krisantem avait du vague à l'âme en rentrant dans sa chambre. Les jambes de Marioara y étaient pour quelque chose... Mû par une vieille habitude, il mit tout doucement la clef dans la serrure et poussa sa porte.

Avant la chambre, il y avait une petite entrée. Au moment où le Turc allait claquer la porte, un bruit léger le cloua sur place. Cela venait de la chambre. Krisantem avança d'un pas et tendit le cou.

Une forme était accroupie près du lit et farfouillait du côté de la valise des armes...

Le Turc sentit ses cheveux se dresser sur sa tête. Il recula précipitamment et sortit de la chambre, repoussant tout doucement la porte. Son premier reflexe fut de se ruer dans la chambre de Malko, puis il pensa à Marioara. Même si ce n'était pas une espionne, on pouvait difficilement lui faire confiance.

Il hésita quelques secondes dans le couloir. Si la fille sortait de la chambre, Malko et lui se trouvaient en danger mortel. Même si elle n'avait pu ouvrir la valise, son poids la rendait suspecte. Bien sûr, il pouvait entrer et l'attaquer. Mais en criant, elle ameuterait les trois autres qui bavardaient à voix basse dans les fauteuils du palier...

Elko réfléchit quelques instants puis trouva la solution. Volontairement bruyant, il mit la clef dans la serrure, ouvrit, entra en sifflotant et alluma.

Businessmen un peu éméché, rentrant se coucher. Seuls les yeux étaient un peu inquiétants, mais il comptait sur la mauvaise qualité des ampoules roumaines...

La fille était debout, près du lit, pas gênée du tout, les hanches en avant, une jambe découverte par une jupe fendue. Comme si elle n'attendait que Krisantem.

— Hello, fit-elle en souriant. You are alone?

C'était visible.

Etant donné l'ambiance de l'Athénée-Palace, la présence de la fille n'avait rien de très extraordinaire.

Krisantem passa la langue sur ses lèvres d'un air gourmand, sans se forcer. Il fallait joindre l'utile à l'agréable.

— Combien? demanda-t-il.

— Cent dollars...

Pour la forme, il la fit baisser jusqu'à 80, tira les

billets de sa poche et les lui donna. Elle les enfouit dans son sac et aussitôt commença à se déshabiller. Sous sa robe, elle ne portait que des bottes et un slip.

Très vite, ils basculèrent sur les lits jumeaux. Et pendant quelques minutes, Krisantem ne pensa plus à rien. Son avarice naturelle ne lui aurait jamais permis une telle folie, si ce n'étaient les circonstances... Pourtant, il sentait la fille tendue, nerveuse. A peine eut-il achevé sa cavalcade qu'elle se dégagea et fila vers la salle de bains.

Krisantem attendit d'entendre l'eau couler pour se lever à ton tour. Il prit son lacet dans la poche droite de son pantalon et en éprouva la solidité. Il se sentait froid et détaché. Il s'était pris d'affection pour Malko et la disparition d'Alexandra était aussi un peu son affaire. En Turquie, les affaires d'honneur se règlent dans le sang. Ou il n'y a plus d'honneur...

La fille était sur le bidet, lui tournant le dos, lorsqu'il arriva derrière elle. Elle tourna la tête et eut un sourire commercial. Mais elle secoua la tête, se méprenant sur les intentions du Turc.

— Fertig, fertig... [1]

Krisantem avait les mains derrière le dos. Il s'approcha encore. A la moindre fausse manœuvre, la fille hurlerait et les murs n'étaient pas épais. Sans compter les micros possibles... Il n'y avait qu'une chose à faire. Le Turc mit son ventre sous le nez de la fille. D'abord, elle secoua la tête, puis comme pour s'en débarrasser, le caressa rapidement, puis s'arrêta. Krisantem saisit les cheveux courts et attira la tête vers lui.

— I give you twenty more, dit Krisantem.

C'était un langage qu'elle comprenait. Conscien-

[1] Fini, fini.

cieusement, elle avança la tête, fermant les yeux pour penser à autre chose.

Quand elle les rouvrit, le lacet était autour de sa gorge. Elle vit dans les yeux du Turc qu'elle allait mourir. De toutes ses forces, elle mordit. Mais ses dents se refermèrent sur le vide.

D'un coup de reins, le Turc s'était reculé. La fille commit alors l'erreur de se redresser. Krisantem la laissa faire puis, un poing de chaque côté de sa gorge, il commença à serrer, collé contre elle. Quand les poings se rejoindraient sur sa nuque, elle serait morte.

Mais elle était plus forte que le Turc ne l'avait pensé. Très vite ses yeux jaillirent hors de leurs orbites. La bouche ouverte, elle griffait son propre cou, mais le lacet avait déjà disparu dans les chairs gonflées. Pour aller plus vite, Krisantem la renversa en arrière. Sa tête heurta le bidet qui débordait. Krisantem l'y plongea, sans cesser de serrer. Son spasme d'agonie fut si violent qu'elle cassa sa cheville contre le montant du lavabo. Mais très rapidement, elle ne bougea plus.

Une odeur abominable s'éleva de son corps. Par ses sphincters relâchés, la morte se vidait. Le Turc mit alors une serviette devant ses narines. Cela lui rappelait les charniers de Corée. La Roumaine ne bougeait plus. Leur lutte avait été presque silencieuse. Il arrêta les robinets du bidet et allongea la fille par terre sur le dos.

Elle avait les yeux exorbités et sa peau était brûlante. Krisantem défit le lacet. Il n'éprouvait rien. Depuis la mort de sa femme, à Istambul, [1] son cœur s'était définitivement fermé à la plupart des émotions humaines.

[1] Voir *S.A.S. à Istambul.*

Il traina le corps jusqu'à la chambre et le poussa sous un des lits jumeaux tant bien que mal. Puis il prit le sac de la fille, le vida de son argent, et le jeta sous le lit. Il ne restait plus qu'à annoncer la bonne nouvelle à Malko.

***

On gratta doucement à la porte et Malko prêta l'oreille. Mariaora semblait infatigable, s'activant comme une brave petite stakanoviste. Elle avait tenu à garder ses bottes et sa mini-jupe qui ne la gênait guère, ressemblant ainsi à un dessin polissòn de Play-boy.

Malko alla ouvrir. Mariaora à genoux sur le lit, attendait sagement.

En voyant la tête de Krisantem, Malko sut immédiatement que quelque chose allait de travers. Afin que le Turc s'aperçoive de la présence de la fille, il le fit entrer.

Mariora poussa un petit cri et cacha vaguement sa poitrine. Puis elle interrogea Malko du regard. Apparemment, l'idée du partage ne la choquait pas outre mesure. En Turc, Krisantem annonça, lugubre:

— Il y avait une fille qui fouillait dans la valise, je l'ai tuée. Elle est sous le lit.

Il guignait la Roumaine du coin de l'œil, pas rassuré. Celle-ci aurait bien voulu savoir ce que disaient les deux hommes. La tête de Krisantem ne lui disait rien... Ce qui prouvait qu'elle avait de l'intuition.

Ils avaient été fous de s'encombrer de cet arsenal, pensa Malko. Mais ils risquaient d'en avoir besoin.

— Nous partirons demain matin, très tôt, dit Malko. Jusque là, qu'on ne découvre rien. Va te recoucher, je viendrai plus tard.

Dès qu'il fut sorti, Mariaora demanda:

— Qu'est-ce qu'il voulait?

Malko eut un sourire presque convaincant:

— Il voulait passer toute la nuit avec la fille qui est avec lui, mais il avait peur de se faire voler... Il voulait savoir le prix.

— Qu'est-ce que tu lui as dit?

— De ne la payer qu'au matin, selon ce qu'elle aura fait...

La Roumaine battit des mains.

— Bravo. Viens!

A croire qu'elle était aussi payée aux pièces... Hélas, même lorsque sa bouche chaude enveloppa Malko, son cerveau resta de glace. Il pensait à ce qui se trouvait de l'autre côté de la cloison. De quoi les retrancher tous les deux du monde à tout jamais. Une prison roumaine, ce ne devait pas être gai...

Mariaora semblait avoir accepté sa version. Cela leur donnait un petit répit. A condition que personne n'ait découvert le cadavre de Madame Nagel.

*
**

Georgiu Lupu comptait ses dollars dans la chambre minuscule que l'hôtel mettait à sa disposition, au quatrième étage. Il commençait à neiger et il n'avait pas envie de rentrer chez lui, d'attendre un trolley une demi-heure. Il envia brusquement Marioara confortablement couchée avec son étranger. Ce n'était que dans les cas exceptionnels que les filles étaient autorisées à passer la nuit avec leurs clients. Georgiu était intrigué. Trois fois déjà la Police Politique avait téléphoné pour savoir si on avait trouvé quelque chose d'intéressant sur l'étranger et Georgiu n'avait rien pu répondre. Au ton sévère du responsable, Georgiu avait senti qu'on allait lui en tenir grief.

Ses dollars comptés, il les enferma dans un petit tiroir et décida d'aller voir ce qui se passait.

⁂

Le palier du quatrième était sombre et désert. Georgiu Lupu allait remonter dans sa chambre quand un léger sifflement le fit se retourner. Marioara, les chaussures à la main, courait vers lui, venant visiblement de sortir d'une chambre. Il l'entraîna vers l'ascenseur et ne parla qu'une fois dans la cabine.

— Alors? demanda-t-il, bougon.

Marioara s'étira.

— Elvira passe la nuit avec le Turc, annonça-t-elle. Il est venu demander combien il fallait la payer...

Georgiu la regarda, plein de soupçons.

— Et toi, combien t'a-t-il donné?

Sans lui laisser le temps de répondre, il prit son sac, l'ouvrit. Pas le moindre dollar. Marioara le regardait ironiquement.

— De toute façon, je l'aurais fait pour rien, dit-elle pleine de défi. Celui-là, ce n'est pas un mufle, comme toi...

Georgiu fronça les sourcils.

— Si tu continues à parler comme ça, tu vas te retrouver à l'usine de clous, à Sibiu.

Marioara baissa la tête. Georgiu était tout-puissant.

— Tu veux que je reste avec toi? demanda-t-elle d'un ton conciliant. Il fait froid, je n'ai pas envie de rentrer.

— Si tu veux, fit Georgiu dissimulant sa satisfaction. Son métier avait quand même du bon. As-tu appris quelque chose?

Marioara tira sur sa jupe.

— Rien.

— Tu le revois?

— Demain. Il doit m'emmener visiter le Musée Zanbaccian.

*
**

Un brouillard épais flottait sur Bucarest. Une carte sur les genoux, Samantha essayait de guider Malko à travers les immenses avenues désertes. Le seul point de repère était un immense bâtiment surmonté de l'Etoile rouge, juste avant le carrefour de la route de Ploesti.

La Volkswagen était toute neuve et marchait parfaitement. A l'arrière, il y avait la valise pleine d'armes et Krisantem. Ils avaient quitté l'hôtel à six heures et demie. Le concierge somnolent semblait les avoir à peine remarqués.

Depuis vingt minutes, ils tournaient en rond dans un labyrinthe de sens interdits. Enfin un écriteau surgit dans le brouillard: PLOESTI — 57 kilomètres.

Malko se retourna: deux phares blancs les suivaient. Impossible de voir ce que c'était.

Il ralentit et laissa l'autre voiture se rapprocher. Quand elle ne fut plus qu'à dix mètres, il distingua sur le toit le feu tournant des voitures de police. C'était une Volga noire. Au lieu de s'engager dans l'Avenue Kiseleff, Malko fit une fois de plus le tour de l'énorme place Piata Victorici. La voiture de police resta collée derrière eux.

— Il faut les semer, dit Malko.

Tournant le dos à Ploesti, il revint vers le centre de la ville et accéléra.

Sur la banquette arrière, Krisantem était en train

de monter une mitraillette. Il y glissa un chargeur et se tint prêt.

Malko s'engagea à toute vitesse dans un sens interdit. Heureusement à cette heure, il était désert. La voiture était toujours là.

Malko accéléra. Il n'y avait plus qu'une solution. Dès qu'il eut cent mètres d'avance, il freina à mort.

— Vas-y, dit-il à Krisantem.

Le Turc sauta à terre. Les phares blancs arrivaient droit sur lui. Quand ils ne furent plus qu'à dix mètres, il appuya sur la détente. Les balles traçantes filèrent vers le pare-brise et les phares. Il y eut un bruit de verre brisé, les phares s'éteignirent et la Volga bascula vers la gauche. Au passage, Krisantem acheva son chargeur. Il y eut une lueur orange et la voiture explosa contre un arbre. Krisantem était déjà remonté. Samantha et Malko n'avaient rien dit. Maintenant c'était la lutte contre la montre. Si les Roumains les reprenaient, ils finiraient devant un poteau d'exécution.

Leur seule chance venait du fait qu'on les chercherait plutôt sur la route de Pitesti, allant vers l'ouest, que sur une voie menant au cœur des Karpathes. Et pour l'instant, le brouillard était leur allié. Sauf si le Général Okolov savait où ils se rendaient.

CHAPITRE XIV

L'odeur des rats était ce qu'il y avait de plus difficile à supporter. A la fois âcre et douceâtre, elle prenait à la gorge, se collant à la peau, génératrice de nausées incoercibles, dès que Georges Borsch cessait de se contrôler. Et il savait qu'il allait devoir la supporter durant des jours ou des mois.

Tout autour de lui, ils grouillaient sans arrêt, tournant dans leurs cages avec des couinements ou collés aux barreaux par leurs pattes fines aux griffes acérées. Proportionnellement, la cage de Georges Borsch était encore plus petite que la leur. Il ne pouvait même pas s'y déplacer, obligé de se tenir accroupi pour ne pas heurter de la tête le grillage supérieur. Pour ne pas devenir fou, il cherchait à se rappeler l'odeur du cuir de la Rolls, le parfum d'Alexandra, des choses qui se trouvaient maintenant dans un autre monde. Le sien était limité à ce sous-sol occupé entièrement par des rangées de casiers grillagés bourrés de rats destinés aux expériences de laboratoire. Il y avait trois grandes cages, semblables à celles où se trouvait Georges Borsch, dit « Gédéon ». Pour l'instant, elles étaient vides. Mais certains Roumains y avaient passé des semaines. En dix jours, Gédéon avait maigri et sa propre odeur le dégoûtait à vomir. Mais il était encore vivant et c'était le principal. Il était comme les rats: dévoré d'une féroce envie de vivre. On ne l'avait pas totalement fouillé et sa dent pleine d'acide prussique était toujours en place. Mais il espérait. Ce n'était pas l'intérêt du Colonel Okolov de le tuer. De le briser, de le presser comme un citron, d'extraire de lui la moindre parcelle de renseignements, oui. Et surtout le fameux témoignage qu'ils voulaient pour faire condamner le Colonel Poresky.

Georges Borsch savait que le temps leur était compté. Il était certain que le Colonel Poresky n'avait pas avoué. Que les Russes avaient besoin de son témoignage à lui, Georges Borsch pour le confondre. Bien sûr, ils pouvaient laisser Poresky indéfiniment en prison ou l'exécuter discrètement. Mais comme les nazis, les communistes étaient très formalistes. Ils auraient pu fusiller Poresky puisqu'ils étaient certains qu'il avait trahi. Mais ils voulaient un vrai procès, avec un vrai témoignage.

Celui de Georges Borsch.

Une clef tourna dans la serrure de la porte du sous-sol. Georges Borsch rassembla tout ce qui lui restait de dignité pour faire face. Mais c'est difficile d'avoir de la dignité quand on est enfermé dans une cage de grillage, si exiguë qu'on en touche toutes les faces en même temps, les mains liées derrière le dos, par des menottes. Le Colonel Boris Okolov entra le premier dans la pièce aux rats, escorté d'un homme en blouse blanche: le Docteur Bibescu. Gédéon le soupçonnait de n'être qu'un membre des services de renseignements roumains, mais ce n'était pas certain... A Auschwitz aussi, il y avait eu de vrais médecins...

Le Russe s'approcha de la cage de Georges Borsch.

Il avait toujours l'air d'une gravure de mode, impeccable des pieds à la tête, les mains manucurées, et son élégance contrastait avec le décor sordide. Malgré lui, Georges Borsch dilata les narines pour saisir les effluves de l'eau de toilette du Russe. Il nota avec plaisir que son visage s'était amaigri et qu'une étrange bosse avait surgi sur son front. Mais lorsqu'il lui parla le Colonel Okolov avait toujours la même voix. A la fois douce et impitoyable.

— Mon petit, tu sais, tu ressembles de plus en plus à un rat...

Il avait l'air désolé... Georges Borsch retint la haine qui bouillonnait en lui. Comment le Soviétique savait-il qu'à Oxford on l'appelait déjà le rat? A cause de son visage pointu, de son menton fuyant... Il ferma les yeux. Sa force, c'était son extraordinaire vitalité, son désir de survivre à tout prix.

Pour se venger.

Le docteur Vibescu ouvrit la cage et aida l'Anglais à sortir. Ses muscles étaient si ankylosés qu'il faillit tomber. Le Roumain le soutint et l'entraîna hors de la pièce. Georges Borsch aspira avec volupté l'air frais du couloir. L'odeur des rats était nettement moins forte. Mais cela ne dura pas. Déjà ils pénétraient dans une autre pièce.

En voyant la machine qu'il connaissait déjà, Georges Borsch eut un mouvement de recul, qui n'échappa pas au Colonel Okolov.

— Bientôt, tu es complètement maboul, mon poussin, fit le Russe paternellement. Même les rats ne résistent pas.

Sans mot dire, l'Anglais alla de lui-même s'asseoir dans le siège de ce qui ressemblait à une balançoire, les mains toujours menottées derrière le dos. De toute façon, cela ne changeait rien... Boris Okolov demanda d'un ton égal au Roumain:

— Combien va-t-il avoir maintenant?

— 6,5 G pendant onze jours, fit le médecin roumain. C'est l'essai maximum.

Onze jours! Georges Borsch crut avoir mal entendu. Déjà le médecin attachait les sangles. Il ne voulut rien demander, surtout ne pas avoir l'air inquiet, mais une panique horrible le submergeait.

Onze jours.

Dans quel état serait-il? Ils le relâcheraient ensuite probablement. Une loque humaine. Le KGB avait fait des progrès, s'était sérieusement sophistiqué depuis le temps où on arrachait les ongles dans les caves de la Lubianka. Georges Borsch aurait aimé qu'on lui arrache les ongles. Il n'en avait jamais que dix... La panique le submergea. A quoi bon s'accrocher pour une signature qui ne changerait rien au sort du Colonel Poresky! Il ouvrit la bouche pour dire qu'il était prêt à parler et rencontra le regard du Colonel Boris Okolov.

Froid et rusé.

En un éclair, il comprit que le Russe attendait qu'il craque, que tout était calculé scientifiquement. Et qu'il avait failli tomber dans le piège.

Il ferma les yeux et pensa au corps d'Alexandra. Il ne l'avait plus revue depuis que le Russe avait interrompu son viol. Okolov et la jeune femme avaient continué le voyage dans sa Rolls tandis qu'il suivait dans une Tatra, encadré de policiers qui ne lui avaient jamais adressé la parole. Il ignorait même si elle était encore là.

Le Russe vint se planter devant lui:

— Tu sais, mon petit, tu as tort... Tu seras fou quand tu arrêteras de tourner. Onze jours... Tu te rends compte?

Georges Borsch ne répondit pas. Quelle était la part de sadisme chez son bourreau? Certes, Boris

Okolov avait besoin de sa collaboration, de sa signature. Son orgueil réclamait une reddition totale du prisonnier. Mais plusieurs fois, Georges Borsch avait surpris un éclair de haine dans ses yeux. Et le Russe lui avait dit, après la correction reçue en Hongrie:

— Ce n'est pas bien ce que tu as fait. Je vais te finir.

Officiellement, le laboratoire des Karpathes effectuait des recherches sur les effets de l'hypergravité. Les rats tournaient jour et nuit, dans des cages attachées à une centrifugeuse. Ensuite, on les autopsiait et on tentait de voir comment les Russes pouvaient fabriquer de meilleurs cosmonautes. Et lui, Georges Borsch, dit Gédéon, diplômé d'Oxford, membre éminent du MI 5, était devenu un rat...

Déjà il avait été soumis plusieurs fois au supplice. Une heure ou deux. Assez pour que les globes des yeux semblent éclater, pour qu'il se sente déchiré, détruit. Et l'horrible sensation persistait pendant des heures, déclenchant des migraines brutales et soudaines. Quelquefois, tout seul dans sa cage, la nuit, il criait comme un rat, tant il avait mal...

C'était diabolique.

Il rêvait du jour où il pourrait amener le Colonel Okolov devant un tribunal anglais, expliquer aux juges ce qu'il avait subi. Il se voyait déjà au pied de la potence.

La balançoire commença à tourner, entraînée par une courroie de cuir reliée à un gros moteur. Okolov passa de plus en plus vite devant ses yeux.

Le Russe cria:

— Onze jours, mon poussin, onze jours...

La machine prenait de la vitesse. Georges Borsch ferma les yeux pour gagner quelques secondes sur le vertige. Il avait l'impression que ses cellules lui échappaient, s'arrachaient de son corps. L'ombre du Russe passa plusieurs fois devant ses yeux, puis la douleur devint intolérable.

Quelque chose craqua dans sa tête et il ne sentit plus rien.

CHAPITRE XV

Le milicien apparut tout de suite après le virage. En uniforme, mitraillette en bandoulière, il se tenait les jambes écartées, au milieu de la route. Lorsqu'il vit la Volkswagen, il leva le bras.

— Stai, Stai [1]!

— Himmel-Her Gott!

Malko avait juré en allemand. Son premier réflexe fut d'accélérer. Mais derrière le milicien, il y avait un petit rassemblement. Pas question de passer en force.

Fiévreusement, Krisantem engagea un chargeur dans l'Uri et l'arma. Samantha prit son Beretta dans son sac. Trop tard pour faire demi-tour.

Depuis une heure il neigeait. A partir de Ploesti qu'ils avaient traversé à l'aube, la route suivait le cours de la Prahova, une grande rivière presque complètement asséchée. Bien que le jour soit levé, il n'y avait presque pas de lumière et le ciel lourd et gris semblait prêt à écraser les premiers contreforts des Karpathes.

[1] Arrêtez, Arrêtez!

Malko jura encore à mi-voix. Ses yeux dorés avaient viré au vert et il avait peur. Il était hypnotisé par la silhouette du milicien barrant la route. Impossible de bifurquer. Jusqu'à Brazov, il n'y avait qu'une route. Les rares embranchements étaient des sentiers de montagne qui ne conduisaient nulle part. Et derrière eux, c'était Bucarest.

Le piège était bien refermé.

Le milicien n'était plus qu'à vingt mètres. Malko ralentit.

— Ne faites rien! ordonna-t-il.

C'était trop bête d'être arrivé jusque-là, à quelques kilomètres du refuge du Colonel Okolov et d'échouer. Krisantem dissimula la mitraillette.

Le milicien avait gardé son arme en bandoulière. L'angoisse de Malko céda le pas à un fol espoir. Le Roumain ne faisait même pas mine de stopper le véhicule. Il lui fit seulement signe d'aller doucement. Déjà devant eux, la foule s'ouvrait. On aurait pu se croire au siècle dernier avec les chapkas, les bonnets de fourrure, les hautes bottes et les longues jupes bariolées des femmes. Ni la mode ni le communisme n'avaient pénétré jusqu'à ce coin reculé des Karpathes.

Un homme portant une énorme croix, deux fois grande comme lui, se tenait au milieu de la route. Derrière lui, il y avait un tracteur sur lequel on avait posé un cercueil de bois blanc. Ensuite, suivaient une douzaine de vieillards avec des instruments de musique en cuivre, le cortège se terminait par un fiacre antédiluvien où s'étaient entassées une demi-douzaine de femmes en noir...

La foule à pied et quelques miliciens placides fermaient la marche. Pas de prêtre, l'immense croix qui commençait à se couvrir de neige. En plein pays communiste, c'était un enterrement religieux. Au moment où ils doublaient le cortège, la fanfare des vieux se mit à jouer.

L'enterrement le plus étrange que Malko ait jamais vu. Paradoxalement, cela lui remonta le moral. Ces gens-là ne devaient pas servir le régime avec beaucoup de fougue...

Krisantem, superstitieux, se signa. Même Samantha semblait émue. Elle murmura en passant devant le cercueil:

— C'est ainsi qu'on enterrait les gens chez moi jadis, en Poméranie...

Derrière l'enterrement, la route était libre. Malko faillit crier de joie. Ils avaient un sursis. Déjà, il avait traversé Ploesti, raide d'angoisse, s'attendant à chaque seconde à voir la police.

La Volkswagen reprit de la vitesse. Il y avait trois heures qu'ils étaient partis de Bucarest. Normalement, ils auraient dû avoir toutes les polices de Roumanie à leurs trousses. Et encore Malko préférait ne pas penser à l'avenir. Leur vie pouvait s'arrêter au virage suivant avec un barrage antichar...

Samantha soupira et alluma une cigarette. L'angoisse avait creusé de grands cercles sous ses yeux gris. Le silence retomba dans la voiture.

Malko, tout en conduisant, cherchait à prévoir ce qui risquait de se passer. C'était étrange qu'ils n'aient encore rencontré aucun barrage.

Ou les communications radio de la police roumaine marchaient très mal, ou personne n'avait pensé qu'ils iraient se perdre sur cette route qui s'enfonçait au cœur des Karpathes. La prochaine ville importante était Brasov, petite station de montagne enfouie dans la neige six mois sur douze. Malko avait l'impression de se trouver au bout du monde. Il n'arrivait pas à croire que Boris Okolov et Alexandra soient cachés dans cette région perdue de la Roumanie centrale.

La route sinuait et les flocons de neige obscurcissaient la rue à moins de trente mètres.

Et il ne savait même pas où il allait! Samantha avait refusé de lui apprendre où se cachait le Russe. Tant qu'ils n'y seraient pas. Elle lui avait seulement dit:

— Prends la route de Brazov et suis-la. Je te dirai.

Il se tourna vers elle:

— Où allons-nous?

Une pancarte, à demi effacée, indiquait CIMPINA. 13 Kilomètres.

Samantha secoua la cendre de sa cigarette.

— Nous n'y sommes pas encore.

Ivre de rage, Malko accéléra. Ils étaient fous de se conduire comme des desesperados sud-américains. Les Karpathes, ce n'est pas la Cordillère des Andes. Les Roumains étaient lents et mal organisés, mais ils finiraient bien par réagir. Avec ce qu'ils avaient fait à Bucarest on ne leur donnerait pas l'Ordre de Lénine...

*
**

Le camion apparut après Cimpina. Il les suivait depuis une dizaine de minutes. C'était un Molotova russe à ridelles, semblable à tous ceux qu'ils avaient croisés depuis Bucarest.

D'abord, Malko n'y prêta pas attention. Ils n'avaient pas croisé dix voitures particulières depuis leur départ, mais les camions défilaient par centaines. Et tous les dix kilomètres il y en avait en panne sur le bord de la route.

Celui qui suivait la Volkswagen semblait plus neuf

et trois hommes se trouvaient dans sa cabine. Il fallait qu'il ait un moteur puissant pour suivre la Volkswagen sans peine.

A l'entrée d'une ligne droite, il klaxonna. Malko vit dans le rétroviseur qu'il était à quelques mètres derrière eux. La route était glissante et la neige diminuait la visibilité. Malko ralentit et serra à droite, signifiant au camion de passer. Aussitôt, celui-ci accéléra et très vite, atteignit leur hauteur. Mais au lieu de continuer à accélérer, il resta à la même vitesse. Malko jeta un coup d'œil aux grosses roues qui tournaient à quelques centimètres de la Volkswagen. Soudain un cri de Samantha ramena son regard sur la route.

— Attention, devant!

Un autre camion était arrêté devant lui, sur la droite et il allait s'écraser dessus.

Son pied écrasa l'accélérateur pour doubler à droite le premier camion, mais le conducteur de ce dernier accéléra le forçant à rester à droite. Ils roulaient à près de quatre-vingts à l'heure. Il n'y avait pas plus de trente mètres avant le véhicule arrêté. Le second « l'enfermait » à gauche et à droite, il y avait un profond fossé... De toutes ses forces, il freina. Samantha cria et la Volkswagen se mit légèrement en travers. S'il accrochait les roues arrière du gros camion en train de le doubler, ils étaient perdus.

Il rétrograda et la VW trembla de tous ses longerons. Le camion arrêté n'était plus qu'à dix mètres. Il ne pouvait pas freiner plus fort, sous peine de se mettre en travers de la route.

Il y eut un bruit de tôles écrasées. Les trois passagers de la VW furent projetés en avant. Samantha heurta du front le pare-brise. La VW stoppa, l'avant encastré dans l'arrière du camion arrêté. Heureusement, le choc n'avait pas été trop violent. Encore sous le choc, Malko coupa le moteur et descendit. Il s'en était fallu d'un cheveu.

Heureusement, seul le capot avait souffert et la voiture pouvait rouler. Malko fit le tour du camion. Il n'y avait personne dans la cabine. Il mit la main sur le radiateur: froid. Le froid le pénétrait insidieusement. Perplexe, il remonta dans la Volkswagen pour inspecter les dégâts. Le capot semblait être passé sous un rouleau compresseur, mais le train avant n'avait pas souffert. Ils auraient dû le heurter beaucoup plus vite... Le camion, cause de l'accident, avait disparu, avalé par le brouillard et la neige.

— Qu'est-ce qui s'est passé? demanda Samantha.

Malko secoua la tête.

— Je ne sais pas. C'est bizarre.

Il semblait difficile que le conducteur du premier camion n'ait pas agi volontairement, afin de provoquer l'accident...

Mais pourquoi? La police ou les barbouzes roumaines n'avaient pas à agir par des moyens détournés et pouvaient faire ce que bon leur semblait, utiliser l'Armée, la Milice... Pourquoi avoir recours à un moyen aussi artisanal pour se débarrasser d'eux? A moins qu'ils n'aient eu affaire à un chauffeur à qui la seule vue d'un symbole capitaliste donnait des envies de meurtre... Bien qu'une Volkswagen...

Samantha était blême.

— Il a voulu nous tuer.

— Il y avait tellement d'autres moyens, remarqua Malko. Je ne comprends pas.

— Dépêchons-nous, coupa sèchement Samantha. Je me sens en danger sur cette route.

Malko redémarra. Cent mètres plus loin, il ralentit. Une nappe de brouillard recouvrait la route et les champs. On n'y voyait pas à trente mètres. Il alluma ses phares, sur le qui-vive. Ce paysage fantomatique du bout du monde l'inquiétait. Il pouvait leur arriver n'importe quoi sur cette route perdue des Karpathes. Le monde extérieur n'en saurait jamais rien.

Pendant une demi-heure, ils roulèrent sans histoire. La Volkswagen se traînait à vingt à l'heure dans un épais brouillard, croisée de temps en temps par un camion, dont on apercevait les phares au dernier moment. Les champs, peu à peu, faisaient place à des bois épais. La neige s'était arrêtée de tomber.

Tout à coup un feu clignotant apparut, posé à même le sol. Derrière, deux silhouettes, en uniforme.

Krisantem sauta sur sa mitraillette.

Son calme était rassurant. Il aurait tenu tête à toute l'armée roumaine. Heureusement que les vitres étaient givrées... Malko freina. Cette fois, c'était la fin... Samantha avait déjà la main dans son sac.

— Attention, dit Malko.

Un des miliciens, souriant, lui montrait un camion en travers de la route. Il ne restait qu'un étroit passage à travers lequel un camion, arrivant, en sens inverse, avançait péniblement, deux roues dans le fossé.

Les nerfs de Malko se détendirent d'un coup. Avant de redémarrer, il remarqua un civil à côté des miliciens, un émetteur-récepteur radio en bandoulière. Mais l'homme ne sembla prêter aucune attention particulière à la Volkswagen...

Le camion avait fini de passer et le milicien lui fit signe de s'engager à son tour.

Et une fois de plus, ils repartirent. Le brouillard donnait l'impression de ne pas avancer... Les miliciens, le camion bloquant la route et le feu clignotant se diluèrent dans la masse blanchâtre.

*
**

Malko vit les phares venir droit sur lui, surgis brutalement du brouillard. Instinctivement, il écrasa son klaxon. Les mains crispées sur le volant il n'osait pas obliquer brusquement, de peur de se mettre en travers de la route.

C'était une véritable patinoire, où les plaques de verglas alternaient avec la neige tassée et glissante. Il lui fallut une interminable seconde pour réaliser qu'un véhicule, probablement égaré par le brouillard, venait droit sur eux, en plein sur sa gauche.

Malko fit un appel de phares. La masse énorme n'était plus qu'à quelques mètres, tenant toute la route, comme un monstre aveugle. Malko écrasa le frein. Samantha cria. La Volkswagen partit de l'arrière puis fit un magnifique tête-à-queue, entraînée par la déclivité de la route, juste au moment où le camion arrivait sur elle, tournoyant à travers la chaussée.

Il y eut un choc sur la gauche qui ébranla toute la petite voiture et elle s'immobilisa, le nez en équilibre dans le fossé.

Puis, il n'y eut plus que le brouillard et le silence. Le moteur avait calé. Malko ouvrit la portière d'un coup d'épaule et descendit, les jambes encore tremblantes. Il huma presque avec plaisir le brouillard glacial et l'air humide, puis fit le tour de la voiture. Tout le côté gauche était aplati et l'aile arrière avait purement et simplement disparu, arrachée par le camion. Si les freins avaient été bien réglés, celui-ci les aurait pris de front et ils auraient été tous les trois broyés. Et si le coup de volant de Malko avait été plus brutal, ils auraient plongé dans le ravin...

Cette fois, il était sûr que l'accident était voulu. Le camion avait foncé sur eux délibérément. Et c'était le même. En un éclair, il avait reconnu le pare-chocs avec une bande de peinture rouge. Qui, sur cette route déserte des Karpathes, s'acharnait à les tuer « discrètement »?

Il remonta dans la Volkswagen, toujours en travers de la route et remit le contact: miracle, le moteur toussa et démarra. Krisantem était blême. Il voulait bien affronter un régiment roumain en combat singulier, mais cette conduite heurtée lui donnait des nausées...

Samantha explosa, au moment où il repartait:

— Mais, enfin, qui est-ce? Cette fois, il a voulu nous tuer...

Un « accident » sur une route déserte... Cela puait les barbouzes. Mais pourquoi, alors qu'une poignée de miliciens suffisait à les stopper?

— Je voudrais bien le savoir, dit Malko.

Quelle allait être la tentative suivante? Il ne comprenait pas comment le camion avait pu foncer sur eux à coup sûr... Soudain, il pensa au civil avec la radio. Si l'équipage du camion l'avait aussi, tout s'expliquait. Lorsqu'ils avaient franchi la chicane du camion accidenté, il suffisait de prévenir le camion. Celui-ci devait attendre, tapi dans le brouillard.

Si l'accident avait « réussi », il n'aurait pas eu grand mal et on aurait mis cela sur le compte du brouillard... Mais encore une fois, pourquoi se donner tant de mal? Et cela impliquait la complicité des miliciens. Et si le camion avait été mis *volontairement* en travers de la route? Pour permettre d'avertir de l'arrivée de la Volkswagen?

— Nous arrivons, dit soudain Samantha.

A travers le brouillard, un panneau venait d'apparaître: SINAIA.

*
**

Un objet totalement incongru dans ce soin reculé des Karpathes se découpait nettement dans les jumelles. La calandre d'une Rolls-Royce dépassant du hangar sous lequel la voiture était garée. Défi muet pour la République Socialiste Roumaine...

Malko abaissa les jumelles. Il mourait d'envie de prendre une mitraillette et quelques grenades et de dévaler la pente jusqu'aux bâtiments qu'il observait.

Parce que la dernière fois qu'il avait vu cette Rolls-Royce dont le numéro — 847GFK — était gravé dans sa fabuleuse mémoire, c'était au Château de Liezen. Le Colonel Boris Okolov s'était enfui dedans, emmenant Alexandra et Georges Borsch, propriétaire du véhicule.

Samantha murmura derrière lui:

— Il est sûrement là.

Elle ne pensait qu'à sa vengeance. A se retrouver face à face avec le Colonel du KGB qui l'avait bernée.

Malko épousseta la neige de son pantalon. Krisantem était resté dans la Volkswagen garée sur la petite route. Ils se trouvaient dans un bois de sapins à la sortie de Sinaia, petite bourgade perdue dans la neige sur la route de Brasov. Plusieurs hôtels débordaient de vacanciers roumains et étrangers et personne ne semblait prêter attention à eux.

Maintenant, Malko était sûr que les informations de Madame Nagel étaient exactes. Que Boris Okolov se cachait bien dans cet Institut Médical Populaire dont il distinguait les bâtiments à une centaine de mètres, en contrebas.

Il y avait deux buildings d'un étage, séparés par une clôture et un jardin. Le premier devait constituer la partie « officielle » de l'Institut, car son entrée donnait sur la route et il y avait un va-et-vient incessant de gens. Par contre, rien ne bougeait autour du second, en retrait et isolé.

C'est là que devait se trouver Alexandra... Malko n'arrivait pas à détacher ses yeux des murs blancs et des fenêtres closes. De là, on ne voyait aucune animation, comme s'il avait été abandonné. Pas de gardes non plus.

Seul détail inusité pour un hôpital: une très haute antenne radio émergeait du toit.

— Cela ne paraît pas très défendu, remarqua Samantha. On pourra y aller ce soir.

— Regardez, fit Malko, tendant le bras vers le mystérieux bâtiment.

La neige qui recouvrait le terrain tout autour était striée de lignes parallèles qu'on ne devait pas distinguer de près. Comme si elle avait été ratissée par un râteau géant... Les lignes étaient espacées de cinquante centimètres environ.

— C'est sûrement un dispositif de repérage au son, expliqua Malko. Il y a des fils enterrés tout autour de ce bâtiment, reliés à un poste de contrôle. Avec cela, ils n'ont pas besoin de barbelés et de miradors. Dès qu'on s'aventure sur ce terrain, les fils transmettent les vibrations du sol au poste de contrôle. Comme ils doivent avoir des armes équipées de lunettes infrarouges, vous ne ferez pas dix mètres. Même avec un brouillard à couper au couteau...

Samantha demeura muette.

— Il faudrait un hélicoptère, fit-elle. On se poserait sur le toit.

— Et on demanderait bien poliment à une station de l'armée roumaine de nous ravitailler ensuite, fit Malko amèrement. Non, ce qu'il faudrait, c'est une petite division blindée avec un appui aérien...

Les yeux gris de la Comtesse Adler flamboyaient.

— Nous ne sommes pas venus jusqu'ici pour rien. J'irai toute seule, si vous avez peur.

Malko bouillonnait de rage. Il avait encore plus envie qu'elle d'y aller.

— Je n'ai pas peur, j'essaie de ne pas nous jeter dans la gueule du loup. Je crois de plus en plus qu'Okolov nous tend un piège.

— Le camion? Ce serait lui?

— Non. Il y a autre chose.

Samantha haussa les épaules.

— Je vais aller le chercher. Même si je dois y laisser ma peau.

Pendant qu'ils parlaient, une infirmière sortit du premier bâtiment, emprunta le chemin menant à la clôture le séparant du second, ouvrit la porte avec une clef sortie de sa poche, la referma, puis entra dans le bâtiment interdit.

Une lueur de triomphe passa dans les yeux gris de Samantha.

— Nous ferons comme elle, dit-elle, et malheur à qui nous arrêtera. Je veux voir la peur dans les yeux de cette vieille ordure.

Malko ne l'écoutait pas. Où était le piège? Que lui, un agent américain, ait pu arriver en vue de cette base secrète était déjà en soi une chose fantastique. Mais jusqu'à quel point n'était-ce pas voulu? Même cette Rolls, en pleine vue. Comme si on avait voulu lui certifier que l'homme qu'il cherchait se trouvait bien là. Quand il pensait à l'habileté et à l'audace du Colonel Boris Okolov, c'était étrange...

Et inquiétant.

Ils n'avaient pas beaucoup de temps. Sinaia était une petite station de sports d'hiver grouillant de gens. Dès que Malko et ses compagnons prendraient un hôtel, ils seraient obligés de donner leurs noms et leurs passeports. Et, par — 10, ils pouvaient difficilement coucher dans la voiture.

Donner l'assaut à la base secrète du Colonel Okolov était de la folie. Et pourtant, ils ne pouvaient pas repartir sans rien tenter. De toute façon, il fallait attendre au moins quatre heures, de façon à profiter de la tombée de la nuit pour leur fuite.

Au moment d'abandonner le promontoire, Malko remarqua une ligne électrique haute tension partant du bâtiment Deux et s'enfonçant dans la montagne en suivant la route.

S'ils pouvaient empêcher le Colonel Okolov de réclamer du secours et détruire ses dispositifs de défense, ce serait déjà un résultat. Grâce au petit arsenal de Krisantem, ils pouvaient se battre. Mais, ensuite, il n'y avait que deux routes pour sortir de Sinaia. Et l'une filait directement vers le nord, vers la Russie.

Le Colonel Russe avait bien choisi sa retraite.

— Il faudrait voir où va cette ligne haute tension, dit-il. En la faisant sauter juste avant l'attaque, cela nous donnerait une petite chance supplémentaire...

Samantha regarda dans la direction qu'il indiquait.

— Bonne idée. Allons voir.

Ils redescendirent et reprirent la voiture. Quelques minutes plus tard, ils passaient devant l'Institut. La route était déserte et serpentait entre les sapins. La ligne haute tension la suivait d'assez près.

Pendant près d'une demi-heure, ils roulèrent assez lentement, sans rien voir d'autre que les gros fils couverts de neige. Enfin, un bâtiment en ciment gris apparut, situé le long de la route. Les fils y disparaissaient. D'autres, beaucoup plus gros, s'y enfonçaient de l'autre côté, venant de l'autre versant de la montagne.

— C'est un transformateur, dit Malko. Si nous le faisons sauter ils n'auront plus de courant pour un bon moment...

— Nous allons perdre une heure, objecta Samantha. Il serait plus simple de dynamiter un pylone.

— Le transformateur, c'est plus sûr. Cela prendra plusieurs jours, plus qu'il nous en faut...

Ils firent demi-tour, prêts à repartir. Malko descendit avec Krisantem, et firent le tour du transformateur. Il n'y avait pas âme qui vive...

Les deux hommes remontèrent et repartirent. Un peu plus bas, Malko vit un embranchement différent de celui par lequel ils étaient venus, indiquant également Sinaia. Il le prit. Ainsi, ils ne croiseraient pas les techniciens venant dépanner le transfo...

CHAPITRE XVI

Alexandra leva brusquement la tête. Elle n'entendait jamais entrer Okolov. Il avait le visage grave, mais ses yeux souriaient.

— Ils sont là, dit-il.

Alexandra sentit son cœur cogner dans sa poitrine. Ainsi, Malko était venu la chercher! Une grande bouffée de joie la submergea, vite éteinte devant le regard du colonel Okolov.

Elle avait peur du Russe, une peur mortelle. Mais, en même temps, elle ne pouvait s'empêcher d'éprouver une certaine attirance pour lui.

Sensation dont elle avait honte. Surtout après ce qui s'était passé. Après l'avoir arrachée à Georges Borsch, il s'était montré d'une correction parfaite. En Rolls, ils avaient traversé une partie de la Hongrie, de la Tchécoslovaquie, puis la Roumanie, sans se presser. L'Anglais suivait dans la Tatra noire, avec quatre civils qu'Alexandra croyait être des Russes. Elle l'apercevait parfois aux repas qu'ils prenaient en route.

Chaque soir, Okolov avait demandé, mi-figue, mi-raisin:

— Une chambre ou deux?

Alexandra s'était forcée pour répondre sur un ton presque gai. Elle était totalement à la merci du Russe. Pourtant, il n'avait jamais insisté. Elle avait senti souvent son regard posé sur elle, avec une intensité brûlante et désespérée.

Cela avait duré une semaine. Ils avaient chacun une chambre dans un des plus grands hôtels de Sinaia. Parfois Alexandra ne voyait pas le Russe de toute la journée. Elle restait dans sa chambre ou se promenait dans les bois de sapins. Deux civils l'accompagnaient toujours.

Boris Okolov l'avait avertie le premier soir:

— Ne cherche pas à fuir. Tu ne crains rien. Sinon, c'est désagréable pour toi.

Le reste du temps, il avait été adorable.

Un soir, il avait même déniché une bouteille de champagne. Un violoniste était venu jouer près d'eux et Okolov avait pris la main d'Alexandra pour la baiser.

Elle avait eu honte de reconnaître qu'elle avait eu du mal à la retirer. Elle ignorait quel jeu il jouait, et ce qu'il voulait. Jamais il ne lui avait posé la moindre question sur les activités de Malko. Elle n'avait même pas pensé à s'évader. A quoi bon! Elle était prise dans un jeu mortel qui la dépassait et sentait qu'Okolov ne lui voulait pas de mal.

Dans cet hôtel de Sinaia, elle se sentait presque en vacances. A part le fait d'être sous surveillance permanente et coupée du monde. Jusqu'au jour où Boris Okolov lui avait annoncé au déjeuner:

— Ils sont à Budapest. Trois ou quatre jours, ils sont là. Le temps me trouver...

Alexandra avait ouvert de grands yeux:

— Comment en êtes-vous si sûr?

Le Russe avait souri, sincèrement amusé:

— Ils sont professionnels, ma petite. Et Comtesse Adler est redoutable. Je crois elle me hait...

Alexandra s'était mordue les lèvres de rage.

— Elle est avec lui...

Elle cherchait à masquer son désarroi, plongée dans ce jeu infiniment cruel dont elle ignorait les règles.

Boris Okolov avait frotté ses grandes mains l'une contre l'autre, impénétrable. Alexandra était impressionnée par la puissance qui se dégageait de son grand corps. A près de soixante ans, il était encore droit comme un I et mince. Bien différent des Russes qu'elle avait rencontrés à l'Ambassade de Vienne, patauds et mal habillés. Et pourtant, il avait d'étranges malaises qui le forçaient à s'étendre en plein après-midi, des douleurs subites qui le pliaient en deux. Mais il n'en parlait jamais, ne se plaignait pas.

— Je propose quelque chose, ma petite, avait dit soudain Boris Okolov.

Alexandra regardait les sapins par la fenêtre. Le Russe parlait lentement, les yeux sur le visage d'Alexandra.

— Dans trois jours ton Prince est ici. Si je veux. Sinon, il meurt sans même savoir ce qui lui arrive. Je laisse faire les Roumains...

— Qu'est-ce que vous voulez?

Alexandra, courageusement avait soutenu le regard du Russe. Bien qu'elle connaisse déjà la réponse. Mais ses yeux, alors, ne réflétaient qu'un désespoir surhumain, une sorte de nostalgie comme seuls les Slaves savent en éprouver.

— Ce que je vais te dire est un secret, mon petit, avait commencé Okolov.

Quatre jours s'étaient écoulés. Quatre jours qu'Alexandra aurait aimé rayer de sa vie, oublier à tout jamais, renier. Pourtant elle n'arrivait pas à haïr

Boris Okolov. Elle en aurait presque voulu à Malko de l'avoir entraînée dans cette aventure. Tout ce qui arrivait était de sa faute.

*
**

Et maintenant, Malko se trouvait à quelques centaines de mètres d'elle.

— Où est-il?

Boris Okolov eut un geste vague.

— A Sinaia. Il croit je suis à Institut, je ne sais pas ils sont là.

Tout à coup, Alexandra remarqua sa pâleur, la crispation de ses mâchoires, le voile qui obscurcissait ses yeux subitement.

— Vous avez mal? demanda-t-elle spontanément.

Il parvint à sourire:

— Nitchevo, tu es belle.

C'est la première fois qu'il avouait sa douleur. Mais elle savait qu'il souffrait beaucoup. Une nuit, elle s'était réveillée et elle l'avait surpris assis dans le lit, les deux mains crispées sur son ventre, la bouche ouverte, le souffle court.

Dès qu'il s'était aperçu de son réveil, il s'était jeté sur elle, comme pour se prouver qu'il était plus fort que la douleur. Elle n'avait pas eu le courage de le repousser.

— Qu'allez-vous faire? demanda-t-elle.

— Ce qui était convenu.

Leurs regards se croisèrent. Il était à la fois si proche et si loin d'elle. Jamais elle n'oublierait ces quatre jours dans les Karpathes.

— Je vous remercie, dit-elle à voix basse.

Il haussa légèrement les épaules et sortit de la chambre. Il retournait à l'Institut médical populaire.

Alexandra s'approcha de la fenêtre. En bas une foule joyeuse déambulait dans la neige. Malko allait peut-être passer. Elle ne pourrait même pas l'appeler.

*
**

On n'entendait que le cliquetis des condensateurs, sans cesse en train de se recharger. Cela faisait comme un bruit de fond rassurant, des petits claquements secs et nets, pas menaçants du tout, qu'on aurait pu entendre dans un studio de photographie.

Pourtant, Georges Borsch crevait de peur. Cette fois il n'était ni attaché sur la terrible balançoire du Docteur Vibescu, ni enfermé dans une cage à rats. Au contraire, la pièce où il se trouvait était spacieuse et propre avec des murs laqués en blanc. Le seul côté inquiétant en était un énorme appareillage électrico-médical qui en occupait la moitié. Il flottait dans l'air une vague odeur de désinfectant.

L'Anglais n'avait pas la moindre idée de son usage. Il avait reconnu un appareil de radiologie, mais ce n'était pas net.

Il se leva. Il avait du mal à rester debout. Ses tortionnaires ne l'avaient pas laissé onze jours mais quelques heures seulement en train de tourner à 6,5 G. De quoi le détraquer pour des mois. Au début, le Colonel Okolov lui avait expliqué que l'hypergravitation provoquait un vieillissement artificiel des tissus, que « Gédéon » ne serait plus qu'un vieillard quand on le relâcherait. L'Anglais commençait à le croire. Ses gestes étaient ralentis, il souffrait de maux de tête insupportables, de saignements de nez. Parfois, des élancements fulgurants traversaient ses globes oculaires et la moindre lueur lui était pénible. Mais on aurait pu l'examiner centimètre par centimètre sans trouver la moindre trace extérieure de torture...

Attaché par ses menottes à un piège métallique, il était totalement impuissant. Une chose l'intriguait: il avait essayé de crier et sa voix rendait un son mat, étrange, comme si les murs étaient faits d'une matière isophonique, ou doublés de plomb. Georges Borsch vit que l'aération se faisait par une ouverture carrée et grillagée dans le plafond, seule ouverture de la pièce avec la porte. La température était agréable et c'était vraisemblablement de l'air conditionné. Intrigué, il chercha à deviner à quoi servait l'appareillage compliqué. Il y avait une table, comme dans une salle d'opération. Soudain, une clef tourna dans la serrure et la haute silhouette de Boris Okolov apparut. Seul. Au bout de son bras droit, pendait une lourde serviette en cuir noir.

— Je m'excuse, mon petit, je suis un peu en retard, dit-il aimablement.

Il fut suivi du Docteur Vibescu et de deux hommes en blouse blanche qui ressemblaient plus à des tueurs qu'à des membres du corps médical.

Ils s'approchèrent de lui, le détachèrent et le firent mettre debout. Boris Okolov lui sourit, rassurant. L'Anglais nota ses traits tirés et les poches sous les yeux. Il semblait épuisé.

— Déshabille-toi mon petit... ordonna-t-il calmement.

Pour la première fois, « Gédéon » remarqua un tic au coin de sa bouche qui se crispait parfois brusquement.

Il obéit, tendu et inquiet, et eut honte de sa peau blafarde et de ses bourrelets de graisse.

Le Russe l'examinait d'un œil critique.

— Tu aurais dû faire du sport, mon petit...

On aurait dit deux vieux amis dans le vestiaire d'un court de tennis.

Tout cela avait quelque chose d'irréel. Georges Borsch se demanda s'il aurait le temps de foncer jusqu'à la porte. Mais les infirmiers étaient sûrement armés. Il ne savait plus très bien pourquoi il tenait tête au Colonel du K.G.B. C'était devenu un réflexe conditionné. Insensiblement, il s'enfonçait dans un univers d'horreur. Il savait bien que de toutes façons, il était grillé, que jamais il ne retrouverait la confiance de ses chefs du M15. Il se battait pour quelque chose qui n'existait déjà plus.

Par entêtement. Et aussi parce que tant qu'il ne cédait pas le Colonel Okolov avait besoin de lui. Vivant.

— Allonge-toi là-dessus.

Le Russe désignait la table.

Une vague de panique submergea Georges Borsch. Que vont-ils encore me faire? songea-t-il avec désespoir. Les deux infirmiers l'encadrèrent et l'aidèrent à s'étendre sur la table, puis l'y ligotèrent étroitement avec des sangles de cuir. Georges Borsch frissonna au contact du métal, puis ferma les yeux. Quand il les rouvrit, le Colonel Okolov était penché sur lui. Il remarqua que la boule sur son front avait augmenté de volume et que le Russe l'effleurait souvent avec agacement. Comme si elle lui faisait mal ou lui rappelait quelque chose de désagréable. De près, le visage du Russe accusait son âge, avec des cernes blafards sous les yeux, deux grandes rides d'amertume encadrant la bouche.

Le visage du Russe était devenu grave. Les infirmiers et le Docteur Vibescu s'éclipsèrent. Les cliquetis des condensateurs semblèrent soudain assourdissants.

— Qu'est-ce que vous allez me faire?

Cela avait été plus fort que lui. Il était furieux d'avoir donné cette preuve de faiblesse à son adversaire.

Boris Okolov secoua la tête:

— Tu ne devrais pas avoir peur. Tu connais bombe au cobalt?

Georges Borsch chercha désespérément dans ses souvenirs médicaux. Il avait vaguement entendu parler des bombes au cobalt, il savait que c'était dangereux, mais c'était tout.

— C'est une bombe au cobalt? demanda-t-il.

— Oui. Et je vais t'expliquer comment cela fonctionne. Là-dedans, il y a cobalt radio-actif, dans enveloppe de plomb hermétique. Quand on place pour irradiation, on ouvre minuscule fenêtre dans l'enveloppe et... ton corps est bombardé par rayons Gamma qui détruiront cellules cancéreuses. Normalement, traitement dure quelques minutes. Si on reste exposé rayonnement cobalt radio-actif trop longtemps, on en meurt, ou on éprouve troubles très graves...

Boris Okolov s'était assis sur un haut tabouret et semblait très détendu. Devant lui, se trouvait un pupitre hérissé de voyants multicolores et de touches de commande. Le Russe se pencha et appuya sur plusieurs d'entre elles.

Aussitôt des voyants rouges et verts s'allumèrent ou clignotèrent.

— Voilà, cela commence, annonça le Russe. Mais n'aie pas peur, tu ne vas rien sentir. Pas tout de suite.

Les cliquetis des condensateurs firent place à un ronronnement venant de l'appareil. Georges Borsch contempla avec terreur l'embout braqué sur son estomac comme une arme. Il n'éprouvait rien, il ne voyait rien. Son regard affolé se posa sur le visage calme de Boris Okolov. Il voulut bouger mais les sangles l'en empêchèrent.

Quand la terreur eut suffisamment relâché ses traits, le Colonel Okolov se pencha sur lui. Il regardait la montre ultra-plate de son poignet.

— Cela fait trois minutes tu es exposé, dit-il lentement. Dans n'importe quel bon hôpital, on arrête les rayons et tu te rhabilles...

Georges Borsch ne répondit pas, muet d'horreur. Les yeux noirs du Colonel Okolov n'avaient plus aucune expression.

— Seulement voilà, continua-t-il, tu n'es pas dans hôpital. Tu es chez Docteur Vibescu qui obéit à mes ordres. J'ai donné l'ordre faire marcher bombe trois heures. Cela suffira.

Il se tut une seconde pour laisser à l'Anglais le temps d'assimiler ses paroles, puis continua.

«J'explique ce qui se passe. Après trois heures, tu sentiras rien du tout. Un peu fatigué, peut-être, être resté longtemps sur cette table.

« Mais dans une semaine tu commences avoir des vomissements. Inutile demander pourquoi: c'est cobalt. En même temps, tu perds appétit, tu as hémorragies internes, rien ne peut arrêter. Peut-être tes cheveux tombent, mais ce n'est pas certain.

« Tu risques aussi paralysie, mais pas sûr. Mais sûr, tu meurs avant printemps. Et personne peut rien pour toi... D'ailleurs tu pourras te soigner, parce que tu seras Angleterre. Je jure, tu peux partir Bucarest après trois heures ».

Georges Borsch chercha un peu de salive dans sa bouche sèche. Le Russe bluffait encore une fois. Mais il y avait le ronronnement persistant du moteur permettant d'orienter la bombe. Cela ne pouvait pas être vrai...

— Vous êtes un monstre, fit Gédéon.

Boris Okolov secoua la tête.

— Non, je suis pressé.

Georges Borsch regarda le Russe, à la fois horrifié et admiratif. En cette seconde, il était sûr que son adversaire disait la vérité. Les yeux du Russe ne mentaient pas. Cette torture blanche sans souffrance, sans bruit, sans fureur était abominable.

Malgré lui, il regarda la montre du Russe. Déjà dix minutes. Comme le temps passait vite. Il essaya d'imaginer sa propre mort, son corps s'en allant en morceaux, n'y parvint pas. Il mourait d'envie de demander à Okolov ce que cela faisait au bout d'une heure. C'était enfantin...

Comme s'il avait deviné sa pensée, le Russe dit gentiment:

— Tu veux savoir comment tu es après une heure? Je jure, je ne sais pas. Peut-être tu es seulement malade toute ta vie. Tu sais, je ne suis pas médecin.

« Ah, si, je sais une chose! Après une heure, tu es complètement impuissant. Mais cela tu t'en moques, n'est-ce pas, si tu es en vie...

Les pensées s'entrechoquaient sous le crâne de Gédéon. Jamais il n'avait entendu parler d'un tel supplice: inodore, incolore, indolore et mortel. C'est lui qui choisissait son destin... Quelle était la vérité? Il aurait supporté plus facilement le peloton d'exécution. Soudain, il s'aperçut qu'il avait une furieuse envie de vivre, de revoir Londres, de faire l'amour. De nouveau, le corps d'Aléxandra le hanta et il se mordit les lèvres. C'était incongru, idiot.

— Qu'est-ce que vous voulez de moi?

— Pas grand-chose, fit Boris Okolov. Il attrapa sa serviette, l'ouvrit et en sortit deux objets. Un texte dactylographié et un tampon-encreur. Il mit la liasse de papiers sous le nez de l'Anglais.

— C'est ta confession. Ton vrai nom, celui de tes

chefs, l'historique de tes contacts avec Poresky, tout ce qu'il t'a appris. Je te demande une chose facile: tu signes au bas de chaque page et tu mets l'empreinte digitale de ton index gauche...

Georges Borsch n'en pouvait plus. Ce n'était pas un agent « action », mais un manipulateur, accoutumé aux subtilités de la psychologie, pas au combat contre un homme comme Boris Okolov. Tout craquait. Et surtout, il ne voulait pas mourir...

— Je vais signer, s'entendit-il dire. Mais arrêtez la bombe, vite. Sinon, je ne dis rien.

— Tu as raison, mon petit, fit Okolov.

Il se tourna vers le pupitre. Soudain, Georges Borsch eut un scrupule. Et si ce n'était qu'un sinistre bluff? Okolov en était capable.

— Prouvez-moi que nous sommes vraiment bombardés par des rayons? demanda-t-il.

Boris Okolov secoua la tête:

— Tu me prends pour enfant...

Il se leva et alla prendre sur une table une boîte noire et carrée qu'il posa sur la table, devant le visage de l'Anglais:

— Tu connais, compteur Geiger?

Il connaissait. D'ailleurs, c'était inscrit sur un côté de la boîte noire. Boris Okolov la plaça sur l'estomac de Gédéon et appuya sur un bouton. Aussitôt, un crépitement intensif sortit de la boîte noire et l'aiguille fila à droite du cadran, tout au fond de la zone rouge au-dessus de laquelle était inscrit: « Léthal zone ».[1]

— Tu es content?

Georges Borsch ne répondit pas. Son dernier espoir s'effondrait. Okolov arrêta le compteur Geiger. Maintenant, il semblait à l'Anglais qu'il avait mal, qu'il

[1] Zone mortelle.

sentait les particules de cobalt faire exploser ses cellules...

— Dépêchez-vous, supplia-t-il, pris d'une panique soudaine.

— Tu es vraiment décidé signer?

Une explosion sourde dans le lointain, arrêta Georges Borsch. Un fol espoir balaya sa terreur. Et si on venait le délivrer? Mais il voyait mal les parachutistes de sa Gracieuse Majesté atterrir au fond des Karpathes. Stupide.

— Qu'est-ce que c'est? demanda-t-il.

Okolov haussa les épaules, secoua la tête:

— Ils font sauter arbres avec explosif. Alors, j'arrête?

Gédéon ferma les yeux.

— Oui.

CHAPITRE XVII

Krisantem tira le câble de l'allumeur à friction et s'éloigna en courant. Il était heureux d'avoir pu utiliser les explosifs qu'il promenait depuis leur entrée en Roumanie et qui avaient coûté la vie à Elvira. Et regrettait sincèrement que le transformateur ne soit pas habité. Après avoir compté jusqu'à dix, il s'aplatit dans la neige. La charge qu'il avait placée allait arracher les conducteurs de force et faire sauter une partie du transformateur. Il compta encore six secondes et commençait à être sérieusement inquiet quand une grande gerbe de neige s'éleva derrière les sapins. L'onde de choc arriva aussitôt, secouant le Turc et faisant douloureusement vibrer ses tympans. Il se releva aussitôt et partit en courant vers la route. Malko et Samantha l'attendaient dans la voiture à cent mètres de l'Institut médical Populaire. Maintenant, les Roumains n'avaient plus d'électricité et probablement plus de téléphone... En tout cas, tous les dispositifs de détection et leur radio étaient hors d'usage...

Samantha dissimulait une mitraillette Uri sous sa veste de mouton. Avec son bonnet de fourrure, elle ressemblait à un partisan de la seconde guerre mondiale. Malko s'était chargé des grenades et avait glissé son pistolet extra-plat dans sa ceinture. Bien décidé à s'en servir. Alexandra se trouvait sûrement là où était le Colonel Okolov! Mais il continuait à ne pas comprendre comment les services secrets roumains les avaient laissé parvenir jusque-là... Il y avait un mystère qu'il n'éclaircirait qu'en retrouvant le colonel russe...

Krisantem surgit couvert de neige et s'effondra sur le siège à côté de lui. Il démarra aussitôt. Pied au plancher, il conduisait la Volkswagen comme une Ferrari. Ils ne croisèrent personne et ce n'est qu'une demi-heure plus tard que Malko ralentit. La grille du bâtiment public de l'Institut était à une centaine de mètres. La Volkswagen les parcourut en moins d'une minute.

Malko ne pensait plus qu'à une chose: Alexandra était de l'autre côté de ces murs gris, à portée de la main...

Il bondit le premier de la voiture et fonça vers l'entrée de l'Institut. La cour était déserte.

*
**

Une petite vieille le contempla avec stupéfaction. Appuyée sur une canne, elle traversait un long couloir triste qui sentait le désinfectant. Elle poussa un cri quand Krisantem surgit derrière Malko. Sans arme, il n'avait déjà pas l'air rassurant, mais avec une mitraillette, c'était complet. Samantha se planta devant la vieille dame.

— Vous parlez allemand?

La vieille leva des yeux bleu porcelaine et dit d'un ton charmant.

— Bien sûr, je parle allemand. J'ai eu une Nanny allemande, il y a bien longtemps. Du temps du Roi...

Malko sursauta. Il venait d'ouvrir les trois premières portes. Elles donnaient sur des bureaux vides. Il revint vers la vieille dame et s'inclina:

— Madame, nous cherchons des gens qui sont prisonniers ici. Une jeune femme blonde allemande et un anglais. Savez-vous où ils se trouvent?

La petite vieille fronça les sourcils et éclata d'un rire aigrelet:

— Une jeune femme, mais vous vous trompez! Ici, il n'y a que des vieux. J'ai 82 ans... Toutes mes amies ont le même âge. Sinon, nous ne serions pas là... Il n'y a que les infirmières qui sont jeunes...

— Vous connaissez le Colonel Okolov?

— Okolov?

Elle pointa sa canne sur Malko.

— Il appartenait à la Maison du Roi, n'est-ce pas? C'est celui qui est mort l'hiver dernier. Il était encore plus vieux que moi et presque aveugle. Mais un homme charmant, tellement charmant. Il me baisait la main tous les matins...

Soudain, la vieille dame parut s'apercevoir qu'ils avaient tous des armes.

— Qui êtes-vous? demanda-t-elle. Vous êtes de la police?

Malko secoua la tête.

— Nous sommes étrangers. Nous venons chercher des gens qui sont prisonniers ici.

La dame poussa un petit cri.

— Mon Dieu, vous êtes de l'Armée Vlassof. C'est merveilleux! Enfin vous êtes venus. Vous allez nous débarrasser de tous ces communistes.

Elle s'accrocha soudain au bras de Malko.

— Oh, emmenez-moi avec vous...

Il ôta avec gentillesse la main ridée accrochée à son bras.

— Nous reviendrons, promit-il. Maintenant, il faut trouver les gens que nous cherchons.

Abandonnant la vieille dame, il partit en courant dans le couloir, ouvrant toutes les portes. Il n'y avait que des chambres assez misérables. Certaines étaient vides, d'autres abritaient des vieillards qui ne réagissaient même pas en voyant Malko.

Le trio arriva ainsi au bout du couloir. Soudain, une infirmière en blouse blanche surgit de l'escalier menant au premier étage et poussa un cri en voyant Krisantem ressortir d'une chambre, mitraillette au poing. Le Turc ne fit qu'un bond et lui enfonça le canon de son arme dans le ventre.

— Si tu dis un mot, tu prends tout dans le bide...

Il avait parlé Turc, mais elle resta collée au mur, muette de terreur. C'était une grosse fille brune avec une tête de paysanne, de grosses lèvres et des bas de coton épais.

— Où est le colonel Okolov? demanda Malko en roumain.

Elle avala sa salive.

— Je ne connais pas... Que voulez-vous. Vous êtes de la police? Il n'y a que des vieillards ici...

— Et en haut?

— En haut aussi...

Krisantem appuya un peu plus et elle poussa un cri.

Malko hésitait, perplexe. La fille semblait de bonne foi. Il était vraiment dans un asile de vieillards.

— Que fait-on ici? demanda-t-il.

— On soigne les vieux, fit la fille, avec de nouveaux traitements.

— Qui est responsable?

— Le Docteur Vibescu.

— Qu'y a-t-il dans l'autre bâtiment?

— C'est le laboratoire de recherches et le centre anti-cancéreux, mais l'entrée est interdite si vous ne faites pas partie de l'administration. La grille est fermée à clef.

— Vous avez la clef?

Elle hésita, puis dit:

— Elle est dans le bureau, au fond.

— Conduisez-nous...

Déjà, Krisantem la prenait par le bras. Le temps de passer par le bureau et ils se retrouvèrent devant la grille de séparation qu'ils avaient repéré de l'extérieur. La fille tremblait en mettant la clef dans la serrure.

— Je n'ai pas le droit d'y aller, gémit-elle. Pourquoi n'avez-vous pas téléphoné au Docteur Vibescu avant de venir. Il aurait été heureux de vous aider.

Aussitôt la grille ouverte, ils se précipitèrent. Là encore, le rez-de-chaussée ne comportait que des bureaux vides, des salles de conférences. Mais au fond du couloir, un escalier descendait vers le sous-sol.

— Où mène-t-il? demanda Malko.

— Au laboratoire.

Malko plongea ses yeux dorés dans les yeux affolés de la pauvre infirmière.

— Vous pouvez retourner à votre poste. Ne dites à personne que vous nous avez vu.

Terrorisée, la fille partit, en courant dans le couloir, persuadée d'avoir affaire à des policiers. Suivi de Samantha et de Krisantem, Malko s'engagea dans l'escalier menant au sous-sol. La lumière ne marchait pas et il alluma sa torche électrique. La charge explosive avait atteint son but. Tout de suite, l'odeur des rats le prit à la gorge. Il avança dans le noir le cœur serré: cela lui rappelait le petit Japonais fou du Mexique[1] et ses horreurs. Qu'allait-il trouver?

Derrière la première porte qu'il ouvrit, il y avait des rats. Des centaines dans des cages étiquetées. Mais personne d'autre.

La seconde pièce était un laboratoire de dissection où régnait une abominable odeur de pourriture en dépit du froid. De là, on passait dans une nouvelle série de bureaux vides. Malko commençait à désespérer quand une porte s'ouvrit de l'autre côté du couloir sur un homme en blouse blanche. Il s'avança vers Malko, le visage sévère, sans paraître remarquer les armes.

— Je suis le docteur Vibescu, dit-il. Qui êtes-vous, et que faites-vous ici? Vous êtes dans une clinique d'Etat.

Malko l'attrapa par le devant de sa blouse blanche.

— Et moi, je suis le prince Malko Linge, et je vous fais sauter la tête si vous ne me dites pas dans les trente secondes où se trouve le Colonel Okolov...

— Le Colonel Okolov?

Le Roumain regarda Malko froidement.

— Il vient de partir. Il ne reviendra pas aujourd'hui, mais sera là demain... Que lui voulez-vous?

— Le trouver. Ainsi que les deux personnes qu'il retient prisonnières.

Malko avisa soudain une porte où une tête de mort avec deux tibias croisés avait été dessinée sur le battant.

— Qu'est-ce que c'est?

Vibescu ne se troubla pas.

— De l'appareillage scientifique.

— Ouvrez.

— Je n'ai pas la clef.

[1] Voir Opération Apocalypse.

— Qui l'a?

— Le médecin-chef de l'Institut. Il n'est pas ici aujourd'hui.

Krisantem traversa le couloir d'une seule enjambée, appuya le canon de sa mitraillette contre la serrure et lâcha une rafale. Les détonations firent trembler les murs de l'étroit couloir. Mais la serrure vola en éclats et la porte s'entrouvrit.

Le Docteur Vibescu pâlit et se mit en travers de la porte.

— Vous n'avez pas le droit. Qui êtes-vous?

— Je n'ai pas le droit non plus de vous tirer une balle dans la tête, fit Malko et je vais le faire quand même...

Dites sérieusement, ce sont des phrases qui impressionnent. Le Docteur Vibescu s'écarta en grommelant.

— Il y a du matériel extrêmement dangereux, radio-actif.

Malko ouvrit complèement la porte. La pièce était plongée dans une obscurité totale. Il y promena le jet de sa lampe et ne vit d'abord que des appareils énormes.

Puis, il aperçut la table d'opération avec l'homme nu attaché dessus. Ce dernier ne bougeait pas, avait les yeux fermés, comme s'il n'avait pas entendu les coups de feu. Malko s'approcha, et braqua sa lampe électrique sur le visage de l'inconnu. Ce dernier réagit à la lumière et ouvrit les yeux.

Il fallut quelques secondes à Malko pour reconnaître Georges Borsch.

Ou plutôt, le fantôme de Georges Borsch. Son visage avait vieilli de vingt ans en quelques jours, avec des poches sous les yeux, un teint cireux, des yeux morts. Il ne parut pas reconnaître Malko, mais, tournant la tête, aperçut le Docteur Vibescu.

Aussitôt, il hurla.

— C'est lui l'assassin!

Le Roumain fit un saut en arrière et se heurta à la mitraillette de Samantha:

— Ne vous en allez pas, Docteur, fit froidement l'Allemande, nous avons encore besoin de vous...

Malko détachait fébrilement les sangles qui retenaient Georges Borsch à la table d'opération. L'Anglais se mit péniblement debout.

*
**

Georges Borsch marmonnait des mots sans suite. Il cria d'une voix hystérique:

— Sauvez-vous, ne restez pas ici, vous allez mourir...

Malko regarda la pièce nue sans comprendre. L'appareillage électrique, compliqué, était silencieux, inerte. Il se tourna vers le Docteur Vibescu. Le Roumain était verdâtre décomposé, de grosses gouttes de sueur coulaient sur son front.

— Je ne sais pas ce qu'il veut dire, balbutia-t-il. Je ne le connais pas.

Georges Borsch continuait à hurler.

— C'est lui qui m'a torturé, c'est un monstre, un assassin.

Il eut un sanglot.

— Le cobalt... Je vais mourir.

Malko vit l'énorme appareil et comprit d'un coup. Il tourna son pistolet vers le Docteur Vibescu:

— C'est une bombe au cobalt?

Le médecin roumain ne répondit pas.

Georges Borsch sanglotait convulsivement.

— Je suis foutu. Cela fait des heures qu'ils m'ont attaché.

Il secouait la tête comme un derviche en folie, hagard.

— Vous n'allez pas mourir, dit Malko. On vous soignera. Si nous parvenons à sortir d'ici.

— J'ai parlé, explosa soudain l'Anglais. J'ai tout dit pour ne pas mourir. J'ai signé.

L'Anglais bondit soudain sur Samantha et lui arracha sa mitraillette. Malko n'eut pas le temps d'intervenir. L'Uri claqua plusieurs fois. Le Docteur Vibescu tituba, la bouche ouverte. Georges Borsch continua à tirer jusqu'à ce que le médecin tombe.

Puis il se tourna vers Malko, les yeux fous.

— J'ai une commission pour vous, dit-il d'une voix blanche. Il vous attend dans son chalet, au bout d'une route qui monte à gauche du monastère. A un mile environ.

— Qui, il?

— Le Colonel Okolov.

Malko eut de la peine à demander:

— Et Alexandra?

Un étrange sourire en coin tordit la bouche de Georges Borsch. L'anxiété de Malko l'enchantait. Au moins, il n'était pas le seul à souffrir.

Mais, pour lui, on ne pouvait plus rien. Il tourna la courte mitraillette contre lui et appuya le canon contre sa poitrine, à la hauteur du cœur.

— Allez-y, grinça-t-il. Et tuez-le.

Il appuya sur la détente et la mitraillette claqua. Sous le choc des balles à bout portant, Georges Borsch tomba en arrière, le torse couvert de sang. La mitraillette tomba sur le dallage et les deux dernières balles s'enfoncèrent dans le mur. Une âcre odeur de cordite flottait dans la pièce et les oreilles de Malko résonnaient encore douloureusement de l'écho des détonations.

Grotesque et pathétique, Georges Borsch achevait

de mourir, les yeux ouverts, les mains crispées sur sa poitrine. Malko s'accroupit près de lui. L'Anglais balbutiait. Il prit la main de Malko et la serra:

— Je ne voulais pas mourir, murmura-t-il...

Son regard se révulsa d'un coup.

CHAPITRE XVIII

Les sapins formaient deux murs sombres des deux côtés de l'étroite route enneigée. Sinaia se trouvait à un kilomètre plus bas et là, c'était le désert. Malko n'avait pu se tromper: il n'y avait qu'un seul chemin montant à gauche du Monastère.

Mais plus il avançait sur cette route en lacet, plus son angoisse grandissait. Le Colonel Okolov les attendait. Bien sûr, la sagesse eût été de faire demi-tour et de chercher à fuir le pays, plutôt que d'aller se jeter dans la gueule du loup. Mais, ni Malko, ni Samantha ne l'avaient envisagé.

Une silhouette surgit tout à coup à une centaine de mètres de la Volkswagen. Un homme vêtu à l'ancienne, avec une grande barbe et des hautes bottes traînant une énorme bûche avec une corde; on l'aurait dit sorti tout droit d'un conte d'Andersen. Malko dut freiner et la Volkswagen se mit en travers de la route. L'homme, enveloppé dans une houppelande noirâtre, les regardait avec curiosité.

Malko redémarra sans rien lui demander. Ce n'était pas un vieux paysan des Karpathes qui allait les renseigner sur le Colonel Boris Okolov. Tout de suite après, la pente de la route s'accentua et la Volkswagen commença à se traîner. Malko bouillait. Ils n'avaient coupé aucun embranchement et le chalet de Boris Okolov se trouvait fatalement devant eux. Et Alexandra aussi. A moins qu'il ne s'agisse d'un nouveau piège du Colonel du KGB.

En sortant d'un virage en épingle à cheveux, il ne vit les deux silhouettes au milieu de la route qu'à la dernière seconde: deux miliciens en casquette plate avec des mitraillettes tchécoslovaques braquées sur le véhicule. Malko voulut accélérer mais la voiture patina et se mit en travers. Krisantem avait déjà son Astra au poing. Malko vit les canons des mitraillettes se relever. Ce n'était même pas la peine de résister. Les miliciens avaient dix fois le temps d'arroser la Volkswagen. Il avertit Samantha qui avait sorti son Beretta:

— Ne faites rien, ils vont nous tuer.

Calmement, il coupa le moteur et sortit de la voiture avec des gestes très lents. A ce moment, il aperçut plusieurs autres miliciens dissimulés dans les sapins.

Les deux premiers s'avancèrent et l'un d'eux s'adressa à lui en allemand:

— Suivez-moi, le domnul Colonel vous attend. Vous seul, ajouta-t-il comme Samantha ouvrait l'autre portière. A l'arrière, Elko Krisantem hésitait. Malko se pencha à l'intérieur.

— Restez là, Elko.

Il emboîta le pas au milicien qui s'engagea dans un étroit sentier, la neige crissait sous ses pas, et à perte de vue les Karpathes moutonnaient devant lui. Maintenant, il se sentait très calme. Il savait que le colonel Okolov s'était arrangé pour qu'il arrive jusqu'à lui.

Donc, il ne voulait pas le tuer.

A sa ceinture, son pistolet extra-plat pesait inutilement: le milicien derrière lui avait le doigt sur la détente de sa mitraillette. Okolov menait le jeu comme il le voulait. Qu'avait-il fait d'Alexandra?

Ils marchèrent près de dix minutes, sans échanger une parole. Il n'y avait aucun autre bruit que la neige écrasée sous les semelles des deux hommes et ce silence fantomatique finissait par être oppressant.

Soudain une construction surgit des sapins: un bâtiment en béton, inattendu dans ce paysage bucolique, avec une grande antenne couverte de neige surgissant du toit. Un espace avait été dégagé devant et trois chenillettes y stationnaient.

Deux officiers en casquette plate, reconnaissables aux étoiles sur leurs épaules, vinrent au-devant de Malko. Sans un mot, ils le fouillèrent rapidement et consciencieusement. L'un d'eux prit son pistolet extra-plat, l'examina, puis l'empocha. Ensuite, il lui dit en roumain de le suivre. Ils traversèrent un petit hall, s'engagèrent dans un couloir. L'officier s'arrêta devant une porte, frappa, ouvrit et s'effaça pour laisser passer Malko.

***

D'abord, Malko ne vit qu'Alexandra. La pièce était plongée dans la pénombre et seule Alexandra se trouvait dans la lumière d'une lampe. Elle était assise sur une chaise, vêtue d'un pull gris, de pantalons et de hautes bottes fauves qu'il ne lui connaissait pas. Elle n'était pas maquillée et ses cheveux blonds étaient relevés en chignon. Ses yeux se fixèrent sur Malko, elle tira nerveusement une bouffée de sa cigarette, ne dit rien, mais se précipita dans ses bras. Ils restèrent enlacés au milieu de la pièce.

— Assieds-toi, mon petit.

L'inimitable accent du Colonel Okolov fit sursauter Malko. S'écartant d'Alexandra, il aperçut le Russe. Okolov était assis dans un profond fauteuil, un peu en retrait et dans l'ombre, enveloppé dans une robe de chambre de soie bordeaux. Ses cheveux noirs étaient toujours aussi impeccablement lissés et rejetés en arrière, mais il n'était que l'ombre de lui-même. Le visage semblait avoir fondu, s'être rétracté. La bouche paraissait trop grande, les yeux noirs s'étaient enfoncés. Mais c'est surtout le teint qui frappa Malko: livide, jaunâtre, avec des taches grises. Une excroissance tendait la peau de son front, au-dessus de l'œil gauche, comme une grosse bosse. Par terre, près du fauteuil, étaient posés une bouteille de vodka russe et plusieurs verres minuscules sur un plateau d'argent.

Le Russe jouait avec un objet de caoutchouc noir relié par un tuyau à une bouteille métallique posée par terre. Tandis que Malko le contemplait, Okolov appliqua l'objet sur sa bouche et ses narines et Malko reconnut un masque à oxygène.

Il se laissa aller en arrière, comme s'il avait été seul. Son regard perçant était comme éteint et Malko remarqua l'amaigrissement de son cou. Une crispation de douleur fit trembler le menton de Boris Okolov et il souleva le masque à oxygène.

— Tu es enfin venu, mon petit. Je t'attendais pour mourir.

Il parlait presque paternellement mais sa voix était cassée, presque inaudible. Comme si ses cordes vocales avaient été rongées par de l'acide.

Malko tourna son regard vers Alexandra. Stupéfait, il vit des larmes dans ses yeux.

— C'est vrai, dit-elle à voix basse.

Malko ne savait plus que penser. Jamais il n'aurait

pensé retrouver le Colonel russe dans de telles circonstances...

Et pourtant, il était plus que jamais sur le qui-vive. Il se trouvait dans un pays ennemi, en face d'un officier du KGB, à des centaines de kilomètres de toute aide. Totalement impuissant. A chaque instant, il s'attendait à ce que la porte s'ouvre et qu'on lui arrache Alexandra. Comme si Okolov avait lu dans sa pensée, il dit à voix basse:

— Ne crains rien, Alexandra part avec toi.

Malko nota l'usage du prénom et la jalousie fit disparaître sa peur. Alexandra était depuis près de deux semaines avec le Russe. Que s'était-il passé entre eux?

— Pourquoi m'avez-vous laissé venir jusqu'ici? demanda Malko. Que voulez-vous?

Okolov parvint à sourire et ses yeux retrouvèrent un peu de leur vivacité. Mais entre chaque phrase, il aspirait un peu d'oxygène.

— Te rendre Alexandra... elle est libre.

— Pourquoi l'avez-vous emmenée?

Malko réalisa immédiatement qu'il se conduisait comme un collégien. Le Russe sourit, sans méchanceté et se tourna vers la jeune femme.

— Dis-lui, Colonel Okolov parfait gentleman avec toi, goloubtchika...

Alexandra baissa la tête, sa voix n'était qu'un souffle:

— C'est vrai.

Ainsi, il la tutoyait. Mais il tutoyait tout le monde... Malko réalisa une chose, qu'il n'avait qu'une envie: se trouver seul avec Alexandra pour lui demander ce qui s'était réellement passé entre elle et le Russe.

Malko savait assez de russe pour connaître la signification de « goloubtchika ». Ma petite pigeonne...

Okolov continua de son étrange voix.

— Mon petit, grâce à Alexandra, j'ai passé une semaine agréable, ma dernière semaine... Je te remercie, mais à l'avenir, veille mieux sur elle. Moi j'ai veillé sur toi, sinon tu ne viens pas ici. Buvons nos retrouvailles. Alexandra, donne-nous à boire.

Malko regarda le Russe pour voir s'il se moquait de lui. Mais il semblait très sérieux, un peu distant, sans aucune ironie. Tout cela était incompréhensible. La jeune Allemande remplit trois verres, en tendit un à Malko et un à Boris Okolov. Malko hésitait. Il ne voyait pas pourquoi il boirait avec Okolov. Le Russe l'interpella.

— Il faut boire avec moi, mon poussin, pour observer protocole. Je ne peux pas boire seul.

Celui-ci but d'un trait, imité par les deux autres.

— On a tenté deux fois de nous tuer depuis Bucarest, protesta Malko. Si c'est cela votre protection...

Boris Okolov leva la main:

— Ce sont les Roumains, mon petit. Je ne suis pas dans mon pays. Ils n'ont pas aimé ce que vous avez fait à Bucarest... Il ne fallait pas tuer des femmes. Qu'est-il arrivé?

Malko lui raconta les attaques des camions.

— Je donnerai des ordres pour que ces gens soient punis dit le Russe. Je n'aime pas qu'on me désobéisse.

Malko comprenait enfin pourquoi les Roumains avaient tenté de les supprimer « clandestinement ». En cas de succès, on aurait présenté cela comme un accident au Colonel du KGB...

— Georges Borsch s'est suicidé, dit Malko. Vous l'avez torturé d'une façon ignoble.

Boris Okolov aspira une longue bouffée d'oxygène:

— Georges Borsch, c'était merderie absolue. Pas

intéressant du tout. Il n'a pas compris que j'étais le plus fort. On ne peut pas lutter avec homme qui va mourir. Surtout quand c'est Colonel Okolov. Mais cela n'a pas d'importance. J'ai terminé ma mission. Les aveux de ce petit Gédéon sont déjà en route pour Moscou. Procès Colonel Poresky peut commencer. Nous avons maintenant preuves indiscutables. Je peux mourir.

— Pourquoi allez-vous mourir?

Le Russe leva sur lui un regard ironique:

— Parce que même savants socialistes ne sont pas encore venus à bout cancer généralisé...

Devant l'expression de Malko, il sourit:

— Depuis deux ans. Je serai mort dans quelques jours. On pourrait me prolonger encore un peu, mais je suis trop fatigué. Buvons à ma mort!

Il leva son verre vide et Alexandra prit la bouteille de vodka. Une nouvelle fois ils vidèrent leurs verres.

Aussitôt, Boris Okolov eut un violent hoquet et faillit vomir.

— Ce sont antimitotiques, dit Okolov. Saloperie qui fait plus mal que cancer. Mais, sans cela, je suis mort depuis trois mois.

— C'est pour cela que vous n'avez pas craint de venir à l'Ouest, dit Malko. Vous avez trompé tout le monde...

Pendant quelques secondes, le Russe s'anima, comme avant.

— Je suis le plus fort, mon petit, crois-moi. On m'avait offert d'aller passer mes derniers mois à Sotchi, en Crimée. Qu'est-ce que je fais là-bas? Même pas une jolie femme. Toutes porteuses de plaques d'égout... Je suis mort d'ennui avant que le cancer ne me tue. Alors, j'ai demandé rendre dernier service.

Faire condamner traître et canaille Vladimir Sergueïevitch Poresky...

Boris Okolov s'interrompit pour chercher son souffle, la tête rejetée en arrière, le masque collé à ses narines. Il resta plusieurs secondes sans rien pouvoir dire, livide, les yeux révulsés. Lorsqu'il se redressa, une odeur nauséabonde flottait dans la pièce comme s'il s'était oublié sous lui. Silencieusement, il brandit son verre en direction d'Alexandra. Aussitôt, elle remplit les trois verres.

— Je bois à Alexandra Alexandrovna, dit Okolov.

Il vida son verre et le retourna sur le plateau. Les toasts étaient terminés.

— Partez, dit-il presque brutalement de son étrange voix cassée.

Ses grandes mains amaigries se crispaient sur les accoudoirs du fauteuil. Spontanément, Alexandra s'approcha de lui et lui essuya le front. Il lui saisit la main et la porta à ses lèvres.

Malko contemplait le Russe, pris de pitié malgré lui. Jusqu'à son dernier souffle, littéralement, il avait servi son pays. Seul, l'ultime ennemi aurait le dernier mot.

Lâchant le masque à oxygène, Boris Okolov appuya sur un ronfleur indépendant posé sur ses genoux. Moins d'une minute plus tard, la porte s'ouvrit sur les deux officiers qui avaient amené Malko. Le Russe s'adressa aussitôt dans sa langue aux deux hommes qui l'écoutèrent respectueusement. Malko réalisa soudain qu'ils portaient des uniformes russes et pas roumains. Il se trouvait dans une base soviétique.

Les deux hommes firent demi-tour après avoir salué et sortirent. Cette fois, le Colonel Okolov dut rester près de cinq minutes, le masque à oxygène collé au visage avant de pouvoir parler.

— Mon petit, tu es libre, dit-il enfin à Malko.

C'est cadeau d'adieu. Mais je ne réponds pas camarades roumains ni des autres, en Hongrie ou ailleurs. Pour Alexandra, pas problème. Elle a laissez-passer pour reprendre avion à Bucarest. Seulement 127 kilomètres pour aller. En train, ce n'est pas long.

Alexandra ne quittait pas le Russe des yeux et Malko vit des larmes obscurcir son regard. Une onde de jalousie l'ébranla et il prit la jeune femme par la main.

— Au revoir, Colonel Okolov, dit-il.

Le Russe sourit de ses dents éclatantes et fausses:

— Appelle-moi Général, mon petit... Ils m'ont déjà récompensé. Il soupira en regardant Alexandra. Quelle belle vie j'ai eue...

*
**

Malko et Alexandra marchaient rapidement dans le sentier enneigé, deux miliciens devant eux. Le « chalet » avait disparu dans les sapins, comme un phantasme. L'officier n'avait pas rendu son pistolet à Malko.

Il ne savait comment dire à Alexandra ce qu'il avait à lui dire. La jeune femme n'avait pas prononcé un mot depuis qu'ils avaient quitté Boris Okolov. Malko se lança:

— Tu savais qu'il était malade?

— Il me l'a dit, dès que nous sommes arrivés à Bucarest. Il pensait mourir tous les jours, il souffrait horriblement, des hémorragies. Tu as vu la boule sur son front? C'est une métastase. C'est sorti brusquement. Il souffrait sans cesse et pourtant il a été si gentil avec moi, si prévenant, me répétant sans cesse que j'ensoleillais les derniers jours de sa vie.

Malko s'arrêta et fit face à Alexandra:

— Tu es folle! Okolov est un des officiers les plus dangereux du KGB. Il n'a jamais donné quelque chose pour rien. Je suis sûr qu'il nous tend un dernier piège. Il avait sûrement une raison en me faisant venir ici. Il a horriblement torturé ce malheureux Georges Borsch. Il va faire exécuter le Colonel Poresky...

— Je m'en moque, fit violemment Alexandra.

Elle avait des larmes plein les yeux. Une onde de jalousie tordit le ventre de Malko.

— On dirait que tu es amoureuse de lui, explosa-t-il, amèrement. Tu as fait l'amour avec lui?

La question était partie toute seule: brutalement, il avait envie d'Alexandra comme si elle ne lui avait jamais appartenu. Il voulut l'attirer contre lui mais elle se dégagea. Sa voix était sèche et froide.

— Ne me pose jamais aucune question. Je ne te répondrai pas. Je n'ai rien à me reprocher.

Il l'embrassa, mais sa bouche était froide, comme absente. Alors, il se remit en marche, en la tenant par la main. Les miliciens qui les avaient attendus, repartirent d'un pas égal.

Malko était torturé par l'attitude d'Alexandra, mais n'osa plus rien dire. Le visage amaigri du Russe l'obsédait. Pour la première fois, il haïssait un ennemi professionnel.

La route apparut enfin entre les sapins. Quatre miliciens entouraient la Volkswagen. Krisantem et Samantha n'avaient pas bougé. En apercevant la Comtesse Adler, le visage d'Alexandra se ferma et elle lâcha la main de Malko. Celui-ci se retourna vers les sapins. Brusquement, il se demandait si le Colonel Okolov ne lui avait pas joué la comédie, si on n'allait pas l'abattre là.

— Tu es sûre qu'il était vraiment malade? demanda-t-il.

Alexandra tourna vers lui un visage flamboyant de colère:

— Tu es ignoble! Un médecin russe est venu l'examiner hier. Il est perdu, il ne savait même pas s'il pourrait revenir jusqu'ici... Il a failli mourir chez toi, il a eu une hémorragie...

Ainsi, c'était l'explication de l'étrange malaise d'Okolov à Liezen. Mais pourquoi le Colonel du KGB ne l'avait-il pas fait emmener en Russie? Bien qu'il n'ait qu'un rang modeste dans la hiérarchie officielle de la CIA, la capture de Malko était un coup dur pour les Américains. Et le Colonel Okolov ne semblait pas faire de cadeaux.

Un des deux miliciens cria un ordre. Ceux qui gardaient la Volkswagen s'écartèrent. L'un d'eux salua Malko et les six repartirent par le sentier en file indienne.

Ils étaient libres.

Samantha jaillit aussitôt du véhicule et fonça sur Malko:

— Qu'est-ce qui se passe? Où est Okolov?

— Partons vite d'ici, dit Malko. Nous discuterons après.

Samantha tapa du pied.

— Vous vous moquez de moi! Où est Okolov?

Malko lui désigna les miliciens hérissés de mitraillettes.

— Si vous levez le petit doigt, ils vont vous hacher... Et ils grouillent là-bas. De toute façon, Okolov est mourant. Je l'ai vu. Il lui reste quelques jours à vivre. Le cancer. Venez, je vous expliquerai.

Samantha hésita, ignorant complètement Alexandra, puis remonta à l'arrière de la Volkswagen. Alexandra monta à côté de Malko, sans un mot, le visage fermé. Elle ignorait également Samantha.

— Où allons-nous? demanda Samantha.

— A la gare de Sinaia, dit Malko.

Malko lui raconta son entrevue, tout en dévalant la route enneigée. L'Allemande ricana:

— Le vieux salaud. Il va encore nous avoir. Je le connais. Ses hommes vous attendent quelque part et vous liquideront discrètement. Il veut seulement connaître vos points de passage, pour ne rien perdre... Vous auriez dû l'étrangler.

Alexandra se tourna brusquement:

— Taisez-vous, sinon, vous continuez à pied...

Les yeux gris d'Alexandra flamboyaient de haine. Malko crut qu'elle allait sauter à la gorge de Samantha. Celle-ci ricana:

— Notre ami Okolov sait parler aux femmes décidément. Vous auriez dû prendre une carte du Parti...

Alexandra ne répondit pas. Cinq minutes plus tard, ils arrivaient devant la petite gare de Sinaia. La voie du chemin de fer suivait la rivière. La jeune femme descendit et Malko la suivit.

Arrivés devant le petit bâtiment carré, Alexandra s'arrêta et fit face à Malko. Elle hésita quelques instants avant de se jeter dans ses bras. Mais ensuite, elle le serra de toutes ses forces, de tout son corps.

— Fais attention, murmura-t-elle. Je voudrais venir avec toi.

— Ne dis pas de bêtises. Je serai bientôt là.

Elle l'embrassa violemment et partit en courant. Malko la regarda disparaître dans la petite gare, le cœur serré.

Ils ne se reverraient peut-être jamais.

La route était longue et dangereuse de Sinaia à Liezen. Le Colonel Okolov mort, les Roumains et leurs alliés du pacte de Varsovie n'auraient aucune raison d'épargner Malko.

CHAPITRE XIX

La route, après Köszeg, était un long ruban droit, désert et sinistre, bordé d'une interminable forêt de sapins couverts de neige. La frontière austro-hongroise se trouvait à moins de vingt kilomètres. Malko arrêta la Volkswagen sur le bas-côté de la route. Il coupa le contact et reposa sa tête en arrière sur le siège. Depuis deux jours, il n'avait pas dormi.

Ils avaient quitté Sinaia trente-six heures plus tôt, fuyant les grandes routes. Depuis, ils cherchaient l'Ouest à tâtons, par des chemins déserts et enneigés, à travers les Karpathes. En espérant échapper aux polices roumaines et hongroises, qui devaient surveiller les grandes routes. Ils avaient passé la frontière roumano-hongroise, presque sans s'en rendre compte, sur une petite route de forêt, parallèle à la grande route Eis qui traversait Bors. Un guide frontière endormi, en voyant la plaque roumaine, leur avait fait signe de passer, sans même sortir de sa guérite.

Samantha les avait quittés la veille au soir, lorsqu'ils avaient coupé la grande route Sibiu-Pitesti.

— Je n'ai pas envie de me retrouver dans un

camp de travail pour le restant de mes jours, avait-elle jeté à Malko. Tu es fou de penser qu'Okolov va te laisser quitter la Roumanie. Il se moque de toi une dernière fois. Adieu.

Elle avait claqué la portière et s'était enfoncée dans l'obscurité, à pied. Sans mot dire, Krisantem s'était glissé sur le siège avant.

Lorsqu'ils avaient dû se ravitailler en essence, le Turc avait gardé sa mitraillette sur les genoux et Malko avait choisi un poste isolé. Mais le pompiste n'avait prêté aucune attention à eux.

Après trente-six heures de conduite sur ces routes qui n'étaient souvent que des sentiers glissants, Malko n'en pouvait plus. Ils avaient dormi trois heures dans la voiture, en laissant le moteur tourner pour ne pas mourir de froid: il faisait moins 20. A un village, Krisantem avait été acheter dans une épicerie des saucisses, du pain et de la bière...

La CIA leur avait signalé comme point de passage possible, la région de Köszeg. Les gardes frontière toléraient une importante contrebande entre la Hongrie et l'Autriche et tiraient rarement. Cela valait la peine d'essayer... Maintenant il restait à traverser Köszeg, à abandonner la voiture et à foncer vers la frontière à travers bois. Malko avait soigneusement étudié la carte et décidé de suivre une voie de chemin de fer désaffectée qui traversait la frontière. Cela fournirait un point de repère.

Malko se redressa et ouvrit les yeux. Ces quelques secondes de pause lui avaient fait du bien. Il se tourna vers Krisantem.

— On y va?

— On y va, fit le Turc, à moitié endormi.

Malko redémarra, et prit de la vitesse. Elko Krisantem ramassa sa mitraillette sous le siège et l'arma.

De toutes ses forces, Malko pensa à Alexandra. Elle

était déjà en Autriche, si le colonel Okolov n'avait pas menti. Et il était certain, qu'à son sujet au moins, le Russe avait dit la vérité. Il sentait encore le poids de son corps contre le sien, lorsqu'il l'avait embrassée devant la gare de Sinaia. Durant ces trop courtes secondes, tous ses soucis avaient été balayés par une vague de désir féroce qui lui réchauffait encore le ventre quand il y pensait...

Mais Alexandra était loin, dans un autre monde, et Köszeg était à douze kilomètres...

*
**

Au moment de s'enfoncer dans les sapins, Malko se demanda si Samantha n'avait pas eu raison de les quitter. Ils avaient passé Bors sans encombre. La Volkswagen était dissimulée dans une amorce de sentier. Il ne restait plus qu'à franchir la frontière. Malko hésitait: c'était trop beau. Le Russe était trop malin pour faire un tel cadeau. La prise ou la mort de Malko était une victoire pour les services de l'Est et le colonel Okolov avait visiblement voulu rendre service à son pays jusqu'à son dernier souffle. Malko fut envahi par une profonde amertume. Il avait totalement raté sa mission et le Colonel Vladimir Sergueïevitch Poresky allait être fusillé à cause de lui.

Il se demanda si Boris Okolov était déjà mort. Ou, si, vivant, il continuait à tirer les ficelles de ses pantins... Il n'y avait qu'une façon de le savoir.

— Allons-y, dit-il à Krisantem.

Le Turc était ratatiné de froid, les épaules voûtées comme un chat trempé dans de l'eau glacée.

Sans mot dire, ils s'enfoncèrent dans la forêt, avec de la neige jusqu'à mi-mollet. Les sapins étaient silencieux, à l'exception du bruit de la neige écrasée sous leurs pas. Ils avaient pris chacun une mitraillette et deux chargeurs, abandonnant le reste dans la Volkswagen.

Il y eut un bruit de moteur sur la route et Malko se retourna. A travers les arbres, il aperçut une Tatra noire roulant à vitesse modérée vers la frontière. Malko aperçut deux hommes à bord. Il y avait si peu de voitures particulières que Malko se demanda s'ils n'étaient pas suivis.

Et si Samantha avait raison? Le Colonel Okolov serait heureux de connaître leur point de passage. C'était faire d'une pierre deux coups. Et bien dans sa manière. Voilà pourquoi il s'était arrangé pour qu'Alexandra ne les accompagne pas... « La reconnaissance du ventre », pensa cyniquement Malko tordu de jalousie. Le corps d'Alexandra passa devant ses yeux et une branche lui fouetta le visage. Bien sûr, cela semblait impossible qu'il ne se soit rien passé entre Okolov et Alexandra durant ces huit jours... En dépit de sa maladie, il avait été capable de rendre hommage à Yasmine, au château de Liezen...

Krisantem tapa sur l'épaule de Malko, l'arrachant à sa rêverie morose.

— Attention.

Quelque chose avait bougé devant eux, dans les broussailles couvertes de neige. Les deux hommes s'accroupirent sur place et sortirent leurs armes. Au bout d'une interminable minute, Malko se releva lentement et regarda dans la direction suspecte. Il aperçut une masse sombre et immobile. Il lui fallut plusieurs secondes pour reconnaître un grand cerf humant le vent.

Tirant Krisantem par le bras, il se remit en marche et le cerf s'éloigna lourdement. Le Turc le suivit des yeux, plein de soupçons, pas éloigné de croire qu'il allait les dénoncer. Dans un pays communiste, il fallait se méfier de tout.

Malko se remémora son retour mouvementé de Tchécoslovaquie, quelques années plus tôt.

Mais ce jour-là, Krisantem l'attendait de l'autre côté et ils étaient aidés par les Tchèques. Maintenant, ils se trouvaient seuls dans cette forêt hostile et glaciale. Tout en marchant, Malko cherchait à deviner quel traquenard lui avait préparé le colonel Okolov. Il s'arrêta de nouveau, aussitôt imité par Krisantem.

Distinctement, ils entendirent des froissements de branches derrière eux, sur leur droite... Encore le cerf, ou un autre. Puis, Malko se souvint de la voiture aperçue. L'angoisse lui coupa le souffle. On les suivait! Le piège était bien monté. S'ils rebroussaient chemin, ils se feraient prendre par les militaires et la Police Politique. Et s'ils continuaient ils se jetaient dans la gueule des gardes-frontière.

Malko se remit en marche: il n'y avait pas le choix. Krisantem se ratatinait de plus en plus: le Turc aurait pris d'assaut le Mur de l'Atlantique pour sortir de cette neige et de ce froid.

Peu à peu, le jour tombait. Les branches chargées de neige leur fouettaient brutalement le visage à la moindre inattention, leurs pieds glacés étaient devenus insensibles. Tout à coup, Malko aperçut une petite élévation de terrain perpendiculaire au sentier qu'ils suivaient. Il marcha plus vite, trébucha et escalada le talus. Immédiatement, il sentit sous son pied, dissimulé par la neige, un rail. D'ailleurs la trouée rectiligne à travers les sapins ne trompait pas: ils se trouvaient bien sur la voie ferrée désaffectée qui devait les mener de l'autre côté de la frontière. Mais entre la liberté et eux, il y avait au moins un poste de gardes-frontière.

La frontière devait se trouver à trois kilomètres.

Le danger commencerait dans les dernières centaines de mètres. D'après la CIA, il était limité. De nombreux réfugiés avaient emprunté ce chemin sans se faire prendre. Les gardes les avaient confondus avec les contrebandiers pour lesquels ils fermaient plus ou moins les yeux.

Mais ce n'étaient que les on-dit... Malko pensa à la confortable bibliothèque de son château. En ce moment, Alexandra devait s'y trouver.

— C'est au bout, dit-il à Krisantem. Si tout se passe bien, nous serons en Hongrie dans quelques heures.

Il ne dit pas ce qui arriverait si tout se passait mal, mais ils le savaient tous les deux. Le Rideau de Fer et les frontières des pays de l'Est étaient semés de petites croix de bois signalant les passages ratés.

Le Turc assura son Astra dans sa ceinture et commença à enjamber précautionneusement les traverses. Il n'avait pas confiance dans les mitraillettes.

***

Malko était dans la neige jusqu'à la taille. Peu à peu, le froid montait, l'enserrait de toutes parts. Il empêchait ses dents de claquer de toute la force de sa volonté. Près de lui, Krisantem était livide. Vainement, le Turc essayait de réchauffer ses doigts: en cas de combat, il était incapable de prendre son arme et de s'en servir. D'ailleurs, il venait de tenter en vain de reculer la culasse pour l'armer: le métal était soudé par le froid.

Quelque part, en face d'eux, il y avait le Mur. Ce n'était pas une muraille de barbelés comme en Tchécoslovaquie mais un véritable mur qui coupait la voie ferrée, comme si un mauvais plaisant s'était amusé à dresser cet obstacle inattendu en travers des rails. Un mur haut de quinze pieds environ, surmonté de barbelés qui s'enfonçait dans le bois de chaque côté de la voie ferrée désaffectée.

Depuis vingt minutes, Malko l'observait. Un kilomètre plus haut, ils avaient quitté les rails pour s'enfoncer dans le bois, contournant le premier poste de garde, côté Hongrie. Ensuite, ils avaient suivi un chemin parallèle à la voie ferrée. De loin, ils avaient aperçu des lumières jaunâtres. Et bien qu'il s'agisse d'ennemis, cela les avait réconfortés, après l'obscurité totale de la forêt.

De l'autre côté de la frontière, un train avait sifflé longuement, de la gare en cul-de-sac.

Malko tentait de percer l'obscurité : il y avait certainement des miradors pour surveiller ce mur. Il fallait les découvrir. D'autre part, ramper vers eux représentait un danger mortel. Il fallait donc se lancer au hasard.

Des voix éclatèrent non loin d'eux. Malko et Krisantem s'accroupirent. Il aurait fallu passer à un mètre d'eux pour les repérer à travers cette broussaille épaisse. Les voix se rapprochèrent. Dans la pénombre, ils distinguèrent deux hommes qui bavardaient en avançant tranquillement: un sentier passait tout près d'eux.

Ils attendirent cinq minutes avant de se relever. Malko avait l'impression d'être un glaçon dans un réfrigérateur. Krisantem ne pouvait même plus parler. Ils secouèrent la neige qui les recouvrait et se dirigèrent vers le sentier. Malko faillit crier de joie devant cet espace découvert. Ils n'enfonçaient plus dans la neige que jusqu'à la cheville... Et le Mur était là! Sa haute masse plus sombre que les arbres courait parallèlement au sentier, à une dizaine de mètres. Les deux hommes plongèrent dans le bois entre le sentier et le mur, de nouveau dans la neige. Mais au bout de quelques minutes, la végétation cessa brusquement: à trois mètres du mur, elle avait été détruite pour créer un glacis. Celui-ci formait un second sentier, assez large pour laisser passer un véhicule. Malko et Krisantem le traversèrent d'un bond et se collèrent contre les pierres froides, examinant l'obstacle. Le silence était retombé.

Malko montra les barbelés qui se détachaient surmontant le faîte sur le fond plus clair du ciel.

— Ils sont sûrement électrifiés...

Cela signifiait qu'ils risquaient de rester accrochés comme des pantins désarticulés au sommet du mur.

— Montez sur mes épaules, souffla Malko à Krisantem. Il faut nous accrocher au sommet et passer les fils...

Krisantem fit « non » de la tête:

— Vous me hisserez, dit-il, je suis trop lourd.

Malko n'insista pas. Déjà le Turc le poussait le long du mur. Ce dernier essaya d'accrocher ses pieds dans des anfractuosités mais il dérapait sur la pierre gelée. Puis, sans trop savoir comment, il se retrouva à cheval sur les épaules du Turc. Peu à peu, il parvint à mettre les pieds sur les épaules et à se dresser debout contre le mur. Il s'étira le plus qu'il put, mais le bout de ses doigts était encore à un mètre du sommet du mur. Au-dessus de lui, se dressaient les barbelés menaçants.

Sous lui, il sentait trembler les muscles de Krisantem. D'un bond, il sauta à terre et le choc sur le sol gelé retentit douloureusement dans sa colonne vertébrable. Il lui sembla qu'il avait fait un bruit énorme.

— C'est trop haut, souffla-t-il au Turc. Il faut essayer ailleurs...

Krisantem secoua la tête.

— C'est trop dangereux. On va accrocher quelque chose aux fils et se hisser.

— Et s'ils sont électrifiés?

Déjà, il défaisait sa ceinture.

— Ma ceinture est en cuir. On ne risque rien.

Cette fois, c'est lui qui monta sur les épaules de Malko. Ce dernier crut qu'il allait s'effondrer sous le poids du Turc.

Collé au mur de la main gauche comme une araignée, Krisantem balança la ceinture, boucle en avant. Celle-ci passa par-dessus trois des barbelés, et, par petites secousses, le Turc la fit glisser jusqu'à ce qu'il tienne les deux bouts dans sa main. Il fit jouer plusieurs fois ses jointures pour assurer sa prise et tira doucement.

Le gros fil plia un peu.

Krisantem commença à se haler et la pression sur les épaules de Malko diminua. Centimètre par centimètre, le Turc se hissait. Soudain, il y eut un craquement sec et Malko faillit tomber sous le poids de Krisantem. Un des points de fixation des barbelés avait cédé et l'ensemble s'était abaissé d'une vingtaine de centimètres. Mais Krisantem remonta à l'assaut immédiatement. Cette fois, d'une seule poussée sa main droite atteignit le sommet du mur. Il dut lutter furieusement quelques secondes contre la surface glacée afin d'avoir une prise solide. La respiration haletante du Turc devait s'entendre à des kilomètres...

Enfin, un de ses pieds quitta l'épaule de Malko. La joue collée contre la pierre glacée, Krisantem surveillait les fils mortels. Il y avait un espace d'environ cinquante centimètres entre le mur et les barbelés. Assez pour se tenir à plat ventre, à condition de ne pas faire de mouvement brusque...

Le premier risquait d'être le dernier.

Le pied droit du Turc s'accrocha enfin au faîte, et d'un ultime rétablissement, il se trouva à plat ventre sur le mur. Les barbelés étaient à dix centimètres de son dos. Avec d'infinies précautions, il fit glisser la ceinture, en évitant que la boucle touche les fils et la laissa pendre dans le vide vers Malko. Les jambes passées de part et d'autre du mur, le bras droit étendu du côté hongrois, il avait une prise assez solide. Malko enroula la boucle autour de son poignet et commença à se hisser le long du mur.

Il eut l'impression de rester collé le long de la paroi glacée pendant des heures, sans même penser aux patrouilles qui risquaient de le surprendre. Le froid était tel qu'il avait envie de hurler.

Quand sa main gauche attrapa celle de Krisantem, il eut envie de crier de joie. Aussitôt, Krisantem lança sa jambe droite de l'autre côté du mur, pivotant sur le ventre et prenant au vol la main droite de Malko avec la sienne. En même temps, ils se laissa glisser de l'autre côté du mur. Il ne restait plus à Malko qu'à se haler sur les mains: plus lourd que son « maître », Krisantem l'attirait du côté hongrois. Ni l'un ni l'autre ne sentait les aspérités du mur leur raper la poitrine.

Malko était déjà presque à plat ventre quand retentit le premier cri. Il venait de la gauche. Un autre cri lui fit écho, puis une lumière apparut à travers les arbres: on avait dû trouver leurs traces dans la neige.

— Vite, cria Malko. Vite.

C'était trop bête.

Krisantem voulut aller trop vite. Son corps bascula comme un pendule de l'autre côté et emporté par son poids, il tomba. Désespérément, ses mains serrèrent celles de Malko, mais entraîné par son poids, il dut lâcher prise. Juste au moment où un projecteur s'allumait, inondant le mur de clarté à une trentaine de mètres du lieu de passage des deux hommes.

Le Turc tomba lourdement sur le dos et resta quelques secondes étourdi. Il se releva et voulut escalader le mur: cette face était aussi lisse que l'autre.

*
**

Malko luttait désespérément pour achever de se hisser, une jambe dans le vide. Il entendait courir dans le bois. Paniqué, il se vit déjà saisi par les jambes, entraîné vers la captivité et la mort. Ainsi, le piège du colonel Okolov avait bien fonctionné: on les avait suivis et attendus. C'était bien dans la manière du Russe de leur avoir laissé l'espoir jusqu'à la dernière seconde. De l'autre côté du mur, la voix de Krisantem l'encouragea:

— Vite, Votre Altesse, ils arrivent!

D'un effort surhumain, Malko fit un rétablissement et se retrouva couché sur le mur. Le pinceau du projecteur avançait lentement vers lui, balayant le faîte du mur d'une lumière éblouissante. des cris venaient de tous les côtés. Un second projecteur s'alluma à sa droite.

Une rafale d'arme automatique claqua, déchiquetant les feuilles au-dessus de sa tête. La mitraillette était restée par terre. Et à quoi bon riposter? La voix angoissée de Krisantem monta vers lui.

— Sautez vite!

Malko se dépêcha trop. Il glissa et pour se rattraper dut serrer le faîte entre ses genoux, se relevant à moitié. Aussitôt, il ressentit une violente brûlure dans le dos et s'immobilisa: il était accroché dans les fils barbelés.

Il se raidit de tous ses muscles, attendant la décharge électrique qui allait le tuer: tellement autosuggestionné qu'il crut sentir un picotement dans le bout des doigts.

Mais aucune décharge ne le foudroya. Malko ne sentait plus que les pointes aiguës enfoncées dans la chair de son dos. Il aurait crié de joie sous cette douleur bénigne.

Pour une raison qu'il ignorait, il n'y avait pas de courant dans les barbelés. Du coup, il les écarta de la main gauche pour se dégager, fiévreusement. Il était presque sauvé.

Il avait oublié le projecteur. La lumière éblouissante le frappa en plein visage, l'aveuglant. Il cligna des yeux, se démenant comme un crabe sur un rocher abandonné par la marée. De nouveau, il se prit dans les fils. Instinctivement, il rentra la tête dans les épaules.

Le projecteur continua à balayer le mur comme si de rien n'était. Malko se retrouva dans le noir, trop surpris pour comprendre.

Brusquement, sous la lueur du projecteur, un mirador surgit de la nuit. Malko le vit comme en plein jour. Le modèle courant du Rideau de Fer: une plate-forme soutenue par un échafaudage de rondins. Deux hommes s'y trouvaient, entourant un affût de mitrailleuse. Il voyait distinctement la bande engagée dans l'arme, arme qui était braquée dans sa direction et qui ne tirait pas.

Une fraction de seconde, il éprouva une peur viscérale. Il crut sentir les balles lui déchiqueter le visage, s'enfoncer dans son corps. A cette distance, même un enfant ne pouvait le rater.

Mais déjà, ses jambes violemment balancées l'entraînaient de l'autre côté. La mitrailleuse disparut comme avalée par une trappe. Malko tomba les mains en avant, atterrit sur Krisantem et ils roulèrent tous les deux par terre. Au même moment, la mitrailleuse cracha, hachant les barbelés à la place où il se trouvait une seconde plus tôt.

Etonné il resta prostré sur le sol glacé. Son cœur battait à grands coups dans sa poitrine, il se sentait paralysé. Se méprenant sur son immobilité, Krisantem le secoua, le palpant sous toutes les coutures.

— Altesse, vous êtes blessé?

— Non, ça va.

Malko se releva. Non, il n'était pas blessé. Seulement lucide et amer. La Victoire de Boris Simeonevitch Okolov était encore plus complète qu'il ne l'avait cru. Le Colonel du KGB venait de lui faire cadeau de la liberté. Son cadeau d'adieu. Malko et Krisantem avaient franchi le mur parce qu'il l'avait bien voulu. Voilà pourquoi il n'y avait pas de courant dans les barbelés...

Pourquoi les patrouilles ne les avaient pas découverts...

Pourquoi ils avaient traversé la Roumanie et la Hongrie sans encombre...

Pourquoi la mitrailleuse n'avait pas tiré. C'est en voyant l'arme muette que Malko avait compris. Cette procédure était utilisée de temps en temps par les différents services de l'Est pour introduire un agent à l'Ouest. On faisait beaucoup de bruit en prenant bien garde de ne pas le blesser. Et il arrivait comme un héros échappant à la tyrannie communiste. Mais c'était certainement la première fois qu'un agent américain en bénéficiait...

Krisantem regardait autour de lui, inquiet. Après tout, ils se trouvaient maintenant en Autriche. A l'Ouest.

— Ce n'était pas la peine, nous ne sommes pas en danger, dit Malko. On aurait aussi bien pu prendre l'avion.

Lentement, il se mit en marche, s'éloignant du mur. Les cris et les coups de feu continuaient derrière lui, comme un ballet bien réglé. A quoi devait-il sa liberté et sa vie? Pourrait-il en parler ou aurait-il à en rougir? Etait-ce l'ultime cadeau d'un homme qui se savait condamné ou la gratitude d'un amant comblé?

CHAPITRE XX

Un brouhaha de bon aloi animait le grand salon du Château de Liezen. Une vingtaine d'amis venus de Vienne avaient répondu à l'invitation de Malko et d'Alexandra. Alexandra était toujours aussi belle, drapée dans une longue robe de soie multicolore qui avait coûté une petite fortune.

Malko s'approcha de la jeune femme et lui baisa la main. Trois violonistes jouaient avec entrain des airs hongrois et il fallait se réfugier en bas dans la bibliothèque pour trouver un peu de calme. Alexandra se rapprocha de Malko et effleura ses lèvres des siennes. Elle ne portait rien sous sa robe et sa poitrine pointait orgueilleusement sous le tissu. Elle soutint le regard de ses yeux dorés, avec un sourire indéfinissable.

Malko n'y tint plus:

— Que s'est-il passé entre le Colonel Okolov et toi?

C'était la millième fois qu'il lui posait la question. Un mois s'était écoulé depuis le retour de Malko.

Comme prévu, il avait trouvé Alexandra au Château de Liezen. Mais leurs rapports n'étaient plus tout à fait les mêmes...

Pourtant le Colonel, promu Général, Boris Sergueïevitch Okolov était mort. Les journaux soviétiques avaient annoncé la nouvelle, en rappelant sa carrière. Mais cela n'avait pas apaisé Malko. Des nuits entières, ils avaient discuté de l'enlèvement de la jeune femme. Malko lui avait fait raconter cent fois le même détail, répéter mot pour mot ses conversations avec Boris Okolov. Mais quand il posait des questions trop précises, Alexandra se fermait comme une huître. Comme s'il y avait eu un pacte secret entre le Russe et elle.

Un jour, excédée, Alexandra lui avait jeté:

— Tu sais pourquoi Boris t'a laissé partir? Un jour, il me l'a dit. Il a pensé que jamais les gens de la CIA ne croiraient que tu avais pu sortir sans aide de Roumanie. Qu'ils supposeraient donc que tu avais trahi... Et qu'un jour, tu te retrouverais agent double...

Ce soir-là, furieuse, Alexandra était retournée chez elle. Malko avait pensé toute la nuit à ce qu'elle lui avait dit. Il y avait peut-être des preuves de la complaisance des autorités roumaines à son égard. Dans ce cas, un jour, ceux de l'Est viendraient le trouver.

Il avait raconté la vérité à la CIA, ne dissimulant pas que le Colonel Russe l'avait laissé faire. Mais liant cette mansuétude à la présence d'Alexandra...

Dur pour son orgueil.

Il ignorait si on l'avait cru. Dans son métier, on ne disait jamais le fond de ses pensées. L'avenir le lui dirait. Bien sûr, l'histoire d'Alexandra tenait debout. Mais il restait un petit doute qui ne s'effacerait jamais.

Il repensait à tout cela devant l'ironie d'Alexandra.

Alexandra accentua son sourire.

— Je t'ai dit que je n'avais rien à me reprocher. Ne pense plus à cette histoire. Je suis là, cela devrait te suffire. Tous tes amis t'envient.

Un bruit de moteur fit tourner la tête à Malko. Une grosse Mercédès noire montait la rampe menant à la réception. Avec un homme seul au volant. Malko fronça les sourcils: il n'attendait plus personne. Abandonnant Alexandra, il traversa rapidement le salon. Krisantem l'avait déjà précédé à la porte. En uniforme blanc, légèrement voûté à cause du vieil Astra passé dans sa ceinture à tout hasard. Il s'apprêtait à recevoir l'inconnu.

Une main de femme agrippa Malko par le bras et une voix fraîche lui murmura à l'oreille:

— On ne vous voit plus beaucoup à Vienne, mon cher Prince. Vous devriez venir plus souvent.

Malko se retourna et découvrit la Baronne Fursten, moulée dans un fourreau de Valentino d'un jaune éclatant. Elle aussi avait jeté ses soutiens-gorge aux orties. Les mauvaises langues murmuraient qu'elle ne s'était pas arrêtée là. C'était une des plus jolies femmes de Vienne et une des mieux nées. Une des plus faciles aussi, à condition de lui plaire. Or, Malko lui plaisait beaucoup. Celui-ci pensa avec humeur aux réactions d'Alexandra et à la blessure invisible dont il souffrait depuis l'histoire Okolov.

Il sourit.

— J'ai beaucoup à faire, et une fiancée très jalouse.

La jeune Baronne eut une moue charmante et déçue. Elle s'était juré de faire l'amour avec Malko, ne serait-ce qu'une fois. On disait tant de choses sur lui à Vienne. Qu'il était un homme dangereux, flirtant avec la mort. Racontars sûrement.

C'était tout simplement un homme terrorisé par cette petite peste d'Alexandra qui n'avait même pas trois quartiers de noblesse. Dans le monde de la Baronne Fursten où la fidélité ne se trouvait plus que dans les chaînes du même nom, c'était profondément choquant.

Pirouettant, pleine d'élégance, elle s'éloigna de Malko. Deux autres hommes au cours de la soirée avaient retenu son attention. Elle était bien décidée à ne pas reprendre seule le volant de sa Bentley

*
**

Malko ouvrit la grande porte du salon. L'inconnu était sorti de la Mercédès et Malko reconnut un employé américain de l'ambassade US de Vienne. Ce n'était pas bon signe. Depuis son échec dans l'affaire Okolov, il était en pénitence. Aucune mission. Etait-ce provisoire ou définitif?

Il l'ignorait.

L'américain tendit une enveloppe à Malko:

— Un message pour vous. Il n'y a pas de réponse.

Il remonta aussitôt dans la Mercédès et descendit lentement la rampe faite pour les carrosses, tourna dans la cour et disparut. Malko rentra dans le salon. Il hésitait à ouvrir l'enveloppe: cela ne pouvait être qu'une mauvaise nouvelle.

Il sentit soudain une présence derrière lui. C'était Alexandra.

— Qu'est-ce que c'est?

Du coup, il ouvrit l'enveloppe, la jeune femme accrochée à son bras. Alexandra avait dû suivre le manège de la Comtesse Fursten et se méfiait.

— Des nouvelles de ta chère Samantha? demanda-t-elle ironiquement.

Malko n'en avait eu aucune depuis qu'il avait quitté la jeune aventurière sur la route de Pitesti, en Roumanie. Et il ne se souciait pas d'en avoir.

Il déplia la feuille de papier contenue dans l'enveloppe.

Il n'y avait qu'une seule ligne, écrite à la main, sans signature:

« Le Colonel Poresky a été fusillé ce matin à sept heures au polygone de Khodimka. »

Inutile de demander d'où cela venait. La CIA aimait bien rappeler leurs échecs aux gens comme Malko.

Ce dernier froissa la feuille de papier et la jeta dans un cendrier. Il avait rarement connu un échec aussi cuisant que l'affaire Okolov/Poresky. Sans compter l'horrible petit doute qui refusait de mourir. La voix altérée d'Alexandra le fit sursauter.

— Ce n'est pas de ta faute, putzi...

Il ne répondit pas et descendit dans la bibliothèque. Mais une demi-douzaine d'invités s'y trouvaient déjà. Quelqu'un avait mis un disque de chansons russes sur l'électrophone et plusieurs couples dansaient joyeusement. La jeune baronne Fursten, apercevant Malko, se lança dans une danse tartare qui dévoilait ses jambes jusqu'au ventre, grâce à la fente de sa maxi-robe. Malko se versa un verre de vodka, puis remonta dans le salon.

Un jeune autrichien, trapu et noir comme un italien, happa Malko:

— Ce n'était pas une mauvaise nouvelle?

Malko hocha la tête:

— Si.

Sur une inspiration subite, il redescendit, entra dans la bibliothèque et arrêta l'électrophone. Surpris, ses hôtes s'arrêtèrent de danser. Malko leva son verre plein de vodka.

— Je voudrais porter un toast, annonça-t-il. A un homme qui vient de mourir.

Les Autrichiens sont des gens romantiques. Les hommes remplirent les verres de leurs compagnes et les leurs, puis attendirent. Alexandra, surprise par le brusque silence, avait rejoint Malko.

Il leva le sien et dit:

— Je bois au Colonel Vladimir Simeonovitch Poresky, fusillé aujourd'hui par les Russes.

Emus par cet étrange toast, tous levèrent leurs verres en silence et burent. Quelques secondes plus tard, un des hôtes remarqua:

— Mais n'est-ce pas cet officier russe qui a été convaincu d'espionnage il y a quelque temps? Les journaux en ont parlé. Je croyais qu'il avait déjà été exécuté, depuis longtemps...

— Il y a des gens qu'il faut tuer deux fois, fit Malko, énigmatique. Le Colonel Poresky était de ceux-là...

La baronne Fursten le fixait intensément, avec une expression presque indécente. C'est pour des choses mystérieuses de cette sorte qu'elle avait envie de coucher avec Malko. Aucun de ses minets viennois ne connaissaient d'officier soviétique fusillé pour espionnage...

Alexandra surprit son regard et serra les lèvres.

Mise en verve par la vodka, la baronne demanda:

— Cher Prince, à qui pourrions-nous boire maintenant?

Malko n'eut pas le temps de répondre. Alexandra avait pris son verre et l'avait rempli. Tout le monde l'imita, Malko y compris. Il savait ce qu'il allait entendre.

Alexandra leva son verre très haut.

— Je bois au Général Boris Serguïeivitch Okolov, dit-elle d'une voix claire, à qui nous devons d'être ici tous réunis.

Elle avait appuyé sur le mot « tous ». Malko rougit involontairement. Il l'aurait tuée. Elle le défiait du regard, son verre vide à la main, les yeux brillants. Il crut y voir des larmes. Un peu étonnés, les hôtes portèrent leur toast. La vodka sembla amère au palais de Malko. La baronne Fursten s'approcha de lui, brûlante de curiosité.

— Qui est donc ce Général?

Alexandra répondit très vite, avant Malko.

— Un espion russe.

Puis dignement, elle sortit de la bibliothèque. Malko la suivit des yeux, dévoré de jalousie. Il ne pourrait jamais oublier le Colonel Boris Okolov.

SERVICE ACTION

par Paul Vence

Au Service Action,
tout le monde connaît Robert Skal.
Il appartient au Groupe Ecarlate,
l'élite du contre-espionnage français.
Les hommes apprécient son courage,
les femmes son charme slave...
Mais quand la France est en danger,
il est impitoyable.
Comme un squale.

Chez votre libraire :

N° 1 K COMME KARNAVAL
N° 2 OPÉRATION JACARANDA
N° 3 TORPILLES SUR LE KGB
N° 4 PLAN GALILÉE
N° 5 CLASH À ZAGORA
N° 6 COUP DUR À KOUROU
N° 7 L'AFFAIRE TIBERMANN
N° 8 CHOC À BRISBANE
N° 9 L'ESPIONNE DE BAGDAD
N° 10 EXÉCUTION À NEW ORLEANS
N° 11 SOS FAUCON BLEU
N° 12 L'ŒIL DE MOSCOU
N° 13 CORRIDA POUR UN ESPION
N° 14 UNE BALLE SUFFIT
N° 15 TUEZ BRIGGS
N° 16 MOURIR À PALERME

LES ANTI-GANGS

Les Anti-gangs, une équipe d'hommes durs et implacables qui tuent et se font tuer dans un combat sans merci.

DÉJÀ PARUS :

AUGUSTE LE BRETON :

N° 1 : L'AS DES ANTI-GANGS
N° 2 : L'AS ET BELLES CHAUSSURES
N° 3 : L'AS ET LE CASSE DU SIÈCLE
N° 4 : L'AS ET LA MARQUISE
N° 5 : L'AS ET L'ENNEMI PUBLIC
N° 6 : L'AS ET LES TERRORISTES
N° 7 : L'AS AU SÉNÉGAL
N° 8 : L'AS ET LES MALFRATS

GEORGES PIERQUIN :

N° 9 : LE PLUS SALAUD DES TROIS
N° 10 : LA POLKA DES RINGARDS
N° 11 : LE POULET A L'ARMORICAINE
N° 12 : BASTOS A LA VOLÉE
N° 13 : TROIS MÉDUSÉS DANS UN RAFIOT
N° 14 : DES POULETS ET DES HOMMES
N° 15 : CES DAMES AU SALOON
N° 16 : TACATA ET FUGUE EN RÉ
N° 17 : DE L'EAU DANS LE GAZOLE
N° 18 : BARBE-BLEUE, SATAN AND C°
N° 19 : LA POULE AUX YEUX D'OR
N° 20 : RAS-LE-SAC
N° 21 : ÇA BARDE A CAMBRONNE
N° 22 : MISE EN BIÈRE-PRESSION
N° 23 : CAR L'OS C'EST CARLOS
N° 24 : LE PRIX DU SANG
N° 25 : LA PEAU DE LA PANTHÈRE
N° 26 : MAIN BASSE SUR L'AUTOROUTE
N° 27 : MISSION EN TROIS POINTS
N° 28 : QUAND LES SOURIS DANSENT
N° 29 : CINQ MILLIARDS AU BOUT DU COLT
N° 30 : FESTIVAL D'AZUR ET DE SANG
N° 31 : LE GANG DES POSTICHES
N° 32 : LE PENDU HORIZONTAL
N° 33 : LA MORT EN SOMMEIL
N° 34 : DU MOURON POUR LA JOCONDE

Achevé d'imprimer en juin 1985
sur les presses de l'Imprimerie Bussière
à Saint-Amand (Cher)

— N° d'édit. 9778. — N° d'imp. 1554. —
Dépôt légal : 1er trimestre 1972.

Imprimé en France